The

Survived Alchemist

with a dream of quiet town life.

05 book five

written by Usata Nonohara
illustration by ox

Kadokawa Fantastic Novels

嗚哇——!!
該怎麼辦!?
還差一瓶？
藥晶還有剩吧？
那就只缺地脈碎片了！
你們聽好了！
所有人原地跳躍——！
……
掏摸
呼——
呼——
叮噹
作響
彈跳
嘎！
嘎！

啊～
怎麼辦？
就差一點點了…
妳真的很冒失耶。
……!?
林克斯!?
斷裂
ゴッ

啊！我的項鍊…！
ぱかんっ
林克斯…
瑪莉艾拉，那條項鍊是…
嗯，吉克。
一定是林克斯來幫我們了。
喀！
ギュッ

「鍊成空間」。
剛學會特級魔藥的時候，我還經常浪費魔力呢。
這孩子以前是什麼樣子呢？
林克斯是對付什麼魔物…
又是怎麼戰鬥的呢…
ゴオッ

啊……
這是狼型的魔物。
因為體內突然湧現地脈碎片的強大力量，
所以壓抑不住奔跑的衝動。
然後牠襲擊林克斯等人…
就被打倒了。
黑死狼並沒有強到會產生地脈碎片。
真稀奇，牠到底吃了什麼？

啊…這些狼襲擊了商隊…
好慘，每個人都瘦成這樣。
連像樣的裝備都沒有…
咦……
那個人是…
這隻狼吃掉的是…
吉克的…

多麼奇妙的緣分啊。
簡直像是打從一開始就註定了。
不，不對。
這絕對不只是命運。
吉克，你總是傷痕累累呢。
嗯…？
啊…抱歉。我再休息一下就會恢復了。
不是的，我是說你很努力。
你一路以來，你真的很努力。
因為吉克一直努力不懈，
我也才能走到這裡。

光靠命運，
肯定是不夠的。
「藥效固定」。

倖存
鍊金術師的
城市慢活記

The survived alchemist
with a dream of quiet town life.

[作者] のの原兎太
[插畫] ox

written by Usata Nonohara
illustration by ox

05
book five

Kadokawa Fantastic Novels

The survived alchemist
with a dream of quiet town life.

05 Contents

The
Survived
Alchemist
with a dream
of quiet town life.

05
book five

序章

有迷宮的城市

Prologue

✲
01

這座城市有迷宮。

夕陽西下之時，結束一天工作的冒險者們會用打倒魔物所得的素材來換取金錢，有些人相伴前往酒吧，有些人趕著返回家人身邊。從工作地點歸來的人們會在市場或露天攤販物色晚餐的食材或配菜，販賣料理的攤商則高聲叫賣招牌菜色，用可口的香氣吸引客人。還沒有玩夠的孩子們也被肚子的叫聲催促，一邊猜想今天的晚餐是什麼，一邊踏上回家的路。

如此悠閒又平凡的景象，在任何城市都能見到。

無關時代與地點，人們編織出黃昏時分的情景。

這幅光景或許會讓某些人懷抱思鄉之情。

可是，這座城市有迷宮。

等待人們回歸的家中是否有裝著熱湯的鍋子正冒出陣陣煙霧呢？餐桌上或許放著裝了麵包的籃子，還有分裝肉類或魚類料理的盤子。

這座城市用堅固的外牆阻擋魔森林的魔物，家家戶戶也被石牆包圍，以防萬一有魔物入侵。人們會在看似安全的住宅內用餐，養精蓄銳並安穩入眠。

這一切都是為了迎接不變的明天。他們都期望平凡的日子之中會有幸運的未來到訪。富有的人、貧困的人、幸福的人、不幸的人，從幼兒到老人，任誰都下意識地相信明天一定會來臨。

然而自己的住所、生活的基礎就位在超越五十樓的深深迷宮之上。不論築起多麼高聳的牆壁，窩藏魔物的迷宮就在自己的腳下，有如萬丈深淵。

過去守護此地的精靈——安妲爾吉亞遭到迷宮主人吞噬，其存在已是風中殘燭。祂深愛的人們正過著如履薄冰的生活。

可是，只有極少數人得知這個事實。

沒錯，這裡是迷宮都市。

這座城市承載著人們的生活，以及絕對無法與人共存的迷宮。

02

「嗯，這名患者的腳曾一度被魔物咬斷呢。患部被撕咬而斷裂，取回時就已經比原本的長度更短了啊。所以就用高階的特化型……」

羅伯特興味盎然地讀著迷宮討伐軍治療部隊留下的診療紀錄。

記錄的對象是尼倫堡等人使用多種高階特化型魔藥進行治療的士兵。因為當時的傷者非常多，這名士兵的治療不得不延後。傷口只完成最低限度的接合以防止腐壞，日後才進行後續的治療。開始治療的時候，暫時接合的腳受損得相當嚴重，光是外用或內服高階魔藥也不足以治好患者。

魔藥的回復量本來就是依照階級而定。以缺損而言，大致可以換算成體積或質量。一般來說，雖然特級魔藥可以治療缺損，但也不代表手臂斷掉的士兵喝了特級魔藥就能馬上長出新的手臂。頂多是把斷臂抵在傷口處再淋上魔藥就能多少補回缺損的組織，使手臂重新接合罷了。

如果傷口被刀劍俐落地斬斷，應該就能用高階魔藥接合，但被魔物撕咬的傷口並沒有那麼平整。斷面的皮膚和肌肉組織支離破碎，骨肉也被牙齒擠壓或咬碎，呈現縱向的撕裂傷或粉碎性骨折，幾乎面目全非。傷口附近有細小的斷裂痕跡，就算能成功取回斷臂或斷腿，傷口的肉屑卻也已經進了魔物的肚子，或是回歸迷宮的塵土。要從這個狀態治癒患者，就需要相當強大的回復能力來修補缺損的組織，將斷肢重新接合。

以沒能取回斷肢的患者為例，為了治療骨骼、血管、神經、肌肉、脂肪、皮膚等複雜的組織，服用特級魔藥的回復量頂多就是讓傷口長回數公分。照這種情況看來，治療過程不知道要用掉多少瓶特級魔藥。而且，受傷後隨著時間經過，肉體就會漸漸遺忘健康的狀態，使回復量降低。

那麼特化型又如何呢？即使是高階，使用肌肉組織特化型就可以讓缺損的肌肉再生，骨骼特化型也能治好複雜的骨折，並修復不完整的骨骼。光是高階就有這般效果，只要使用好幾種足以治好吉克的「精靈眼」的特化型特級魔藥，便可望治癒手腳的缺損。只不過，這次沒辦法輕易取得材料。考量到材料的問題，一瓶要價十枚金幣的特化型特級魔藥其實也沒有什麼暴利可圖。

瑪莉艾拉應該很快就能學會製作特化型特級魔藥。但在迷宮都市，失去手腳的人簡直多得不計其數。找到足夠的材料來製作治癒他們所有人的特化型特級魔藥之前，迷宮主人一定早就支配地脈，毀滅迷宮都市了。

所以，「炎災賢者」吩咐尼倫堡與羅伯特「治療所有貧民窟居民」的要求看似不合理。

不過——

「刻意搗碎再使用特化型治療，藉此彌補缺損的部位啊。原來如此，把特化型修復組織的機制解釋得相當清楚呢。」

從剛才開始，治療部隊正以羅伯特和尼倫堡為中心，專心地討論著。

「既然辦得到這種事，不是能從身體的健康部位取出需要的一半組織，待其增生之後再重新接合嗎？」

「可是要如何增生？在切開傷口的情況下放著不管，很快就會腐壞了吧。」

不，正在專心討論的人只有尼倫堡與羅伯特，其他治療部隊的成員都覺得非常反感。

「……要切掉健康的部位嗎？」
「……還增生咧……」
成員們慢慢遠離兩人，彼此竊竊私語。受傷時要用治癒魔法或是魔藥來治療，這就是他們的常識。刻意切開健康的身體、把傷口擴大，簡直就是瘋子般的行為。
「替身……不，有一種藥液可以讓人體長時間維持被切開的狀態。只要應用那種藥液，就能利用特級魔藥的回復效果和高階特化型的修復效果，使組織復原。」
「原來如此，那個東西啊。有它的話確實可以……」
替身——那是過去羅伯特藉著黑色新藥的邪術，在使用者受傷時代為承受傷害的活體人偶。雖是邪術，其中的技術卻能拿來應用。可是，竟然要使用那種東西……
這兩個人的相遇簡直是災難。
光是在治療過程中一臉高興地切開傷口的尼倫堡就很嚇人了，羅伯特甚至能補足尼倫堡的方法，提出更進一步的方案。這就是所謂的加乘作用。黑暗的合作關係使迷宮都市的治療技術有如傳說中的龍竄向天際，無疑是飛躍性的提昇。雖然效果肯定很驚人，普通的治療技師卻跟不上他們的思路。在他們的價值觀產生變革之前，價值觀本身就快要崩壞了。
尼倫堡與羅伯特帶著淺笑深入討論，其他治療技師則錯愕地看著他們。
「簡直是惡魔般的行為。我辦不到……」
無意間聽到其他人的小聲抱怨，羅伯特不以為然地當作耳邊風。

（真正的惡魔才沒有這麼溫和呢。不過，那個人比惡魔還要惡質多了。）

羅伯特被「炎災賢者」使喚的短暫期間，深深體會到替自己的無能找藉口有多麼沒意義。

＊03

在迷宮討伐軍基地的臨時工房初次見到那一幕時，羅伯特忍不住懷疑自己的眼睛。

「我的意思是，用噴嘴大致噴霧之後，接下來只要讓水珠自己散開就可以了。啊，順便結凍的話或許就更輕鬆了。不是降低周圍的溫度，而是讓水珠自己結凍。」

少女用指路般的語氣這麼說明，這番話卻讓人有聽沒有懂。

「唔哦～發現新技巧了！」

一邊說著這種話，一邊以不用任何道具的方式萃取月光魔草的少女，就是和羅伯特的妹妹——凱羅琳十分友好的藥店女孩。

過去曾說「鍊金術師不可能在『枝陽』」的人到底是誰呢？這麼想的羅伯特感到暈眩。

但就算抱著疑問見到瑪莉艾拉本人，羅伯特應該也會馬上排除她的嫌疑。

畢竟這個名叫瑪莉艾拉的少女就像是化為人形的平庸一詞，是個非常非常普通的女孩。

順帶一提，羅伯特曾對凱羅琳旁敲側擊，得知自己被捕的當時，瑪莉艾拉也待在愛絲塔莉亞所沉睡的地下室。

羅伯特還記得自己當時曾放聲大叫「在哪裡！那個人在哪裡！」以及「把鍊金術師交給我！」之類的話。但瑪莉艾拉正好就在現場。

（我完全沒有發現……）

這是多大的恥辱啊。光是回想，羅伯特就感到無地自容。能不能乾脆再回到監禁自己的那個房間呢？

（可是，我已經把靈魂賣給炎之惡魔。這附身軀註定永遠承受煎熬……）

如果真是如此，或許還比較好。可是實際上——

「羅布，沒有冰塊了。別在那裡發呆，快去做新的！給我好好工作還債～」

羅伯特原以為是炎之惡魔的女性似乎自稱是「炎災賢者」，同時也是鍊金術師的師父。

多虧烙印在左手背的「刻印炎授」這招奇蹟之術，羅伯特得以神不知鬼不覺地帶走凱羅琳，最終救了她一命，卻沒有付出性命或靈魂作為奇蹟的代價。

這個刻印其實是羅伯特的祖先請客的回禮，明明是相當稀有的東西，她卻願意無償提供。

羅伯特以為自己會喪命，當時也沒有餘力，所以沒有抄寫或是留下紀錄。可是刻印消失後，羅伯特並沒有死，而是在姿勢很蠢的冰雕狀態下看著妹妹凱羅琳接受求婚的一幕，帶著丟臉的事蹟好好地活到了現在。

（早知如此，至少該把那個刻印記錄下來的……）

因為是頗為複雜的刻印，複製品的效果比不上原版，但至少可以在丟臉的回憶閃現時躲過他人的目光。

「羅～布～冰塊還沒好嗎～？」

「炎災賢者」用攪拌棒敲響玻璃杯的邊緣，催促羅伯特拿冰塊來。

明明是個閉上嘴就能吸引目光的美麗女性，卻在大白天就開始喝酒，甚至還用玻璃杯敲出聲音，真是太粗俗了。

就算是這種人物，如果她用「刻印的代價」當作使喚他人的理由，那還可以接受，但她的理由是「五枚銀幣的借款和利息」。羅伯特說自己會吩咐管家歸還那筆小錢，她卻說家裡的資產已經是屬於凱羅琳的東西，硬是要羅伯特靠勞力來還錢。

（不是因為惡魔，也不是因為刻印的代價，而是為了債務而被迫工作……好憂鬱。我想消失。）

羅伯特這麼想著，用冰魔法把冰塊裝到冰桶裡。或許是因為帶著憂鬱的心情製作，滲透在體內的詛咒殘渣溢了出來，跟冰塊一起掉進冰桶裡。

「啊——！你裝那什麼東西啊！火焰！」

「炎災賢者」一喝，羅伯特就被火焰包圍了。

（嗚嗚，今天也被燒了……）

羅伯特討厭彈額頭攻擊，也討厭被火燒。因為這種感覺就像是沾染數年的髒汙被勉強刷去，或是在別人面前被剝光衣服並洗淨全身，讓人非常不自在。可是羅伯特也發現，每次被「炎災賢者」放火，彷彿深入骨髓、與靈魂同化而無法掌控的詛咒殘渣就會愈來愈淡。

這裡總是會發生許多超乎常理的事。

「羅伯特先生，做得好！好了，師父，今天的份已經做完了，我們回去吧。」

羅伯特還在拖拖拉拉的時候，瑪莉艾拉似乎已經做完高階魔藥了。因為師父的飲酒量比平常更少，所以她笑著對羅伯特豎起大拇指。

「咦～瑪莉艾拉，妳明明就還有魔力～」

「魔力還有，可是材料沒有了～走吧，我要回去練習特級了！」

瑪莉艾拉一臉得意，「炎災賢者」則抱著酒瓶不放。周圍的士兵一面笑著說：「今天不用睡午覺嗎？」一面把完成的高階魔藥分裝到保存用的魔藥瓶裡，然後搬出去。

說到這些高階魔藥的量——

（為什麼都沒有人感到驚訝……！）

無論是在不使用道具的情況下鍊成高階魔藥，還是那超乎常人的魔力量，鍊金術師（瑪莉艾拉）在這個臨時工房進行的一切都令人嘆為觀止。雖然今天沒有昏倒，但每天耗盡魔力直到昏倒的行為也十分驚人。

年幼的孩童用全力玩耍直到體力耗盡的話，就算是在吃飯時間也會突然睡著，而且對此不會感到懷疑或痛苦；這個名叫瑪莉艾拉的少女就像年幼的孩童一樣，不斷使用鍊金術直到超越極限。

羅伯特透過凱羅琳的信得知魔藥即將開始販售的時候，原本以為鍊金術師不只一人。雖然鍊金術師其實有師徒兩人，實際上做魔藥的人卻只有徒弟，師父只是在一旁挑釁徒弟罷了。

特級魔藥的修行也很離譜。

雖然羅伯特把瑪莉艾拉形容成極為平庸的人，但一見到瑪莉艾拉的鍊成，這個評價就有了一百八十度的大翻轉。她擁有此等魔力與技術，只要從帝都訂購製造特級魔藥的魔導具，馬上就能成功鍊成特級魔藥。不，就算沒有帝都最新型的魔導具，只要使用閒置在亞格維納斯家的倉庫裡的老舊魔導具，肯定也能成功鍊成。

可是每當羅伯特想告訴瑪莉艾拉這件事，「炎災賢者」馬上就會使出彈額頭攻擊，封住羅伯特的嘴。就算在瑪莉艾拉不在的地方詢問「炎災賢者」，她也只會露出意味深長的微笑，就是沒有正面回答。

唯一看似有意義的回答是：

「人類非常自由，同時也非常不自由。明明能去到任何地方，也能成為任何模樣，卻總是擅自認定自己的地位和極限。所以啊，羅布，千萬不要為自己設限，說什麼好難喔、我辦不到、自己頂多就是這樣……之類的話。你要記住，羅布，只要抱著信心去嘗試，其實出乎意料地容易。」

這番話讓羅伯特稍微能理解「炎災賢者」的言行了。羅伯特完全無法想像她想讓瑪莉艾拉做些什麼，但大概是一定得這麼做，否則無法達到「炎災賢者」的目的吧。

或許是多虧有「炎災賢者」那強人所難的指導，鍊金術師（瑪莉艾拉）只花了幾天的時間就成功在不使用任何道具的情況下處理地脈碎片。對此，羅伯特心想：

（這個「炎災賢者」比惡魔還要惡質……）

想單靠技能使地脈碎片溶解到「生命甘露」之中，以羅伯特的常識來看，簡直就不是人類能辦到的事。瑪莉艾拉接著學會的「藥晶化」更是只記載在古老的文獻中。羅伯特原以為這不過是傳說，根本不可信。

本人當時得意地說道：「成功了！好漂亮喔。」就像女童蒐集串珠一樣，把取得的材料全部都「藥晶化」之後放進瓶子，笑咪咪地看著擺在櫃子上的藥晶。但這可不是一句「成功了」就能輕易帶過的小事。

羅伯特對瑪莉艾拉的評價又翻轉了一百八十度，和一開始加起來整整三百六十度，所以又變回平凡無奇的印象了。

（那麼認真地左思右想，我還真蠢。）

羅伯特親身體會到替自己的無能找藉口有多麼沒意義，於是試圖從現有的技術和魔藥中找出方法，治癒迷宮都市中的所有傷患。

當然了，羅伯特不會使用詛咒和觸犯禁忌的邪惡方法。要是使用那種方法，長著雙腳的炎災一定會跑來，使出火焰加上連續彈額頭的招式來制裁他。

「聽說只要去迷宮討伐軍就可以治好斷掉的手腳，而且費用還可以賒帳。」

過不了多久，這個消息就傳遍了迷宮都市。

人們治好舊傷，再度踏進迷宮。一旦有人成功翻轉早已放棄的人生，其他人便紛紛效仿。

「總有一天要脫離貧民窟」。

隨著重新取回手腳，居民們也找回了許久以前不得不遺忘的志氣，重新拾劍，前往迷宮。

結束了今天一天，夕陽逐漸西沉。

晚霞的情景一如往常。

過去的他們只能在黃昏時分等待黑夜，現在能見到光明的未來嗎？

這座城市有迷宮。

迷宮是曾經將他們的未來、手腳，甚至同伴的性命一同奪去的惡夢，現在也依然威脅著城市與人們的生活。

可是，他們將再次對抗迷宮。他們相信只有在活著戰勝之後，安穩的明日才會到來。

第一章
討伐赤龍

Chapter 1

01

「到底！為什麼！又要再來雪地啦——！」

愛德坎的吶喊在一望無際的冰原上迴響。

「一般來講，既然說了『愛德坎，一起去個地方吧』不就是那個嗎？應該要兩個人互餵甜美的秋季果實，然後在寒冷的夜晚溫暖彼此吧？欸～吉克～！」

「沒關係，愛德坎。只要能釣到很多獵物，大家都會覺得你是個可靠的男人。」

愛德坎像平常一樣大呼小叫，吉克也照例用沒有根據的說法安慰他。人家都說發生兩次的事情就會再發生第三次，沒想到真的會三度造訪嚴寒之地。

事情的起因很單純，當吉克接下以迷宮採集為名的跑腿任務時，愛德坎正好磅的一聲打開「枝陽」的門，衝進屋裡。

「我美麗的愛人啊！妳悲哀的愛之僕人！此刻回到迷宮都市了！」

嘴裡還喊著一些莫名其妙的話。

不愧是愛的迷途羔羊，他完全迷失了方向。而這種糗樣當然對師父行不通。

「哦～好久不見！你是……你是……你是……啊！愛德坎！你來得正好，一起去個地方吧！」

真是慘不忍睹。叫出名字之前的不自然停頓是怎麼回事？師父的金黃色眼瞳發出不同於往常的光輝，雖然視線正對著眼前的愛德坎，目光卻像是穿透了愛德坎似的。

「師父剛才是在看世界的記憶（阿卡西紀錄）吧……」

「難道……光是為了想起名字就使用這種絕技，未免也太……」

看著師父的瑪莉艾拉傻眼地低語，吉克想否定也無法完全否定。瑪莉艾拉將師父的性格評為「常識、人格、行為都超乎常理」，吉克也早就掌握了這一點。她只會在忘記名字之類的無聊小事上發揮全力，實在讓人沒轍。

可是，似乎被忘了名字的愛德坎這個可憐人一聽到師父說「一起去個地方吧」，便馬上往好的方向想，高興得飄飄然。

「好的！只要是跟妳在一起，我願跟到天涯海角！」

「啊，要一起去的人是吉克啦。那就拜託你們了。」

「好無情！但這樣的妳就是我的夢中情人（Femme Fatale）！」

愛德坎對師父訴說自己在帝都學到的求愛台詞。

「欸～吉克，Femme Fatale是什麼意思啊？」

「Femme Fatale的意思是夢中情人，但語感比較接近招來災難的紅顏禍水。」

「是喔～愛德坎先生想勾起師父的注意，卻反而上鉤了，所以這麼說的確很貼切呢。」

「是啊。那麼瑪莉艾拉，我出門了。」

瑪莉艾拉對自己的巧妙雙關得意洋洋。吉克向她道別後，轉身面向愛德坎。

「好了，愛德坎，我們走吧。」

「沒問題！等等，要去哪裡？」

「去釣魚。」

於是，愛德坎被捲入吉克的跑腿任務，來到白雪與冰霜的迷宮。

而且，這次連黑鐵運輸隊的成員也被迫參加。當然是因為新隊長愛德坎的一聲令下，他們犧牲了能在迷宮都市度過的假日。

由於新隊長愛德坎的霸道，黑鐵運輸隊化為黑心企業了嗎？

「愛德坎，吵死了，你會害獵物逃走。」

「沒錯，釣魚就是要保持安靜喔。」

也難怪隊員們的態度比這裡的風雪還要冰冷。

隊員在嚴寒之中冷漠以對，使得溫度更低的這裡是迷宮第三十三樓——稱為「流冰之海」的地方。

以前愛德坎、吉克與林克斯一起去採集極光冰果的樓層是第三十二樓，這裡就是下一層樓，整個樓層都是漂浮著許多巨大流冰的嚴寒之海。

雖說是流冰，但也是只是漂浮在已攻略的封閉空間中。由於幾乎沒有海流，所以水面的冰變得愈來愈發達。魔物與冒險者的戰鬥使流冰反覆碎裂、隆起，然後再次結凍。許多比人更大，但不足以稱之為山的冰塊從流冰中突起，所以水上的流冰並不是完全平坦的。反過來說，即使腳下的地面乍看之下是同一塊平坦的流冰，各處的厚度也都不一致。

黑鐵運輸隊的成員在流冰較薄的地方鑽洞，或是從流冰邊緣拋竿，各自享受釣魚時光。這一幕看似是某種休閒娛樂。有時候會有形狀類似飛鏢的魚——銳劍魚像子彈般衝出水面，但在這個樓層也不過是休閒釣魚的範疇。

「交給你了。」

格蘭道爾用手上的鍋蓋把衝出水面的每隻銳劍魚都擋住，讓努伊用熟練的手法宰殺在流冰上彈跳掙扎的銳劍魚。雖然牠們是會從水中突刺或啃咬陸地動物的凶猛魚類，卻不是魔物。所以宰殺之後，所有魚肉都會留下。

和菜刀差不多大的銳劍魚有厚厚的皮，可食部位很少，這些少量的可食部位卻極為鮮美，是一種高級魚。富含油脂的白肉若是生吃，有些人會覺得太過油膩，但經過水煮或燒烤又會讓油脂流失，浪費難得的鮮味。最適合的烹調法是油炸。若不裹粉油炸，就要調整油溫與油炸時間，讓魚肉的油脂不至於流失太多或保留太多，所以很難達到剛剛好的口感；然而只要裹粉油炸，就算是努伊這樣的見習廚師也能做出不錯的成品。

熱愛美食的格蘭道爾和貪吃的努伊當然不可能放過這種魚，於是兩人從剛才便開始勤奮地捕捉銳劍魚。

這個時候，另一個名為尼可的奴隸則好像很喜歡為了鑿冰而購入的旋轉式鑽洞魔導具，正在到處尋找冰層較薄的地方，不斷鑽出一個又一個的洞。這個魔導具是以筒狀的鋸子和支架組成，只要在想鑽洞的地方固定支架並啟動，筒狀的鋸齒就會高速旋轉，深入冰層。鋸齒抵達最底端的時候，就可以像拔出瓶塞一樣，讓冰塊應聲鬆脫。

正在悠閒垂釣的人是身為治癒魔法師的法蘭茲，以及負責維修馬車的多尼諾。他們一邊啜飲尤利凱端來的熱茶，一邊享受釣魚的樂趣。

順帶一提，今天釣魚的目的並不是銳劍魚，而是冰露裸海妖的幼體。牠們看起來就像是透明的水母和魚類加起來除以二的生物。透明的身體帶著傘一般的下襬，短短的觸手在水中搖晃的模樣就像水母，傘的中間以上卻有腰身般的突起，外型有點像是穿著裙子的妖精。牠們在海中輕輕起舞的模樣雖然很美，生態卻是不解之謎。名稱之所以加上幼體，是因為有人捕獲並飼養這種生物，發現牠們的傘狀部位會漸漸變長，化為既像魚又像蛇的形狀，所以人們才知道這只是牠們的其中一個成長階段。

而且成長為細長狀之後，牠們需要的養分似乎會改變，使得研究者飼養的幼體死去，所以往後的型態還在調查之中。冰露裸海妖的幼體並沒有嘴巴和消化器官，會直接從體表攝取魔力。因此，只要從流冰上的洞垂下綁著魔石的釣線，就可以釣到包裹住魔石的冰露裸海妖。

不過，只有享受釣魚樂趣的法蘭茲和多尼諾會採用這種悠閒的做法，吉克則是使用綁著線的弓箭，從洞和流冰的邊緣射擊被魔石吸引過來的冰露裸海妖幼體。

就算有光的折射和水流的阻力，而且「精靈眼」被眼罩遮住，要射中在波浪間緩緩移動的生物還是很容易。吉克用一箭貫穿多隻獵物，戰力遠超過必要程度，但現場只有吉克一個人正在認真捕捉冰露裸海妖，所以他根本沒空享受釣魚的樂趣。

順帶一提，愛德坎只會大呼小叫，完全派不上用場。具有攻擊性的銳劍魚對愛德坎的聲音有反應，接二連三地衝出海面，朝他發動刺擊，把好不容易被魔石釣到的冰露裸海妖幼體都嚇跑了。

完全就是個礙事的傢伙。如果銳劍魚的尖喙能乾脆縫住愛德坎的嘴巴，至少還可以讓他安靜一點；但接近A級的愛德坎果然不是省油的燈，瞄準愛德坎的銳劍魚都被切成漂亮的三片，飄落到放在冰上的盤子裡。

另外，這次一行人有使用中階除魔魔藥，所以在這個樓層出沒的魔物都不會靠近。簡直就是假日的休閒活動。

「這樣就夠了吧。」

愛德坎連一隻都還沒抓到，吉克就已經抓到所需分量的冰露裸海妖幼體了。這種幼體是特級魔藥「冰精的庇佑」的材料之一。「冰精的庇佑」是可以產生薄冰般的皮膜來抵擋熱氣的魔藥，在第五十六樓討伐赤龍時需要用到。

吉克與沃伊德的參戰使遠距離攻擊與噴火的防禦化為可能，提高了擊敗赤龍的勝算，但那個樓層還有身為樓層主人的「步行火山」。上次瑪莉艾拉還不會做特級魔藥，所以是用維斯哈特的魔法來對抗熱氣，不過最好還是準備能在一定時間內確實阻擋熱氣的「冰精的庇佑」。

吉克把抓到的冰露裸海妖幼體裝進放了碎冰的大瓶子裡，用布層層纏繞瓶子之後再放入袋子裡。結果這一切幾乎都是吉克獨力完成的。

不，多虧尼可到處鑽洞的關係，吉克才有更多地方能射擊冰露裸海妖的幼體，也能取得冰塊。多虧格蘭道爾等人幫忙處理銳劍魚，吉克才能專心對付冰露裸海妖的幼體。說著「辛苦啦」並端來熱茶的尤利凱也有貢獻。所以這是分工，是團隊合作。

除了一直在超冷雪地中呼喊愛的愛德坎以外。

「喂～愛德坎，我這邊結束了。另外也捕到很多銳劍魚，差不多該回去了。」

吉克的聲音讓愛德坎回過頭來。或許是因為天氣冷，他的鼻子很紅，連臉也很紅。

「我說吉克～才一陣子沒見，你跟瑪莉艾拉的感情好像變好了嘛？而且還跟那兩個人住在同一個屋簷下～」

「尤利凱，你有拿酒給愛德坎喝嗎？」

「不要說酒了，我連茶都沒給他喝咧。」

愛德坎的酒量很差。他很容易喝醉，而且從臉和態度就看得出來。見到喝醉的愛德坎，吉克向尤利凱發問，他卻一邊收拾東西，一邊嫌麻煩地答道。

「這～個～是！親愛的甜心送給我的禮物～！羨慕吧，我才不給你～！」

看來愛德坎懷裡的小酒瓶是師父喝到一半的酒。到了這個地步，旁人的感想已經超越煩躁，變成同情了，真是不可思議。

吉克不知道該對他說些什麼，黑鐵運輸隊的成員則不以為意，開始準備撤離。

「對了！百年冰！我要用巨大的冰塊來表達我的愛！」

愛德坎這麼一喊，然後馬上拔出雙劍，跑向稍遠處的一座跟山丘差不多大的小型冰山。世界上哪個女人收到大冰塊會高興呢？只要是素材就會高興的某鍊金術師徒弟已經被吉克預訂了。

「喝啊啊啊啊！」

他應該是想要將衝擊集中在一個點，從這個點開始擊碎冰塊吧。兩把劍以一線之隔並行，刺向隆起的冰塊中央。

喀啦。

被愛德坎的攻擊打碎的不是他瞄準的冰塊，而是冰塊周圍的地面——流冰。

「愛德坎，快逃！那傢伙是……！」

吉克的吶喊被冰塊碎裂並隆起的巨響蓋過。

早就開始撤離的黑鐵運輸隊已經走到樓層階梯附近的安全地帶，所以沒有受到波及；但站在愛德坎與黑鐵運輸隊之間的吉克就像搭上了暴風雨中的小船，光是要站在流冰上就很勉強。

要不是愛德坎抓著插進冰塊的劍，早就被拋進嚴寒的海中，被刺骨的低溫奪去性命了吧。

「嘿！喝！」

愛德坎上下扭動，從正要沉入海中的冰塊裡拔出雙劍，然後順勢蹬著冰塊跳向吉克。儘管流冰又濕又滑，而且不穩地搖晃著，愛德坎也不看在眼裡，只是稍微滑了一下就著地，拿著雙劍瞪視冰塊下沉的海面。

看啊，有東西再次從海面上升起了。

如果從遠處遙望，看起來應該就像一條蛇吧。可是牠的寬度連好幾個成年男性都不足以圍起，從海面垂下的蛇首巨大得必須抬頭仰望。

最嚇人的是牠的頭部。

頭部沒有看似眼睛的器官，也沒有看似下顎的突起，單調的前端就像是蚯蚓的嘴巴變尖的樣子。詭異的頭部就像是皮膚裂開一樣，從內側往外翻開，準備吞下眼前的獵物。

「嘖，原來那不是冰塊，是蠕蟲喔！」

從冰塊中竄出並垂下脖子的這種生物與其說是蛇，更像是蠕蟲。

應該是被愛德坎打碎冰塊的攻擊喚醒了吧，牠的身體各處還處於結凍的狀態下，所以動作緩慢，才沒有釀成大禍。

為了完全復原，牠恐怕正想吞食擁有溫熱血液的獵物吧。愛德坎輕鬆躲開從高空往自己襲來的那張嘴巴，並在往後退避的前一刻用雙劍揮砍蠕蟲。

「可惡，砍起來根本沒手感！」

被砍到的蠕蟲身體就像是一層薄薄的皮包裹著流動的碎冰，呈現半凍結的狀態，別說是肌肉和脂肪了，看起來甚至連骨骼和體液都沒有。因為全身都像是即將凍結的果凍，雖然容易切開，卻也很快就能再次癒合。牠往闔起傷口的方向扭轉身體，軟爛的傷口立刻就結凍而癒合了。彷彿沒有察覺自己的攻擊被愛德坎躲開，而且被他砍傷，蠕蟲一頭栽進愛德坎剛才站著的流冰，發出刺耳的聲響擊碎厚厚的冰層，再次潛入海裡。

「那傢伙的目標是我！大家趁現在快逃！」

即使平常十分輕浮，愛德坎繼承黑鐵運輸隊的隊長頭銜時，也一同繼承了那份志氣與驕傲。為了保護隊友、讓隊友逃脫，他握緊雙劍，再次對抗不知名的冰之蠕蟲。

看見這副英姿，黑鐵運輸隊的成員則是——

「不用你說，我們也會那麼做咧。」

「呵呵，那麼我們先走了。努伊，我很期待你的銳劍魚料理喔。」

尤利凱一如往常地冷淡，格蘭道爾則滿腦子只想著料理的事。努伊也彷彿沒有聽到愛德坎的聲音，只是連連點頭回應格蘭道爾所說的話。

「記得在晚餐之前回來。要是你晚歸，我們就先開動了。尼可，回據點放行李之後就去『躍谷羊釣橋亭』辦慶功宴吧。」

「愛德坎，你可要好好善後再回來，免得給其他冒險者添麻煩。」

多尼諾用平淡的語氣說道，尼可也對他連連點頭，法蘭茲說的話則成了致命的最後一擊。

「咦咦咦咦咦？大家太過分了吧！」

對蠕蟲完全不以為意的黑鐵運輸隊一行人紛紛撤離，愛德坎則對他們放聲大喊。因此，吉克不知道該跟黑鐵運輸隊一起回去，還是留下來等愛德坎。

「吉——克！不要走！你不可以走啦啊啊啊！我們是朋友吧！」

「……好吧。快點解決那個大塊頭吧，愛德坎。牠要從後面過來了。」

「我、知道、啦！可是、這傢伙、砍起來、沒有手感、啊！」

蠕蟲很巨大，愛德坎在流冰之間到處跳躍並發動攻擊，牠卻好像沒有受到多少傷害。

「嘿！吉克！來點輔助吧！稍微幫我一下嘛——！」

冰之蠕蟲再次從海中現身，高高揚起的蛇首彷彿聳立在冰原上的大樹；愛德坎攀附在牠身上，輕盈地往上跳著發動攻擊，同時這麼呼喚吉克。如此靈巧的身手，簡直跟猴子沒兩樣。他是新品種的雪猿嗎？

「要是有兩隻眼睛，我就能用弓箭掩護你了～」

吉克也相當悠閒，一臉猶豫地看著愛德坎爬樹……應該說是戰鬥。

從黑鐵運輸隊離去的反應就可以明顯得知，這隻冰之蠕蟲是愛德坎一個人就能打倒的魔物。牠體型巨大，攻擊難以奏效，但也不過如此。體型大和不怕攻擊確實是強者的特徵，所以牠當然也不是菜鳥冒險者能打倒的對手。以階級而言大約是B級，如果再加上沒有流冰的海面等環境上的條件，應該能達到A級。

這個樓層有許多流冰能踩踏，而且對B級偏高的愛德坎來說，蠕蟲的動作緩慢，也只會使出物理攻擊。想逃的話隨時都能逃走，然而要是把這種大塊頭放著不管，即使是在迷宮裡也很沒有公德心。讓逮到的魔物確實回歸地脈才是正確的態度。既然是愛德坎用劍把沉睡在冰塊裡的蠕蟲喚醒，就應該由愛德坎負起責任打倒牠。倘若愛德坎陷入苦戰，吉克當然會去幫忙，但愛德坎很明顯沒有使出全力。

「吉克！嘿！幫幫忙！」

被黑鐵運輸隊的同伴拋下而進入要人陪模式的愛德坎停止攻擊，把全副精力都用來吸引吉克。再這樣下去，不知道要花多少時間才能打倒蠕蟲。

雖然吉克不認為愛德坎會敗給蠕蟲，但在他拖拖拉拉的期間，預計在「躍谷羊釣橋亭」舉辦的銳劍魚料理派對就要結束了。把老是給瑪莉艾拉與吉克添麻煩的師父交給愛德坎應付——不，愛德坎應該會欣然接受這個任務——然後和瑪莉艾拉兩個人一起快樂享用銳劍魚料理的計畫恐怕會泡湯。

「沒辦法了。」

吉克舉起弓箭，把意識集中在眼罩遮住的「精靈眼」。對付這隻蠕蟲，不需要用「精靈眼」增加攻擊力。畢竟要打倒牠的人是愛德坎。只要知道牠的弱點，應該就能縮短戰鬥時間了。

「在那裡啊，難怪牠會醒來。」

雖說是用「精靈眼」尋找弱點，但也不會看見什麼印記，只能隱約知道弱點在哪裡。就像是在陰暗的夜晚遇到岔路，直覺認為某條路很危險的感覺。吉克感覺到的核心就位在愛德坎對冰塊裡的蠕蟲使出刺擊的位置。

「愛德坎，剛才那個地方就是要害！所以牠才會從冰塊裡覺醒！」

「就算你這麼說～這傢伙很會亂動嘛～我的雙劍有點不夠長耶～」

吉克都說出弱點了，處於要人陪模式的愛德坎卻瞄著吉克找藉口，反覆使出這裡刺刺、那邊戳戳的沒用攻擊。老大不小的男人裝柔弱的樣子實在讓人有點煩躁。

「唔……」

這下傷腦筋了——吉克陷入沉思。再拖下去，派對就要結束了。

區區的冰之蠕蟲，就算不靠「精靈眼」，使用腰上的祕銀之劍也能打倒，吉克卻完全不想在愛德坎的撒嬌攻勢下參戰。吉克腰上的劍已經只剩下裝飾作用了。

一定要想想辦法才行。用智慧指數四的頭腦努力思考後，吉克對愛德坎這麼喊道：

「愛德坎！芙蕾大人說等你回去就要一起取暖喔！」

這句話當然是指喝酒。

可是，酒醉又為愛痴狂的愛黃坎腦中已經是一片螢光粉紅色的愛之花園，甚至想像兩人在天堂互相溫存，陷入難分難解的狀態。

「什麼！你說什麼喔喔喔喔喔喔喔喔喔喔喔！我現在！馬上就去──！」

愛德坎一口氣喊出這番話，然後衝了出去。他的雙眼閃爍著強烈的光芒，充滿了幹勁。

「區區冰塊，我馬上就送你上西天！」

這麼大喊的愛德坎開始詠唱連吉克也是第一次見到的技能。

「『左臂生焰，右臂生雷。寄宿吧，雙屬性劍』！」

「什麼……！兩種屬性同時？」

剛才的窩囊模樣不知道跑到哪裡去了。愛德坎有如覺醒的主角，左手握著火焰之劍，右手握著雷電之劍，奔上幾乎垂直屹立的冰之蠕蟲。

對武器灌注魔力的技巧本身並不是很難，應用這種技巧來添加魔法也是中階以上的冒險者就辦得到的事。可是，同時操縱兩種屬性並不簡單。除非有天生的資質和極高的專注力，並磨練出高超的技術才能辦到。愛德坎的精湛招式讓吉克也不禁發出一聲驚呼。

「喝！」

愛德坎用左手的火焰之劍，分毫不差地深深插進他一開始突刺的部位——頭部稍微偏低的地方，也就是蛇的頸部或喉嚨處。火焰之劍插進冰塊般的蠕蟲體內後依然不減熱度，慢慢融化蠕蟲的肉，使劍身完全陷入裡頭。然而對蠕蟲的巨大身軀來說，不過就是一根針扎在身上。火焰之劍的前端還不足以觸及蠕蟲的核心。可是——

「這就是最後一擊！」

愛德坎放開左手的火焰之劍並扭動身體，藉著旋轉一圈的力道揮舞右手的雷電之劍，砍向剛才插進蠕蟲身體的火焰之劍的刀柄。

愛德坎的雷電之劍把插進蠕蟲身體的火焰之劍敲得更深，放出的電擊同時流經火焰之劍的刀身，摧毀蠕蟲的核心。

核心遭到破壞的蠕蟲陷入垂死掙扎。牠彷彿要吞食天空，或是渴求空氣，筆直朝上張開的嘴巴裂成四瓣，由內側往外捲起。從站在遠處的吉克眼裡看來，牠簡直就像一朵盛開的花。

蠕蟲微微顫抖，然後彷彿從根部開始枯萎，倒入冰海之中。

「好了，我們走吧，吉克。芙蕾琪嘉小姐正在等著我呢。」

蠕蟲倒下的衝擊掀起一陣霧濛濛的水花，愛德坎以這一幕為背景，從冰之世界中現身。把雙劍靜靜收入劍鞘，絲毫不像是才剛經歷一場戰鬥的他輕聲一笑，這副模樣或許會讓人不禁心想這是哪來的帥哥。這種時候還是不要吐槽他的腳步就像急著上廁所的人一樣快吧。

「啊，嗯，我們回去吧。話說回來，那隻蠕蟲到底是什麼？」

吉克和愛德坎會合，往樓層階梯走去。這時有人回答了他的疑問。

「那就是冰露裸海妖的成體。」

「！！！芙蕾琪嘉小姐！妳該不會是來接我的吧？」

彷彿早就在一旁觀看似的，身為師父的芙蕾琪嘉正巧出現在樓層階梯，說明了蠕蟲的真面目。不知為何，她的身後還跟著瑪莉艾拉。

「請溫暖我冰冷的心靈和身體吧～」愛德坎這麼說著跑過去，師父卻說：「嗯？你會冷嗎？來，火焰。」然後放火，把他的心燒成一堆灰燼。

留下可憐的愛德坎，師父帶著瑪莉艾拉和吉克走向倒在流冰上的蠕蟲屍體——冰露裸海妖的成體。

「冰露裸海妖是很奇特的生物。幾兆的孢子體之中，頂多只有一隻能長成成體。牠們在幼體的階段只會吸收魔力，到了早期成體才會開始捕食。接下來會花上幾十年的時間漸漸變成中期成體、後期成體、成熟成體，棲息範圍也會隨著成長而漸漸移向深海。因為牠們只會在產卵時再次出現在海面，所以很少有人見到牠們的這副模樣。雖說是產卵，但因為牠們是單性生殖，所以比較接近孢子體。在真正的海中，從深海移動到海面和產卵的過程就會讓牠們力盡而亡；不過這裡是迷宮，海水沒有那麼深，所以牠才會在死前凍結，以假死狀態存活下來。」

師父展現自己的博學多聞時，瑪莉艾拉在後面說著：「嗚嗚～好冷喔。」同時用不習慣的動作快步跟上。

穿著厚厚防寒衣的模樣讓人想起發福的瑪**肉**艾拉時代，這樣也挺可愛的。吉克注意不讓瑪莉艾拉跌倒，跟著她們兩人走。

「好了，瑪莉艾拉，把這傢伙的體液『藥晶化』吧。」

在師父的催促之下，瑪莉艾拉戰戰兢兢地觸碰冰露裸海妖。

「可是我第一次處理這種素材……嗯？這是……不過，濃度好淡。」

「沒錯，這傢伙好歹也算是龍的一種。只有獲得龍之因子的個體能夠以幾兆分之一的機率存活下來。話雖如此，因為是低階中的低階，所以比低階品種的地龍之血還要淡了千倍吧？這麼大的塊頭，體內卻幾乎都是水分，所以分量是很多，但用普通的方式萃取就會在途中蒸發。必須經過『藥晶化』才能取得『水龍血』的藥晶。這麼容易就能取得水龍血的機會可不多，所以妳就快動手吧。做起來應該就跟地龍血差不多。」

「是，師父。」

因為瑪莉艾拉的「藥晶化」而失去龍之因子的冰露裸海妖屍體化為細小的冰粒，漸漸流入冷冽的海水中。

沉入黑暗海底的碎片若從海中觀看，或許就像紛飛的雪花吧。冰露裸海妖的幼體想要吸收屍體中含有的魔力，於是漂浮到海水的淺層，這一幕就像海中妖精的群舞一樣美麗。

在真正的大海中，結束產卵而力竭身亡的冰露裸海妖也一樣會化為這些小小生命的糧食吧。

「好了，趕快回去取暖吧！愛德坎也是！」

瑪莉艾拉的「藥晶化」一結束，師父馬上催促瑪莉艾拉等人離開。要是不快點回去，銳劍魚的炸魚排就要被吃光光了。

從巨大的冰露裸海妖身上只取得比一頭地龍還要少的「水龍血」藥晶。淡藍色的碎片讓人聯想到這個樓層的流冰，瑪莉艾拉欣賞了一會兒便小心翼翼地收進腰包裡。

「啊，對了。這裡還沉睡著好幾隻冰露裸海妖，你們全部解決掉吧。明天再開始就好。很少有人可以精準擊中冰露裸海妖的要害，把牠們叫醒。拜託你囉，愛德坎。」

因為師父的無情委託，黑鐵運輸隊在迷宮都市的休假因此延長，愛德坎則必須展開一段身心都凍結的修練之旅。吉克身為愛德坎哭訴的對象，當然也要參加。冰露裸海妖就算是低階中的低階，依然算是龍的一種，所以不斷叫醒並打倒牠們的愛德坎獲得認可，順利靠著這項功績晉升為A級。

「比起A級，我比較想要愛啦……」

聽到愛德坎望著遠方低聲這麼說，吉克一如往常地用「聽說A級冒險者很受歡迎喔！」這種沒有根據的說法來安慰他。

02

「好了，來做『冰精的庇佑』吧！」

瑪莉艾拉一早便在「枝陽」二樓的工房開始鍊成。由於「冰精的庇佑」鍊成起來很花時間，所以今天不必去迷宮討伐軍基地做魔藥。對老是被師父牽著鼻子走的米歐爾等人來說，或許是個久違能喘口氣的假日。

不過能放假的只有米歐爾等人，吉克和愛德坎今天也在迷宮第三十三樓喚醒結凍的冰露裸海妖，再讓牠們陷入永眠。

位在「枝陽」二樓的工房放著兩個大型木桶，一個裝著冰露裸海妖的幼體，另一個裝著在迷宮第三十三樓順便採集到的百年冰。桌上還有盤子裝著極光冰果與冰魔的魔石，以及地脈碎片。另外還有玻璃製的漏斗形器材，就像是正要開始烹調什麼料理。冰露裸海妖的幼體飄出海水的鹹香，讓師父不安分地開始想喝酒。

瑪莉艾拉一如往常地無視師父，重新面向材料。平常她都會先處理地脈碎片，但這次的材料一從冷凍魔導具取出就會融化或變質，所以得從這些東西開始處理。

順帶一提，這次要使用玻璃製的器材。師父不論什麼事都要瑪莉艾拉用鍊金術技能完成，卻罕見地準備了這種東西。這個器材就像是有深度的漏斗重疊了三層，以垂直連接的方式使用。接觸空氣的側面是中空的雙層構造，內部的溫度不容易變化。據師父所說，不同物質的導熱程度也不同，在中間加入多層空間就能讓溫度不容易下降。

為了防止材料掉落，瑪莉艾拉在漏斗的孔洞處塞了一點棉花，在下層放入絞碎成粗粒的冷凍極光冰果，在中層放入同樣絞碎成粗粒的冰魔魔石，上層則是百年冰。好像是為了放進器材才要稍微絞碎，顆粒不可以太過細小。

滴答，滴答。

緩緩融化的百年冰滴進裝著冰魔魔石碎片的中層，在滲透並擴散之後滴進裝著極光冰果的下層。剛融化的冰冷水滴緩緩融解極光冰果，混合著果汁落入放在下方的容器。

滴答，滴答。

這是很需要耐心的過程。只要把材料設置好，接下來要做的事頂多只有定時補充百年冰，可以悠閒地看著器材。

「師父，既然要讓冰塊慢慢融化，在『錬成空間』裡控制溫度不就好了嗎？應該說，真的有必要用這種方法慢慢融解素材嗎？如果是因為萃取溫度和速度，我還可以理解。不能先等冰塊融化之後再一起萃取嗎？」

「妳是想說不管先融化還是後融化，冰塊融化的速度都不變嗎？這妳就不懂了，瑪莉艾拉。這些冰塊可是結凍了百年以上呢。冰的結晶裡面融入了百年的時光，所以才要用這種方法，讓它慢慢地自然融化。」

師父轉動玻璃杯，讓杯裡的冰塊發出清脆的聲音，同時這麼回答。

「咦？時間會融入冰塊裡嗎？」

「我只是舉例形容啦。妳真沒情調，瑪莉艾拉。」

師父小口啜飲杯中物，看著緩緩融化的百年冰滴入魔石，再滲進極光冰果的模樣。

「呃，妳在喝什麼啊——！什麼時候開始的！」

「妳看，冰露裸海妖的幼體要在妳分心的時候融化嘍。」

「師父真的是讓人大意不得……」

瑪莉艾拉把一邊啜飲著酒，一邊觀賞冰塊融化的師父晾在一邊，重新面向裝著冰露裸海妖幼體的木桶。沒錯，如果把這種幼體放在溫暖的地方，就會真的融化成黏稠的液體。

冰露裸海妖的幼體只有體內的淡粉色部位能當作「冰精的庇佑」的材料。幼體的身體構造很奇特，裡面沒有骨骼、肌肉或內臟，全身都像均勻的果凍一樣柔軟又有彈性。可是牠們的身體中心帶著淡淡的顏色，也只有這個地方摸起來稍微偏硬。長大之後，這個部位或許就會變成冰露裸海妖的核心。

瑪莉艾拉快速剖開冰露裸海妖的幼體，把核心移到別的容器。

半結凍的冰露裸海妖幼體非常冰冷，全部處理完的時候，瑪莉艾拉的手已經凍得發紅了。

「好冰……」

瑪莉艾拉對手掌呵氣，並摩擦掌心。

「妳還是跟以前一樣容易凍傷耶。給我看看。」

師父用懷念的語氣這麼說，對瑪莉艾拉招手。

瑪莉艾拉到師父面前伸出手，師父便握住瑪莉艾拉的雙手，輕輕搓揉血液循環變差而紅腫的手指。

「師父的手還是跟以前一樣溫暖呢～」

年幼的瑪莉艾拉還待在孤兒院的時候，雙手到了冬天就容易凍到裂開，需要碰水時非常難受。每次瑪莉艾拉的手因為凍傷而腫脹的時候，師父總會這樣幫她揉一揉。或許只是想要觸碰小孩子腫起來的手掌，但師父的手非常溫暖，被這麼一揉，凍傷就會不可思議地好起來。

只不過，用低階魔藥也能馬上治好凍傷就是了。

（可是重點不在那裡。）

看著被師父溫暖過的手，瑪莉艾拉這麼想。百年冰在一旁極度緩慢地融化著，讓瑪莉艾拉稍微能理解為何師父不叫她用技能快速處理百年冰了。

把冰露裸海妖幼體的核心放進「鍊成空間」中慢慢加熱，就會變成像融化果凍般的黏稠液體。在裡面加入約一半含有「生命甘露」的水，它就會在常溫下維持液體的狀態。

接下來只要和處理過的地脈碎片與百年冰的萃取液混合就行了，但百年冰好像還要花很多時間才會完全融化。

「吉克他們應該很冷吧。今天就煮一些要花時間燉煮的料理好了。」

把肉慢火燉煮至入口即化的熱湯一定能溫暖凍僵的身體。

瑪莉艾拉有時到一樓的廚房煮燉肉，有時到地下室的冷凍魔導具拿百年冰和極光冰果去工房補充，有時又去「枝陽」店內露個臉，悠閒地度過上午的時光。

（以特級來說，「冰精的庇佑」好像滿好做的。）

看著滴滴答答的融化水珠，瑪莉艾拉這麼想。

極光冰果是製作變身藥所需的材料，上次是去第三十二樓採集。而這次使用的是在「枝陽」的地下室以冷凍魔導具栽培的極光冰果。雖然這次的用量比變身藥更多，但得意忘形的瑪莉艾拉種了一大堆，所以沒問題。

百年冰正如其名，是凍結了上百年的冰塊，已經形成兩百年的這座迷宮裡就有符合條件的冰。這些百年冰是在捕捉冰露裸海妖幼體時順便採集的。

冰魔的魔石可以使用在第三十二、三十三樓出沒，擁有自我意識的寒氣集合體——冰霜圍困者的魔石，只要去冒險者公會委託就能輕鬆取得。

因為會使用到地脈碎片，所以這種魔藥歸類在特級。但其他材料的取得難度以其階級而言算是偏低。聖水在中階魔藥之中也算好做，可見沒有回復效果的附加能力型魔藥或許都是同等階級之中比較簡單的。

聽說吉克要使用這種魔藥參加迷宮討伐軍的下一次作戰。

吉克等人要前往的迷宮第五十六樓是火山的樓層，裡頭似乎棲息著會噴火的紅色巨龍。

（希望這種魔藥可以保護吉克的安全。）

瑪莉艾拉對一顆一顆的水滴灌注願望。

滴答，滴答。

太陽仍然高掛天際，百年冰也還沒有完全融化。還要再過一段時間，瑪莉艾拉才要去迷宮從冰露裸海妖身上取得「水龍血」的藥品。

滴答，滴答。

或許是看膩了百年冰融化的過程，師父似乎跑去「枝陽」店內對放學的孩子們講解一些不必要的知識了。

瑪莉艾拉從工房的角落取出大張的魔物皮革和幾種魔石與礦物。魔物皮革已經加工成類似羊皮紙的質地，可以書寫文字，魔石和礦物則要磨碎後混合在墨水裡使用。

祈禱或許願如果沒有成真，那就沒有意義。

不論瑪莉艾拉心裡的意念有多麼強烈，也不足以幫助吉克。

所以，至少也要畫出這個魔法陣。瑪莉艾拉將心願和意念灌注在魔力中，為的是使其顯現於人世。

瑪莉艾拉在裝著特製墨水的碟子裡滴入自己的血。添加血可以對魔法陣本身灌注魔力，但這樣一來就僅限血的主人可以發動。

不過，以這個魔法陣而言，這一點並不是多大的問題。

因為啟動這個魔法陣所需的魔力相當大量，除非擁有像瑪莉艾拉這種程度的驚人魔力量，否則就連啟動也沒辦法。

瑪莉艾拉也獲知了討伐赤龍的作戰計畫。據說吉克必須閃躲會飛的赤龍噴出的火焰，用弓箭射穿赤龍的翅膀。

迷宮第五十六樓是到處都有岩漿噴發的灼熱樓層，自從上次討伐以來，赤龍就會隨時看守出入口，只要有人進入赤龍的視線範圍，牠馬上就會噴出火焰。就算順利躲過第一擊，進到赤龍的射程範圍內，也會踏入四處都是一灘灘熔岩的危險地形。就連移動都很困難，也幾乎沒有地方可以躲藏。

就算有「冰精的庇佑」，在那種環境下真的能一邊閃躲赤龍的火焰，一邊好好射箭嗎？A級冒險者的體能非常優異，跑起來的速度根本不是瑪莉艾拉可以比擬的，但也不可能敵過龍飛行的速度。

所以，至少要畫出這個魔法陣。

這是兩百多年前，瑪莉艾拉完成假死魔法陣之後，師父所留給她的東西。當時瑪莉艾拉氣得大罵：「這種魔法陣什麼時候會用到啊！師父一定是為了讓我昏過去才轉寫的！氣死我了——！」可是現在回想起來，師父一定是為了這一天才轉寫的吧。

（就算去問師父，她應該也會裝傻吧。）

滴答，滴答。

凍結上百年的冰塊逐漸融化。

（希望吉克可以平安回來。）

為了讓這個心願化為實體。

瑪莉艾拉聽著融化的百年冰滴落的聲音，慢慢畫出精確的魔法陣。

03

這天早上，迷宮都市一如往常。

從麵包店升起的烤麵包香氣混入靜謐的早晨空氣，家家戶戶都開始傳出人們起床的聲響。在飼養躍谷羊和家畜的地區，動物們應該起得更早，正發出討食的叫聲吧。

居民較多的住宅區頂多只有鳥鳴，早晨總是很寧靜，但光是有許多人類起床活動，就能讓人感覺到城市活著的氣息。或許是有人在烹調早餐或便當，為了通風而打開的窗戶傳出煎肉和煮咖啡的香氣。

隨著太陽逐漸升起，早晨的城市也愈來愈熱鬧。

冒險者們一心想著要多賺點錢，啃著雙手才能拿起的大麵包，快步前往迷宮；為了販賣煙霧彈、除魔香和攜帶糧食給這些冒險者，露天攤販紛紛開始營業。其中也有販賣低階魔藥的店，所以在這麼早的時段也能帶著低階魔藥進入迷宮。

首波銷售結束後過了一陣子，低階魔藥才開始零售。零售的業者是與商人公會簽約，繳納一定量以上的藥草作為魔藥材料的藥師們。目前魔藥的進價、賣價與販售數量都遵照同樣的規範，所以對藥師們而言只有定額的利潤。但能從熟悉的藥店買到低階魔藥的狀況，為城市的居民帶來了隨時都能取得魔藥的安全感，藥店也不至於失去一直以來的客人，還能在賣魔藥時順便賣出煙霧彈和除魔香。

幾乎所有的露天攤販都開張的時候，收入穩定的中堅以上冒險者開始前往迷宮。他們的目標是在迷宮內販售的中階魔藥。其中大部分的隊伍都有治癒魔法師，但有了中階魔藥，就能讓狩獵過程比以往還要安全許多。

可是，今天的迷宮入口比往常還要吵鬧一點。

「喂，聽說可以買到高階魔藥耶，真的假的？」

「聽說是先搶先贏，一人限購一瓶。」

「多少錢？」

「好像是一枚大銀幣。嘖，我帶的錢不夠，要趕快回去拿才行。」

這次的販售表面上是以「試賣」為名義，實際上卻不是如此。

萬一討伐赤龍的任務失敗，為了把死傷人數降到最低，軍方才想出了這個策略。

「吉克……你要平安回來喔。」

「我一定會的。瑪莉艾拉，這個眼罩就暫時交給妳保管了。」

瑪莉艾拉接過吉克的眼罩，小心翼翼地收進包包。這是林克斯送給吉克的禮物，和沒能歸還給林克斯的短劍一樣是吉克非常珍惜的東西。

這裡是迷宮第五十四樓，也就是過去由「海中浮柱」掌管的海之洞窟。

吉克已經取下眼罩，用「精靈眼」環顧四周，卻只能偶爾看到非常弱小的精靈之光飄起，並不像上次在「枝陽」看到精靈時那麼密集。

「精靈是以地脈湧出的力量為糧食。因為迷宮也會侵蝕地脈，所以對精靈來說是很糟糕的環境。這座城市有迷宮，所以精靈的力量很微弱，數量也很少。」

師父用手指撈起附近的光，不特別對誰這麼說道。師父以前說過「精靈的力量在迷宮裡會減弱，所以無法使用精靈魔法」。而精靈接觸到「精靈眼」依然微弱的這幅景象正好證明了她的說法。

只不過，就算無法使用精靈魔法，還是讓人很難想像以「炎災賢者」之名流傳至今的師父芙蕾琪嘉一踏入迷宮，就會淪為柔弱的女性。應該說，那樣的師父根本讓人無法想像。

萊恩哈特兄弟倆向師父請求幫助的時候，她說過「維斯哈特還比較幫得上忙」。換句話說，就算沒有精靈魔法，她應該也能使用與維斯哈特同等，也就是A級程度的魔法。由於師父親自護衛瑪莉艾拉，瑪莉艾拉本人也堅持要來，所以萊恩哈特與維斯哈特也只好同意讓瑪莉艾拉一起來到迷宮第五十四樓。

待在這裡的人除了瑪莉艾拉等三人之外，只有萊恩哈特、維斯哈特與米歐爾等知道瑪莉艾拉是鍊金術師的幾名護衛，其他協助討伐赤龍的成員則是先去五十五樓待命了。

瑪莉艾拉可不是只為了替吉克送行才來到迷宮深處的。

瑪莉艾拉取出製作「冰精的庇佑」時一起畫好的一張魔法陣，在吉克的眼前攤開。

（請保護吉克。）

瑪莉艾拉對魔法陣灌注自己所有的魔力。

這是讓精靈受肉，顯現在這世界，直到魔力耗盡為止的魔法陣。

也是瑪莉艾拉在兩百年前完成假死魔法陣之後，師父「轉寫」給她的魔法陣。

雖說只是暫時，能讓精靈獲得肉體的這種魔法陣即使比不上假死魔法陣，依然是相當複雜的東西。可是比繪製魔法陣本身更困難的是，必須灌注足以讓精靈受肉的龐大魔力才能啟動魔法陣，而且就算能順利啟動並召喚精靈，持續時間也受限於灌注的魔力。即使瑪莉艾拉在描繪和啟動魔法陣時總共灌注了兩次魔力，以接下來要召喚的精靈位階和賦予的體能而言，能不能撐上一刻鐘都很難說。

瑪莉艾拉來到這個樓層的理由就在於時間限制。

而且並不是任何精靈都能顯現。對象必須是與魔法陣的啟動者有緣的精靈，除非平時就能借助祂的力量，否則精靈不會回應。

瑪莉艾拉認識一位時常現身幫忙的精靈。雖然祂是因為吉克也在場才送戒指給瑪莉艾拉，但也正因為如此，祂應該願意幫助吉克。

「瑪莉艾拉，妳要在心裡想像自己想拜託的事，還有希望祂變成的樣子。」

師父在一旁給瑪莉艾拉建言。

（請祢幫幫吉克。他等一下要去的地方有可怕的龍在天上飛，還會朝他噴火。所以遇到危險的時候，希望祢可以載著吉克逃走。就像以前勇於對抗可怕的死亡蜥蜴，載著我逃走的那隻奔龍一樣。）

有了具體的想像之後，魔法陣有如一把鑰匙，喀的一聲開啟了某扇無形的門。

瑪莉艾拉毫不吝嗇地對魔法陣灌注自己所有的魔力，然後用一如以往的方式呼喚精靈。

「『來吧，火精靈——火蠑螈』。」

瑪莉艾拉戴在中指的戒指閃爍光芒，讓魔法陣起火燃燒。

高過人身的巨大火柱放出非常強烈的光，外圍是黃色與紅色等正常火焰的顏色，中央卻凝聚著刺眼的白光。其中肯定聚集了高得嚇人的能量。火柱的溫度究竟有多高呢？可是這股熱度並沒有灼燒身體的攻擊性，彷彿在夜晚的森林守護人們不受魔物或野獸傷害的篝火，充滿溫暖的能量。

高高噴發的火柱保持相同的熱度，縮小到稍微比人高的程度，就像超越千度的高溫鋼鐵，形成一隻散發黃白色光芒的奔龍。

仔細一看會發現不只是顏色，眼睛、爪子、尾巴末端等地方的形狀和紋路都和奔龍不同，看起來就像是火蠑螈變身成奔龍的模樣。

在瑪莉艾拉眼裡，比普通奔龍還要大了一號的祂看起來十分強壯。灌注所有魔力的瑪莉艾拉幾乎只能勉強保持清醒，卻又很高興法術能成功，於是擠出笑容看著吉克與火蠑螈。

「火蠑螈，謝謝祢來！請保護吉……」

「嘎嘎——！嘎嘎嘎！」

瑪莉艾拉的話還沒有說完，火蠑螈便挨近吉克身邊。祂像狗一樣用力搖晃尾巴，高興得不得了。因為尾巴很長，祂被離心力拉扯，連頭部都一起轉了起來。

「好好，冷靜點，好好好。」

經過吉克的安撫，雖然祂稍微冷靜一點了，尾巴前端依然開心地搖著，似乎非常高興能載著吉克奔跑。

一名迷宮討伐軍的士兵想替祂裝馬鞍，祂卻露出牙齒，用「嘎嗚」的叫聲威嚇對方，非常沒有規矩。

被吉克罵過之後，祂變得稍微乖巧一點了，但還是不願意讓吉克以外的人觸碰，所以馬鞍是吉克替祂裝上的。

「賢者閣下，那究竟是什麼？」

在遠處看到召喚火蠑螈的過程，維斯哈特這麼向師父發問。

「啊～那是我畫的魔法陣，可以讓精靈在一定時間內受肉。想變成那個大小需要很多魔力，卻只能召喚有緣的精靈，而且召喚的術者如果沒有壓迫感和支配力，就會變成那個樣子。」

「原來如此……」

萊恩哈特與維斯哈特剛看到從火焰中現身的騎獸時還眼睛一亮，但看到火蠑螈那不服管教的脾氣，臉色馬上浮現失望的神情。雖然維斯哈特並沒有表現在臉上，但和萊恩哈特站在一起就看得出兄弟倆應該都想著同樣的事，使得維斯哈特的撲克臉反而很逗趣。

除了「那是我畫的魔法陣」以外，師父的說明都是真的。

精靈生性無拘無束，所以無法像受過嚴謹訓練的騎獸一樣乖巧。既然能獲得血肉之軀，除非受到術者的強烈支配，否則祂們都會自由自在地胡鬧。就像是對這世界的一切都感到好奇，用盡全力玩耍的小貓或小狗一樣。能不能在受過訓練的成犬狀態之下召喚，就取決於術者的資質了。

就連過去對瑪莉艾拉百依百順的吉克也完全不受瑪莉艾拉的支配，所以她當然無法掌控精靈。因此，火蠑螈就以最原始的狀態顯現在這個世界了。

因為吉克擁有「精靈眼」，能得到精靈無條件的愛，所以就算是充滿野性的火蠑螈也沒有問題；但對普通人類來說，祂只是難以馴服的拖油瓶。

「賢者閣下，我也能使用那種魔法陣嗎？」

聽到維斯哈特這麼問，師父回答：「等你有了熟識的精靈，我就教你。」

如此回答的根本理由和隱瞞魔法陣作者的理由是一樣的。對於想要把魔法陣，也就是受肉的精靈當作道具使用的人，精靈是不會伸出援手的。

維斯哈特能理解這個答案的真意，於是再次用遺憾的表情點頭說道：「原來如此。」

「真是的，火蠑螈！祢一定要好好保護吉克喔！」

「嘎嘎！嘎嘎！」

「回應一次就好！」

「嘎嘎！」

明明語言不通，瑪莉艾拉卻能跟火蠑螈對話。

雙方好像真的可以溝通，簡直不可思議。不過，瑪莉艾拉希望火蠑螈「保護吉克」的願望已經充分灌注在使祂顯現的魔力中，所以火蠑螈應該已經接收到這份意念了。

「那麼，我們要走了。」

「嗯，路上小心！」

瑪莉艾拉笑著揮手，吉克也回應她。跟著吉克走的火蠑螈也搖著尾巴末端，就像是在說掰掰。

（幸好能笑著送行……）

瑪莉艾拉對走下階梯、奔向戰場的吉克等人揮揮手，這麼想著。其實直到剛才，瑪莉艾拉都忍著眼淚。她現在也一樣擔心吉克，感到坐立難安。他們等一下要迎戰的赤龍比死亡蜥蜴還要強上數十倍。

一想到失去林克斯的那一天，瑪莉艾拉就怕得忍不住湧出淚水。

「嘎～嘎，嘎～嘎。」

火蠑螈好像很吃力地左右晃動身體，一步一步走下階梯。奔龍這種動物的兩隻後腳雖然發達，前腳卻很短。如果要快速奔跑，他們就會抬高尾巴並壓低頭部，也就是用前傾的姿勢跑步。要是用這種姿勢下樓梯的話……

「嘎～嗚！」

滾啊滾啊滾……砰！

就算滾下樓梯也沒辦法。

「……吉克他們真的沒問題吧？」

「沒事沒事。」

多虧火蠑螈的冒失，瑪莉艾拉的擔心完全轉移到別的地方了。

「好了，瑪莉艾拉，我們回『枝陽』吧。那樣的話，吉克也比較能安心戰鬥。」

「好的，師父。」

瑪莉艾拉與師父在米歐爾等少數護衛的陪同之下，走上樓層階梯。然後，吉克慌慌張張地追上滾落階梯的火蠑螈。

多虧有火蠑螈在，兩人暫時的離別就像每天出門狩獵一樣，稀鬆平常。

火蠑螈滾落到其他討伐成員待命的五十五樓，以滑行的方式在剛剛踏入這個樓層的萊恩哈特身旁著地。

趕緊追上來的吉克和注視著火蠑螈的萊恩哈特對上了眼，感到非常尷尬。

畢竟這次的討伐任務只有吉克一個人有騎獸。就算是萊恩哈特的龍馬也耐不住五十六樓的灼熱大地。在這次的討伐成員中，不論身分還是冒險者階級，吉克恐怕都是最低的。即使犯罪奴隸的宣判已經被證明是冤罪，他曾當過債務奴隸依然是事實，也是最近才升上A級。

在眾多前輩之中獨自騎乘的尷尬感讓吉克指著火蠑螈，對萊恩哈特說道：

「將軍閣下，不嫌棄的話，請您騎乘火蠑螈吧。」

「不，還是由你來騎祂吧。既然作戰上有必要，你就不須有多餘的顧慮。況且祂似乎非常親近你。」

「嘎嘎～」

火蠑螈好像正在說「不小心跌倒了～」似的，用頭磨蹭吉克的手。萊恩哈特看了祂一眼，婉拒了吉克的提議。

多麼心胸寬大的將軍啊——吉克這麼想著，按著火蠑螈的頭，跟祂一起向萊恩哈特敬禮。只不過，火蠑螈好像以為吉克是在摸自己的頭，高興地嘎嘎叫。

「是，謝謝您。」

「……哥哥，關於使精靈具象化的魔法陣……」

維斯哈特走在萊恩哈特身邊，以周圍的人聽不到的小音量對哥哥說話。

「不需要，那不適合軍隊。」

「我也有同感。」

或許是看到火蠑螈從階梯上滾下來的醜態，或是因為毫無支配力的瑪莉艾拉召喚了祂，使得火蠑螈顯露精靈原本的奔放性格，所以萊恩哈特對這種魔法陣的結論和維斯哈特相同。

被這個結論所救的人究竟是會畫魔法陣的瑪莉艾拉，還是萊恩哈特等人呢？從精靈魔法已經失傳的事實來看，答案或許很明顯吧。

「嘎嘎嘎～」

吉克和火蠑螈跟在萊恩哈特後方，走向已經集合的討伐部隊。明明跌得那麼重，火蠑螈卻一副若無其事的樣子，可見這副暫時的肉體似乎相當強壯。

明明是新加入的成員，火蠑螈的登場方式卻是從樓層階梯滾出來，使得吉克有點難為情地向討伐成員打招呼。

成員和上次一樣是萊恩哈特、維斯哈特，以及回歸迷宮討伐軍的迪克，還有同樣是A級的五名迷宮討伐軍士兵。除此之外則有冒險者公會的會長「破限」的光蓋、號稱「雷帝愛爾席」的愛爾梅拉。這次又加上愛爾梅拉的丈夫沃伊德與吉克，總共十二個人參戰。

「我來介紹一下。這位是最近升上A級的吉克蒙德，他是擁有『精靈眼』的弓箭手。而這位是號稱『隔虛』的沃伊德閣下。」

「隔虛」——無人不知的S級冒險者。

吉克早就知道愛爾梅拉是「雷帝」，卻沒想到她的丈夫沃伊德就是大名鼎鼎的「隔虛」。踏入這個樓層的時候，吉克還以為他跟瑪莉艾拉一樣是來替妻子送行的，於是以現在沒有被眼罩遮住的雙眼驚訝地注視著沃伊德。

「嗨，你果然還是比較適合用弓呢。」

可是沃伊德似乎並沒有把雙眼俱全的吉克和不可思議的奔龍放在心上，就像在街上巧遇一樣溫和地打招呼，然後以不像是要上戰場的平穩表情在愛爾梅拉身邊微笑。

愛爾梅拉也和沃伊德相視而笑，然後對吉克說：「請多多指教。」她把平常盤起的長髮放了下來，穿著緊身的魔物皮衣，造型比沃伊德搶眼多了。

「嗨，吉克，看你的了。」

對吉克這麼打招呼的是迪克和其他的隊長們。因為在狩獵地龍的時候有和迷宮討伐軍合作過幾次，所以吉克見過他們每個人。

「你出人頭地了嘛！」

「是，都是多虧有光蓋閣下的指導。」

「別鬧啦，我可沒教你射箭呢！」

「嘎嘎！」

閃爍！亮晶晶～

光蓋一如往常地豎起大拇指打招呼，發出背光的頭部讓火蠑螈有了反應。

誰也沒有深究吉克痊癒的右眼是「精靈眼」的事，也沒有對沃伊德就是長年行蹤不明的S級冒險者「隔虛」的事表現出無謂的反應。在五十五樓以下得知的討伐隊員之情報是最高機密，所有人都已經立下不得洩漏的「誓約」。沒有什麼事比「隔虛」的真面目還要轟動社會，而且到了A級，任誰都會想要隱瞞自己的技能或招式。

不，就算沒有「誓約」，也不會有人說出那麼不解風情的話。

在場的人都是這座城市頂尖的強者，可是踏入下一層樓之後，每個人都有可能喪命。

上次光是能讓所有人活著回去，就已經是奇蹟了。

彷彿將所有人再次召集於此的代價，名叫林克斯的年輕生命被迷宮奪去。他是個才華洋溢、心懷壯志的年輕人，如果他還活著，一定會來到這裡，成為眾人的夥伴。

這裡沒有一個人想要在他人的犧牲之下苟活。那樣的人根本不會來到這個決戰之地。

他們聚集於此的理由各不相同。雖然戰鬥的目的因人而異，他們卻是將「消滅迷宮」的意志一同延續下來的同伴。

萊恩哈特看著現場每一個人的眼睛，這麼說道：

「『消滅迷宮』——我們要將這份意志託付給你們。『消滅迷宮』——我們會繼承你們的意志。即使我將命喪戰場，這份意志也絕不消逝。此處是我們出生的土地，也是後世子孫居住的土地。我們絕對不能使生命的燈火就此斷絕。」

他的聲音非常沉靜，但充滿了絕不屈服的強韌意志。

「若有天空霸王現身阻撓，我們就擊落牠的翅膀；若有高山聳立眼前，我們只管擊碎巨石，勇往直前。我們絕不停下腳步。前進吧，各位。我們要打倒赤龍，打倒『步行火山』！」

「是！」

「消滅迷宮」——

這是所有人的共同目的。

集結在現場的人們齊聲回應萊恩哈特的呼喊，然後邁步走向決戰之地——迷宮第五十六樓。

位在遙遠上方的迷宮都市迎來一如往常的早晨。

差不多快到孩子們的上學時間了。

帕洛華和艾里歐平常總是在沃伊德的目送之下說著「我們去上學了」，但這次目送他們的人是代為顧家的曾祖父賈克。

安珀平常總是一早就去麵包店買剛出爐的麵包，今天卻沒有到麵包店露臉，而是用昨天多做的料理打發早餐，然後比往常還要早去「枝陽」準備開門營業。

在亞格維納斯的宅邸，凱羅琳小聲說著：「今天能不能見到維斯大人呢？」請女僕把自己的頭髮漂亮地紮起；對最近一開口就是「維斯大人」的妹妹感到有點尷尬的哥哥羅伯特則是按照平常的時間，一早就走出宅邸，前往尼倫堡的診所。

光是安靜地待在冒險者公會就會被嫌礙事、太熱血、不工作的會長今早不在。他在城市的某處偷懶……致力於維持治安的時候，心想終於有短暫的寧靜時光能專心在業務上的職員們帶著些微的緊張氣氛，開始著手準備工作。

商人公會也一樣，平常總是在快要遲到的時候抵達的里安卓，竟然提早了半刻鐘前來，開始分配今天的工作。

在迷宮討伐軍，每個部隊各有兩人的副隊長一如往常地指揮早晨的訓練，平常一定會到場的八個部隊長之中卻有六個人不在。士兵們一面猜想是不是有舉辦什麼隊長之間的聯歡會，一面揮汗訓練。

這些差異跟平時相比都只在誤差範圍之內。
早晨的情景在遠觀之下像是完整的一幅畫，仔細一看卻少了幾塊拼圖。
缺少的拼圖就聚集在這座迷宮之中。
這些拼圖再次回歸早晨情景的日子究竟會不會到來呢？
赤龍吐出灼熱的氣息，彷彿要將這一切燃燒殆盡。

04

察覺到多個帶有魔力的生物入侵的反應，擁有赤紅雙翼的龍從牠所沉睡的「步行火山」的火山口起飛。
倘若家中有蟲子入侵，任誰都會想要驅除。赤龍的反應就是出於類似的想法，彼此的力量差距恐怕也有如人與蟲。
可是千萬不能小看蟲子。
有些蟲子能散播病菌，有些蟲子帶有毒針。甚至有蟲子會團結起來，把野獸的巨大身軀啃得只剩下白骨。

體型嬌小並不代表一定是弱者。

迷宮第五十六樓的樓層階梯和赤龍所在的廣場是由洞窟連接，只有一個出口。

經過赤龍數度噴火的衝擊，出口並沒有堵塞，反而融化而擴大，此時有人以子彈般的速度從裡頭衝了出來。

搶在赤龍的火焰觸及之前便遠離出口的這個人不理會赤龍，而是筆直朝「步行火山」奔去。

自從誕生以來就一直生活在這個樓層的赤龍是第二次見到這種生物。

這種生物以上次無法比擬的速度移動，似乎騎著沒有見過的野獸。

赤龍拍動翅膀滯留在半空中，然後張大嘴巴，噴出好幾個小型火球。經過上次的經驗，牠發現這樣比較容易擊中。這種生物很脆弱，無法踏入熔岩，所以只要用火焰將他們驅趕到熔岩附近就能輕鬆擊中。「步行火山」是赤龍必須守護的對象，就算這種渺小的生物奈何不了它，赤龍還是不能允許敵人的靠近。

赤龍大概是抱著這種想法對騎著火蠑螈的吉克噴火的吧。朝著「步行火山」直線前進的吉克遇到從天而降的火焰，不得不改變路線。

再怎麼騎著火蠑螈奔向「步行火山」，赤龍都會一再繞到前方噴火，阻擋吉克的去路。

現在也一樣，吉克避開對人來說非常巨大的熔岩池，繞著遠路往「步行火山」前進。赤龍大幅迴轉，對通往「步行火山」的捷徑噴火，封鎖吉克的路線。

吉克衝進這座廣場的時候明明是朝「步行火山」筆直前進，卻在反覆躲避赤龍的火焰和熔岩池的過程中大幅蛇行，別說是接近「步行火山」了，反而離它愈來愈遠，甚至更靠近樓層入口。

能夠任意驅趕獵物的行為，是否讓赤龍感受到身為強者的愉悅呢？

敵人只會四處逃竄而不攻擊的怪異舉止並沒有被赤龍察覺，或許是因為牠自詡為強者的傲慢吧。

赤龍把獵物驅趕至迷宮的牆壁。牠本身也必須迴轉才不會撞上，牆壁前方卻有大得像池塘的一灘熔岩。赤龍可能是想把獵物趕到無處可逃的死路，然後用特大號的火焰給他最後一擊吧。

赤龍噴出火焰，把騎著火蠑螈的吉克趕進通往熔岩池的死路，然後彎曲尾巴並傾斜翅膀，進行不知道是第幾次的迴轉，以免撞上牆壁。

如果這隻赤龍是老奸巨猾的個體，會一直盯著獵物直到對方斷氣為止，或許還能親眼看到接下來的發展。

載著吉克的火蠑螈根本不把熔岩池放在眼裡，就像在陸地上奔跑一樣，踏過熔岩前進。熔岩在火蠑螈的腳與之接觸前冷卻並凝固，化為支撐火蠑螈的立足之地。

火蠑螈是火精靈，掌管熱能與火焰。就算在迷宮的支配之下，祂依然能夠控制接觸到身體的熱能。

而且，如果赤龍能保持冷靜，不會因為驅趕獵物而過度興奮，牠一定會發現一件事——

自從在上次的戰鬥中被「雷帝」的「天雷」擊中，嚐到墜落地面的屈辱，牠一直都保持在弓箭也無法觸及的高度，這次卻在反覆的迴轉之下漸漸往低處飛行。

赤龍悠閒地展翼飛翔，就像是要誇耀那對翅膀；對繞到後方瞄準的吉克來說，這簡直就是絕佳的標靶。

吉克蒙德拉滿弓弦。

搭上弓弦的箭是祕銀製。吉克對弓與箭灌注魔力，瞄準目標。

「精靈眼」補強了平常的動作和精準度。

龍的翅膀小得與體型不成比例，飛翔時會以魔力輔助。

現在的吉克能夠看清薄薄地覆蓋在赤龍體表的魔力屏障因為飛翔的動作而扭曲的細微縫隙。

「就是那裡。」

一箭，兩箭——連續放出的五支箭矢全數命中暴露在外的赤龍左翼。

跟龍翼相比，箭矢就像針一樣細小。但附加魔力的箭在「精靈眼」的強化之下，造成的破口已經足以摧毀承受風壓的翼膜。

赤龍迴轉的時候，左翼承受的風壓特別強烈。中箭的翼膜無法抵擋風壓，於是裂開，讓赤龍大幅失去平衡。

這時候終於察覺異狀的赤龍扭轉脖子，惡狠狠地瞪著吉克。

在牠視線前方的男人擁有「精靈眼」，正朝著赤龍的臉部搭起鋼鐵之箭。

這個男人想要射穿失去平衡的赤龍的頭蓋骨嗎？

那種粗劣的箭，我一口就能咬碎——赤龍彷彿這麼想，用嘴巴咬住射來的鋼鐵之箭。

一道巨雷貫穿天際，落在赤龍頭上。

「『天雷』。」

使空間染上一片純白的強大電能都集中在一個點，也就是吉克放出後被赤龍咬住的鋼鐵之箭。

能量造成的衝擊貫穿了赤龍的頭部。

帶著白煙墜落的赤龍已經沒有意識，本來可以迎風減緩墜落力道的左側翼膜已經裂開，無法抓住風。

已然化為巨大肉塊的赤龍受到重力牽引，加速墜落。

如果這隻赤龍沒有一頭熱地追逐小小的獵物，而是注意周遭狀況的話，應該能發覺自己並不是在驅趕獵物，而是被引誘的一方。

可是牠誕生在封閉的樓層，只是一輩子與「步行火山」共處，所以沒有發現好幾個人從小獵物衝出來的洞現身，並且躲藏在岩石後方。

轟隆……赤龍發出震撼整座樓層的巨響，墜落到地上。

「動作快！牠恐怕很快就會醒來了！」

在萊恩哈特的號令之下，躲在岩石後方的戰士們往赤龍疾奔而去。在灼熱的樓層中，他們戴著面罩以免吸入有毒氣體，並非不會感到呼吸困難。可是因為特級魔藥「冰精的庇佑」的效果，感覺就跟豔陽高照的夏日差不多。熔岩的輻射熱也被「冰精的庇佑」在體表產生的寒氣薄膜阻擋，不會燙傷皮膚，吸入的熱氣也不會灼燒肺部。

萊恩哈特等人奔向赤龍的速度比上次快得多。但儘管已經落地，敵人依然是高階的龍。恐怕是上次的戰鬥使赤龍對「天雷」產生抵抗力了，萊恩哈特等人還來不及發動攻擊，牠便醒過來，用翼膜破裂的左翼往萊恩哈特等人一掃。

「『破限斬』！」

迎擊赤龍的是光蓋的劍刃。可是不論怎麼看，那把劍的長度都不足以擋住赤龍左翼的攻擊軌跡。

然而，劍刃前端空無一物的空間卻擊中了赤龍的左翼，狠狠削下一部分的鱗片，成功打偏左翼的軌跡，防止左翼直接擊中萊恩哈特等人。

「呼～果然很硬啊！要是直接用劍身去砍，就要輸給牠了！」

光蓋的稱號「破限」就是從這招劍技而來。

他能夠突破手持武器的長度「極限」，朝對手發動攻擊。使用什麼武器都可以。而對對手來說，目測的武器長度和實際攻擊有落差是相當難纏的特性。

究竟是藉由魔力辦到，還是組合了多種魔法的招式，其實連本人也不太清楚，只用一句「靠氣勢啦！」來解釋。實際上，使用這招時的強度和尺寸會根據氣勢的程度而改變，所以這麼說或許也沒錯。

迎擊赤龍左翼的光蓋還來不及豎起大拇指，這次赤龍改為高舉右翼了。右翼的翼膜仍然毫髮無傷，舉起翅膀的動作與魔法所產生的風壓襲向萊恩哈特等人。然而吉克沒有放過這個破綻。

如果雙翼完好，這股風壓就足以讓赤龍飛起。但吉克的箭再次射中受風的右翼。一把長槍也立刻乘勝追擊，貫穿了翅膀。

「『飛龍升槍』。」

承受迪克的長槍與吉克的箭矢，赤龍終於失去翱翔天空的雙翼。

「吼嗷嗷嗷嗷！」

「唔！」

赤龍的怒火轉變成震撼大地的咆哮，以實質的壓力襲向萊恩哈特等人。

一行人將劍插入地面，忍受衝擊。彷彿要呼應赤龍的憤怒，這個樓層開始震動。

火山開始活動了。

陣陣噴發的岩漿使周圍的溫度進一步上升，就算有「冰精的庇佑」保護，這股熱能依然足以刺痛身體。最棘手的是熔岩奪走了氧氣，又噴出毒氣，使面罩勉強維持的呼吸變得更加痛苦。

轟隆……轟隆……

火山的腳步聲從遠處傳來。它正在逐步靠近嗎？

光是可見的部分就有八隻腳像烏龜一樣移動，沒有看似頭部之處的小山丘從頂端噴出火山的煙霧，不停地緩緩前進。

而維斯哈特率領的五名士兵就攀附在它的山腰上。

「接招吧！」

「喝啊！」

在距離山頂約三分之一高度的地方，四名部隊長接連打入巨大的鋼樁。其重量自然不用說，能以人力打入的技巧正是他們強大的證據。可是——

「為什麼我們要做這種像是工兵的事啊？」

「有什麼辦法，嘿咻。這次的作戰也算是幫那個青年（林克斯）報仇，就把機會讓給迪克吧。」

「而且他的魔法那麼弱。」

「能平安回去就叫迪克請我們喝一杯吧！」

將揹來的鋼樁全部打入火山之後，四名部隊長奔上火山口。那裡有維斯哈特和擅長魔法的第五名部隊長，兩人正一起詠唱著大規模的魔法。

「我們也來幫忙！」

與他們會合的四名部隊長也灌注魔力，輔助兩人。他們詠唱的是將充滿這個樓層的某種東西大量集中的術式。

不管身上插著多少鋼樁，「步行火山」都不以為意，用同樣的步調走著。好像只是在累積噴發的能量，它一邊從腳底吸取熔岩，一邊默默地朝赤龍的方向走去。

想要打倒這種樓層主人，就需要相當大的質量。

轟隆……轟隆……

「步行火山」發出地鳴，不斷前進。能打倒它的機會恐怕只有一次，所以還需要準備一段時間。

05

龍的素材十分昂貴。

如果是高階的龍，不只是皮革與牙齒，就連一枚鱗片甚至一滴血都是貴重的素材，也能作為靈藥的材料。

龍的死屍也一樣。

活生生的龍即使失去了雙翼，又豈能視為弱者？

噴發的岩漿似乎讓赤龍恢復了原本的氣勢，於是牠用雙腳站起。牠的高大身形有如一座小山，揮舞的尾巴強而有力。

能夠躲開赤龍尾巴的人，只有藉著電流強化體能的「雷帝」愛爾梅拉與沃伊德兩個人而已。

位於尾巴範圍內的光蓋雖然靠「破限斬」擋住尾巴的直接攻擊，卻還是被打飛至十公尺的距離外；迪克也一樣在龍尾衝撞的時機使出「槍龍擊」，巧妙抵銷了這股力道，把衝擊減緩到只被打飛的程度。「只被打飛」的形容或許不夠貼切。身體遭受重擊的光蓋咳出一口血；而迪克雖然巧妙地抵銷了衝擊，放出槍擊時接住龍尾的雙臂卻扭往異常的方向。

不過光是沒有掉進熔岩池，兩人就算是相當幸運的了。

同樣用劍擋開衝擊的萊恩哈特被打飛至熔岩池，在千鈞一髮之際趕到的吉克接住了他。即使說是接住，對象也是被打飛的一名成年男子。騎乘火蠑螈的吉克無法在穩定的姿勢下承受這麼強的力道，以抵擋撞擊的方式接住飛來的萊恩哈特時，吉克也差點跟他一起掉進熔岩池。

「嘎嘎！」

幸虧有火蠑螈鑽到吉克與熔岩之間，使周圍的熔岩凝固，所以兩人受到的傷害只有輕微的骨折和燙傷。

「幫了大忙。」

「不，我也得救了。」

「嘎嘎！」

火蠑螈彷彿說著：「不用客氣！」讓兩人都不禁苦笑。面對如此的強敵，他們卻神奇地不感到絕望。

「先使用『冰精的庇佑』以防萬一，下一波要來了。」

「是。」

兩人使用攜帶充足的特級魔藥和「冰精的庇佑」，立刻回歸戰線。

特級魔藥在轉眼間治好了光蓋的內臟受損和迪克的手臂骨折，於是所有人重新開始向赤龍發動攻擊。

打死的蟲子再次開始活動的樣子讓赤龍很不愉快，於是牠張開血盆大口對準反抗自己的蟲子，噴出炙熱的火焰。

「『空虛隔閡』。」

然而就連這股壓倒性的火力都被擴展在沃伊德面前的空間吞噬，一個人也傷不到。

「吼嗷嗷嗷嗷嗷！」

赤龍打算乾脆咬死獵物。「空虛隔閡」形成的空間就像光與闇相剋的細碎馬賽克，阻擋了朝沃伊德襲來的巨大龍顎，絲毫沒有傷到他。

赤龍使勁猛咬，這時愛爾梅拉的雷擊貫穿了牠的頭蓋骨，左眼又被吉克的箭射中。赤龍因為雷擊的閃光而頓了一下，吉克趁機射中牠的左眼，在赤龍痛得昂首慘叫時，萊恩哈特、迪克、光蓋接二連三地攻擊牠的喉嚨與腹部。不論用尾巴橫掃幾次，有些人會躲開，有些人就算被打飛而吐血也會馬上回歸。赤龍的火焰被消除，左眼也瞎了，身上的傷痕愈來愈多。

面對一次又一次的攻擊，不禁用前腳撐住地面的赤龍究竟在想什麼呢？

牠會向緩慢而穩定前進的「步行火山」尋求救贖和希望嗎？

可是，此時此刻，赤龍必須守護的火山即將在牠眼前迎向末日。

「完成了，走吧。」

隨著維斯哈特一聲令下，靠大量的魔力集中而成的冰塊往火山口墜落。

這只是普通的冰魔法。正確來說，凍結的只有表面，內部依然是水。

為了冷卻這個樓層，他們從上上一層樓的第五十四樓——海之洞窟的樓層持續送水進來，而這個冰塊就是集合了那些水蒸氣所製成的。

體積究竟有多大呢？

維斯哈特一喊出口號，部隊長們便一起退避，巨大的冰塊則在他們背後往火山口緩緩墜落。冰塊的大小幾乎是「步行火山」的三分之一。

火山有一種可怕的爆炸，那就是混入水分所引起的蒸氣爆發。爆炸的威力會取決於熔岩和水的比例，據某個熱愛火山的帝都學者所說，熔岩的三成至等量的水分能引起最強烈的爆炸。

這剛好就是維斯哈特等人集中投入火山口的水量。

這個聲音該如何形容呢？強勁的衝擊波和巨響早已將鼓膜震破，只有身體能感覺到隨著熱風飛來的石礫打中自己。

為了將爆炸的衝擊引導到萊恩哈特等人的另一側，他們對「步行火山」的其中一側打入鋼樁，改變爆炸的方向，但距離還是太近了。

光是火山口頂端的衝擊波就讓他們無法全身而退。身為盾牌戰士的部隊長用護盾技能保護裝備單薄的維斯哈特和魔法師，卻還是跟他們一起被炸飛。「冰精的庇佑」早已在爆炸之下失效，鎧甲內的皮膚恐怕已經受到嚴重的燙傷。其他部隊長也都一樣重摔至地面，動也不動。

「振作點！還有呼吸吧！」

勉強還能活動身體的維斯哈特與魔法師不顧自己的手腳骨折，立刻使用特級魔藥和「冰精的庇佑」，從傷勢最嚴重的盾牌戰士開始依序治療士兵。

「唔！呼……這是我遇過最慘的事了。」

「還能說話就好。火山怎麼了？」

「呃，根本看不到前面啊。」

火山冒出霧濛濛的粉塵，周圍是伸手不見五指的狀態。

剛才火山所在的地點冒出紅色的火光，可能是因為碎裂的火山流出了熔岩。

不過，現在已經聽不見震撼大地的腳步聲了。

「吼嗷嗷嗷嗷嗷！」

在不清晰的視野中，眾人只能聽見赤龍發出悲痛中帶著狂怒的吶喊。

「我們打倒火山了。趕往哥哥身邊吧！」

不知為何，維斯哈特幾乎能確定赤龍的咆哮就宣告了火山的死亡。

火山的爆炸讓維斯哈特等人差一點全軍覆沒，但萊恩哈特等人被赤龍擋住，所以受到的傷害反而很少。只有為了射箭而稍微遠離赤龍的吉克被炸飛，在差點掉進熔岩池的時候又被火蠑螈救了一命，每個人的受傷程度都不需要用到特級魔藥。

自己必須守護的「步行火山」在眼前死去，赤龍看似暫時陷入了恍惚的狀態。

「吼嗷嗷嗷嗷嗷！」

這陣咆哮是出於憤怒還是悲傷呢？

「抱歉了。」

從萊恩哈特口中洩漏的這句話又是針對什麼？

萊恩哈特沒有錯過赤龍的些微破綻，衝進牠的懷裡，對自己的劍灌注所有魔力，刺穿了赤龍的心臟。

從火山噴出的蒸氣和灰燼使迷宮第五十六樓染上一片純白。

在霧濛濛的空間之中，熔岩池散發的光芒被灰燼反射，帶著一種恐怖的美感。

無法看清遠處的白色世界彷彿不是有限的迷宮樓層，而是無邊無際的死後世界。

在這片白色世界裡，赤龍的高大黑影頹然倒地，從此不再站起。

「喂～！」

「各位，我在這裡。你們沒事吧？」

一個又一個的人影從白濁的世界浮現，回應彼此呼喚的聲音。

集合到萊恩哈特面前的人影共有十二個人。

看來這次也勉強保住了所有人的命。

由於活著再見的喜悅，他們敲擊拳頭或是拍拍肩膀，讚賞彼此奮戰的辛勞。

可是他們感受不到打倒「敵人」的快樂。或許是因為聽到失去「步行火山」的赤龍發出的吶喊吧。

若要問打倒赤龍、成功生還的因素，恐怕是不勝枚舉。從巧妙引誘赤龍並封住左翼開始，將牠完全擊落至地面的「天雷」也是其中之一。即使有打倒火山的破綻，如果沒有射瞎赤龍的左眼，萊恩哈特也無法衝進牠的懷裡。況且，要不是其他人勉強躲開足以一擊斃命的攻擊，反過來不斷累積傷害，赤龍也就不會趴至地面，讓萊恩哈特的劍能夠觸及赤龍的心臟。

這場勝利毫無疑問是所有人一起贏得的。

可是，聽到赤龍咆哮的萊恩哈特等人不禁有種「自己守護了必須守護的事物，赤龍卻沒能守護」的感受。

在迷宮第五十六樓陣陣飄落的灰燼彷彿沉默火山的臨死哀號，把通往樓層階梯的洞窟內也染上一片雪白。

「嘎嗚嘎嗚。」

不知道火蠑螈究竟是怎麼知道方向的，祂在惡劣的視野中領著眾人抵達通往樓上的階梯，但恐怕要等到塵埃落定才能尋找連接新樓層的階梯。

「今天就先撤離吧。」

萊恩哈特一聲令下，於是所有人都開始走上樓層階梯，這時走在最尾端的吉克被火蠑螈舔了一下右邊臉頰。

「嘎嗚！」

火蠑螈最後叫了一聲，然後化為幾團飛散的火焰。應該是魔力剛好耗盡，所以回歸原形了吧。

「祂幫了我們不少呢。」

聽到叫聲而回頭的萊恩哈特說起慰勞的話。

「您說得是。」

火蠑螈不只是巧妙地引誘了赤龍，還數度救回差點掉進熔岩池的人。火蠑螈以及瑪莉艾拉保護了他們。

（那座「步行火山」當時是筆直朝我們走過來的。它是想要保護赤龍嗎……）

就像是要揮別這個想法，吉克輕輕搖頭。

即使是那樣，他們也必須打倒對手。

除非打倒這座迷宮最深處的迷宮主人，否則吉克等人無法在這片土地生存下去。他們不可能坐以待斃，乖乖等著被魔物啃食的那一天。

眾人走上樓層階梯，經由傳送陣和地下大水道回到迷宮討伐軍的據點時，太陽已經高掛天際，時間早就過了中午。

他們在迷宮討伐軍基地洗去身上的灰燼和髒汙，接受尼倫堡的診察，然後才終於獲准返家。

配戴面罩以抵禦火山氣體的人並沒有吸入灰燼，但爆炸當時剛好為了喝魔藥而脫下面罩的人吸入了大量的灰燼，需要多花一點時間治療。走路方式有點怪異的盾牌戰士似乎是腿部沒有正常接合，所以尼倫堡笑著對他說：「你想要一輩子這樣嗎？我馬上幫你治好。」並將表情比挑戰赤龍之前還要悲痛的他擄走了。

臨時當作等候室使用的基地房間裡有瑪莉艾拉、安珀與陪伴她們的師父正在等待戰士們的歸來。似乎是迷宮討伐軍特地通知她們過來的。

「歡迎回來！吉克，沒有受傷吧？來，你的眼罩。」

「我回來了。多虧妳的幫助，我才能平安回來。」

「辛苦啦～你還沒吃飯吧？我們去『躍谷羊釣橋亭』吃飯吧～」

因為師父攪局，瑪莉艾拉和吉克之間的氣氛就像平常一樣要好不好的，一旁的迪克與安珀夫妻也在微妙的距離感之下慶祝丈夫的生還。他們是新婚的大人，明明可以不顧他人眼光，盡情表達愛意，但安珀似乎不是會在他人面前親熱的類型。

「不管怎麼樣，我們去『躍谷羊釣橋亭』吃午餐吧！吉克，你們也一起來！」

大概是不打算回去工作了吧。迪克明明想跟安珀獨處，卻又好像怕她拒絕，於是提議大夥一起吃午餐。答應這個邀請的一行人走出基地，剛好遇到沃伊德與愛爾梅拉夫妻從前方經過。

「哎呀，我們先走了。」

「辛苦了。」

打過簡短的招呼便離去的兩人已經換回往常的服裝，盤起頭髮的愛爾梅拉戴著眼鏡，沃伊德也同樣是戴著眼鏡的斯文裝扮。但他們不顧他人眼光，挽著彼此的手，恩愛地緊靠在一起。

「欸，親愛的，趁孩子們還沒有回來，我們去約會吧。」

「好主意，我剛好找到一家想跟妳去的店。」

在「枝陽」吃炸蝦的時候就看得出來，席爾夫妻是會在他人面前親熱的類型。親眼看到他們曬恩愛的迪克把左手扠在腰上，用眼神暗示安珀，她卻又遠離了半步，催促道：「好了，走吧。」

看著這樣的兩人，瑪莉艾拉右手牽著吉克，左手牽著師父，追上他們的腳步。

然後，在「躍谷羊釣橋亭」——

「隊長！我升上A級了！雖然只是間接，但赤龍也是林克斯的仇人！我也要參加討伐行動！」

被碰巧遇見的愛德坎逮到，迪克隊長說不出「我們才剛打倒牠」，只好一臉困擾地看著別的方向。

瑪莉艾拉帶著差點爆笑出聲的師父和心想「對喔，愛德坎也升上A級了……」的吉克，悄悄離開「躍谷羊釣橋亭」。

雖然錯失了吃午餐的機會，迷宮都市一如往常的喧囂卻讓吉克切身體會到，他們與赤龍的戰鬥是有意義的。

第二章

最後的教誨

Chapter 2

01

瑪莉艾拉的雙手輕輕捧起吉克的臉。

吉克一開始還以為她要給自己一個吻，內心小鹿亂撞，但似乎不是那麼一回事。瑪莉艾拉的表情有點嚴肅，交互凝視著吉克的藍色左眼和綠色右眼。

「妳怎麼了，瑪莉艾拉？」

看著吉克的眼睛一陣子後，瑪莉艾拉用恍然大悟的表情連連點頭，於是吉克這麼問道。反正，肯定不是什麼好事。

「嗯，其實啊，剛遇見你的時候，我一直很在意你那隻藍眼睛，覺得它很漂亮。可是我後來發現，那是安妲爾吉亞的感情透過脈線傳遞過來的關係。」

「妳的意思是……」

瑪莉艾拉的回答與吉克的想法相反，就某方面而言是很嚴重的問題。

換句話說……瑪莉艾拉對吉克的好意是因為受到安妲爾吉亞的感情驅使嗎？這麼說來，瑪莉艾拉對吉克的感情是……

「可是現在又重新看看，我覺得藍色眼睛和綠色眼睛都很漂亮。不管是什麼顏色，吉克就是吉克呢。」

「！這麼說來，妳的意思是……」

換句話說，現在的瑪莉艾拉並沒有被安妲爾吉亞的感情影響，所以現在瑪莉艾拉的感情就是——

吉克的心情一下子盪到谷底，一下子飛向高峰，讓他不知道該把手疊在觸摸自己臉頰的瑪莉艾拉的手上，還是要把她的身體抱過來，雙手在空中游移。

「瑪莉艾拉～我們出去買東西吧～」

「是～師父，我馬上就去～」

師父在絕妙的時機出手妨礙。接著瑪莉艾拉放開吉克，鑽出吉克的雙臂之間。想躲開A級冒險者的攻擊就需要驚人的反射神經，但瑪莉艾拉當然沒有自覺，完全是偶然。

師父在「枝陽」的店內，吉克與瑪莉艾拉則待在有暖爐的客廳，為什麼她妨礙的時機就像是親眼見到一樣呢？

這就是「炎災賢者」這個稱號的由來嗎？

（她該不會是故意的吧……）

雖然吉克懷著這份疑心，跟著瑪莉艾拉走向「枝陽」店內，聽過瑪莉艾拉剛才那番話的表情卻比平常還要多了一絲笑意。

和享受片刻悠閒的「枝陽」相反，迷宮討伐軍過著極為忙碌的日子。

他們一開始著手進行的工作是肢解先前討伐的赤龍。如此高階的龍就連一滴血都不能浪費，也不能花費太多時間，以免素材變質。

軍方徵求芙蕾琪嘉的指示，徹夜採集鍊金術所需的材料，以及可加工成武器和防具的部位，並肢解龍肉。

順帶一提，赤龍的肉可是超高級食材。

除魔魔藥的出現讓魔森林的通行化為可能，促使許多物資與人員聚集到迷宮都市，也有產自迷宮的各種素材運送到迷宮都市之外，主要是送往帝都。雖然這件事本身對迷宮都市和帝都雙方都有好處，急遽的變化卻讓管理者在掌舵時面臨困難的抉擇。

代替專心攻略迷宮的萊恩哈特等人，一肩扛起貴族之間的麻煩社交的人是待在領都的現任休森華德邊境伯爵——萊恩哈特的父親，以及他的妻子。邊境伯爵再怎麼驍勇善戰，面對使用複雜手法攻其不備的貴族，空手談判未免有些不利；而這個時候，赤龍的肉就帶來很大的幫助。

赤龍的肉如此稀少，並不是有錢就買得到。這樣的珍饈當然要獻給皇帝，也有許多貴族想得到皇帝也品嚐過的赤龍肉。

指揮肢解作業的芙蕾琪嘉理所當然地帶了一塊回到「枝陽」，不太清楚它有多少價值的瑪莉艾拉拿它來料理，和吉克與師父三個人一起津津有味地享用了；但要是聽到價格，瑪莉艾拉的眼球肯定會驚訝得差點掉出來。

「多虧父親他們應付其他貴族的介入，現在我們可以暫時將時間和資源都投注在迷宮的攻略上。」

「您說得對，哥哥。可是，時間所剩不多了。」

「我知道。就是因為如此，我才會叫麥洛克來。」

持續在迷宮最前線作戰的萊恩哈特與維斯哈特前往會議室，裡頭有統治矮人自治區——洛克威爾的昆茨．麥洛克。面對桌子上一塊被白色布料蓋住的物體，麥洛克以面有難色的表情捻著鬍鬚末端。

他應該已經猜到布料下的東西是什麼了。由矮人父親與人類母親所生下的麥洛克只有一半的矮人血統，所以打造物品的才幹比不上純種的矮人，但他的眼光卻相對精準。不論是人、事、物，他都能看穿面紗底下的真相。

「讓你久等了，麥洛克閣下。」

萊恩哈特露出友好的微笑，與麥洛克握手。萊恩哈特對刻意放在桌上展示的塊狀物體視而不見，擺明是在裝傻的態度讓麥洛克感到有些不悅。這種感覺很類似美酒當前卻得聽著對方長篇大論的心情。

「這次勞煩閣下親自跑一趟，是因為我有一種礦石想請閣下鑑定。」

麥洛克沒有天真到會把這番話當真。迷宮都市是素材的寶庫，人才沒有少到必須委託麥洛克進行礦石鑑定。

「是那個東西吧。」

「是的。把東西拿給麥洛克閣下看看。」

萊恩哈特吩咐一旁的士兵把蓋在上頭的布料掀開。出現在麥洛克眼前的是凝固的熔岩與散發金屬光澤的礦石交融在一起的塊狀物。即使接觸到灼熱的熔岩，金屬依然沒有失去光輝。普通的鋼鐵不可能有這種特性。

「……這是精金呢。哎呀，將軍不可能連這一點都看不出來吧。我就開門見山地問了，閣下想委託洛克威爾如何處理它呢？」

麥洛克挑起單邊眉毛，只轉動眼球，對萊恩哈特投射視線。

迷宮都市周圍的山脈也是礦物資源的寶庫，生產以鐵為首的多樣金屬，但魔法金屬只有小規模的祕銀礦床，並沒有生產精金。而且這塊礦石上面附著的不是泥土而是熔岩，不太可能是來自礦山。由此可見，它應該是取自於迷宮。

正如麥洛克的推測，這塊礦石是取自於「步行火山」。比重大的這種金屬是從爆炸後殘留的「步行火山」底部開採出來的。

精金的熔點很高，並不是普通鐵匠可以精煉的金屬，它是極為堅硬的礦物。而與此同時也附帶脆弱的性質。

精金很硬，卻又容易損壞。這當然是程度上的問題，跟普通的鋼製武器互打幾次並不會壞，反而可以砍斷鋼製武器。

不過，要跟手持鋼製武器的人對打的話，使用品質好的鋼製武器就足夠了，並不需要昂貴的精金製武器。必須一個人與上百甚至上千名敵人互砍，或是面對鋼製武器無法應付的強大魔物時，才會需要用到精金製武器。

因此，為了避免武器在長時間的戰鬥下損壞，鐵匠會將精金與數種金屬混合成合金，依其特性進行適當的處理再打造出武器。

困難之處不只有使武器成形的技術。調配合金的比例、熱處理的溫度與時間都必須請相當高階的鐵匠來調整；光是要達到這個境界，就必須有處理精金這類高階金屬的經驗。

麥洛克很清楚，光是接觸並精煉精金，就能讓洛克威爾的矮人大幅提升鍛冶技能，更接近他們夢想中的「無上之刃」。

既然會把這塊金屬展示給他看，就表示萊恩哈特有意請洛克威爾的矮人處理精金。

「二十天打造一百把武器，明細在這裡。」

面對麥洛克的要求，萊恩哈特簡潔地說出自己的目的。

「……這就有點強人所難了。熔解精金需要極高的溫度。即便是洛克威爾，光是改造熔爐就要花上二十天了吧。」

面對萊恩哈特那毫不掩飾的要求，麥洛克也脫下社交面具，用矮人式的直白語氣否決萊恩哈特的委託。其中已經沒有揣測或交涉等言談間的勾心鬥角。

「精煉要在迷宮都市進行。我們也會提供赤龍鱗片，作為熔爐的材料。以一百把武器而言，這樣應該足以應付。」

面對語氣平淡的萊恩哈特，麥洛克緊盯著他不放。

「……赤龍鱗片？閣下這話是認真的嗎！」

「我們沒有時間了。」

精金的熔點很高，普通的熔爐反而會被它熔化。即使如此，只要把赤龍鱗片鋪在熔爐內側，就可以在製造一百個武器鑄塊的期間延長熔爐的壽命。由於赤龍鱗片的耐火性能十分優異，所以把這種珍貴又高價的素材當成消耗品使用，可說是相當愚蠢的選擇。

麥洛克用來隱藏真心的笑容已經消失殆盡。他恐怕是在猜想萊恩哈特為何不惜用赤龍鱗片當作熔爐材料，也要在二十天內取得武器吧。

（迷宮的情況已經那麼危急了嗎？萬一出了什麼差錯，肯定也會殃及洛克威爾。雖說與那塊土地共進退也是我們的心願。）

矮人們從土地中挖出礦物，熔解以去除雜質，添加合金再使之凝固，以火焰燒紅又冷卻，將凝固的金屬打造成特定的形狀。

雖然矮人會製作各式各樣的東西，其中卻以鍛造鋼鐵的過程最讓麥洛克熱血沸騰。聚集在洛克威爾的矮人也都有著同樣的熱情。

就算能活著逃離資源豐富的洛克威爾，他們也無法感受到活著的喜悅。萬一迷宮的魔物湧向洛克威爾，所有居民也一定會與洛克威爾同生共死。

麥洛克這麼想著，伸手觸碰精金。

（從我見到這東西的那一刻起，答案就只有一個了。）

該說是愛使人盲目，還是矮人這個種族的本性呢？

「洛克威爾確實接下這份重大的任務了。但打鐵舖是我們的聖域。即使是在迷宮都市的工房，這一點也不會改變。這份工作由我們主導。」

「感激不盡。」

「沒什麼，要謝就用這個謝我吧。我很期待。」

麥洛克舉起右手做出飲酒的手勢，微微一笑後離去。

麥洛克一改平時的冷靜作風，快步回到設在迷宮都市的商館，然後立刻對通訊魔導具吼道：

「給我聽好了！現在馬上到迷宮都市集合！頂級的精金正在等著你們！而且是純度高的夢幻逸品。那些礦石就好像正在叫我們快點把它打成武器的形狀呢。先搶先贏啊，美女可是不等人的。給我在五天內徹夜趕來！」

真不像我——麥洛克知道自己非常亢奮，同時對魔導具另一頭的夥伴喊著。這份感受就像初次敲打赤熱鋼鐵的那一天。

『精金？唔哦哦，咱們馬上去！現在就出發——！』

『喂，還要通知其他人啊！麥洛克！咱們不需要床，多準備一點酒就行啦！』

『有多少精金？別忘了帶要用來調配的科鉑鑄塊啊！』

在魔導具另一頭的洛克威爾得知這個消息，矮人們都比麥洛克還要興奮，把話筒丟了就開始慌忙地準備，麥洛克甚至能聽到他們翻箱倒櫃的聲音。

「看樣子，他們大概四天就會到了吧。」

他們應該不會忘了工作用的道具，但可能會有傻子一路上不吃不喝，而且不眠不休地騎著躍谷羊趕來。

「派躍谷羊載著酒和食物去接他們。然後，把迷宮都市矮人街的打鐵舖全部都包下來。我去跟對方談。在他們抵達之前，我們要從最上等的熔爐開始改造好。順便把美酒都搜刮一空！費用全都算在休森華德邊境伯爵家的頭上，不必客氣！讓人家見識見識我們的全力吧！」

麥洛克豪爽地放聲大笑，同時脫掉筆挺的外套。他接下來要去矮人街的打鐵舖親自與對方交涉，整潔的外套和亮晶晶的鞋子在打鐵舖都只是礙事的穿著。

他從收起來的行李中取出穿慣的工作服，開始換裝。

棉質長袖襯衫和包裹到腳踝的內搭褲把衣服撐得皺巴巴，看起來一點也不俐落。可是，它在刺人的輻射熱之下也不會燒焦或捲縮，而且容易吸汗，是與火焰共事的人必備的內衣。麥洛克接著穿上耐火性強的皮革製成的連身工作服，以及熟悉的鋼板皮靴。這些服裝都很粗野，與品味高尚的麥洛克相當不搭調。

可是一換上整套裝備，每一件衣服看起來卻都非常合適。

「見到那麼頂級的精金礦石，要是掉頭就走，那就不是矮人啦。」

身為一座城市的代表，他或許還有其他事情該做，例如強化城市的戒備，或是想辦法逃離城市。

（可是，如果那麼做，我就不可能統治洛克威爾了。）

就算要逃，也要先打完精金再逃。這才是所謂的矮人。

最重要的是，麥洛克渴望親自見證鍛造精金的過程。

（受不了，矮人真是難搞的種族啊。）

雖然腦海的角落這麼想著，現在麥洛克的神情卻已經是個不折不扣的矮人，難掩興奮的他立刻往矮人街出發。

要挑戰迷宮第五十七樓，需要的東西不只有武器。迷宮討伐軍馬不停蹄地準備，在時間與人手允許的情況下，將獲取的赤龍素材加工成武器與防具。

他們需要的是訓練精良的戰士，以及戰士所穿戴的武器和防具。

除此之外還有一項。

為了完成最後的準備，迷宮都市的鍊金術師跟著師父的引導，前往城市外頭的險峻山脈。

02

迷宮都市的東南方矗立著許多險峻的高山。

愈往南走，地勢就愈是陡峭，即使能爬到途中，要靠人的雙腳翻越還是很困難。滿是岩石的地形凹凸不平，斜度稍微和緩一點的東方山脈也一樣，但東方山脈在陡峭的山頂前方有一處像是土石崩塌過的地方，累積著許多相疊的巨石。想抵達那裡就得在山間迂迴前進，行經斜度比較和緩但路況很差的山路。

這裡原本就是杳無人煙的岩山，所以當然沒有完善的道路，一路上也常常遇到與瑪莉艾拉的身高相當的高低落差。

偏好棲息在這種環境的生物大概也只有躍谷羊了吧。

相對於愉快地在山路上跳躍的躍谷羊，緊緊攀在牠背上的瑪莉艾拉從剛才開始就嚇得快要哭出來了。

「好高！好恐怖！師父——！我要回家——！」

「沒事，沒事。就快到了，就快到了。」
「妳已經講好幾次了——！」
瑪莉艾拉坐在躍谷羊的前面，拚了命緊抓著壯碩的角，免得被甩下去；師父則側坐在瑪莉艾拉後面，一邊哼歌一邊欣賞風景。
吉克一個人騎著躍谷羊跟在後面，擺出不服氣的表情。
看著一行人在山路上前進的樣子，旁人恐怕會產生好幾個疑問。
舉例來說，師父和瑪莉艾拉所騎的躍谷羊明明比吉克所騎的躍谷羊還要小了一號，卻像是背上沒有任何人一樣，以絲毫沒有疲勞的輕巧動作在岩山之間奔馳；載著吉克的躍谷羊明明是迷宮都市最強壯的一隻，卻只能勉強跟上；而師父明明側坐在劇烈晃動的躍谷羊背部，竟然完全沒有跌落的跡象。
再說，像瑪莉艾拉這麼笨手笨腳的女孩根本不可能在如此惡劣的路上長時間抓穩躍谷羊。
不過，對早已習慣師父的吉克來說，「為何自己和瑪莉艾拉不是騎同一隻躍谷羊」似乎才是最難以理解的地方。
「今天就在這附近紮營吧。」
「咦~師父，妳明明說就快到了！」
一行人在比較寬敞的地方停下腳步。多虧師父使用的魔法，躍谷羊的背部很平穩，就算呆呆地坐著也不會摔下去，但不知道這件事的瑪莉艾拉用盡全力抓著躍谷羊，所以全身都在發抖。就算被吉克從躍谷羊的背上抱下來，瑪莉艾拉的兩隻腳還是連站都站不起來，只能用雙手撐著地面，像剛出生的躍谷羊一樣抖個不停。

「再……再生藥……」

瑪莉艾拉從腰包取出自己帶的再生藥，吞了下去。她聽師父的話才帶來，結果真的派上用場了。用在這種地方，每天勤於訓練的迷宮討伐軍看了可能會流出血淚，不過差別就在於他們把時間都花在練肌肉，而瑪莉艾拉成天都在做魔藥。難得遇到瑪莉艾拉的特訓期間，這種事就別太計較了。

「瑪莉艾拉，妳去休息吧。」

「謝謝你，吉克。」

「麻煩你啦～」

吉克明明沒叫師父去休息，她卻把紮營的準備工作都丟給吉克，隨便找個地方躺了下來。雖說是紮營，但也沒有要搭帳篷，只是要在比較平坦的地面鋪上厚厚的魔物毛皮，然後裹著毛毯睡在上面而已。只要在周圍潑灑除魔魔藥，弱小的魔物就不會靠近，這附近也沒有強大的魔物棲息。野獸反而比較危險，不過只要生火，牠們就不敢靠近了。

吉克正要去找煮晚餐用的柴火，卻被師父制止了。

「瑪莉艾拉，妳對戒指灌注魔力，要多一點。」

「咦？可是沒有魔法陣耶。」

「是由我來叫，所以沒關係。如果是妳叫，火蠑螈也不會做事吧？」

火蠑螈應該也不想被幾乎不做事的師父這麼說吧。討伐赤龍的時候，雖然火蠑螈一開始不習慣奔龍的身體，不小心跌倒，又有點興奮過頭，但還是幫了吉克很大的忙。

師父把手放到瑪莉艾拉戴著火蠑螈戒指的右手上，詠唱了某種咒語，叫出手掌大小的火蠑螈。

今天的祂和瑪莉艾拉以前召喚時一樣，是身披火焰的蜥蜴造型。

「好小……」

「沒關係，只是要請祂在天亮前幫忙看守而已。體型太大就撐不到早上了吧？」

火蠑螈帶著遠超過體型的亮度和熱度，光是存在就散發著暖意。這附近的海拔高，就算是出太陽的現在依然偏冷，有火蠑螈能陪伴到早上就太令人感激了。

火蠑螈環顧四周，一看到吉克就高興地猛搖尾巴。

「那個時候謝謝祢的幫忙。」

吉克這麼說著，用附近的石頭堆起簡易的爐灶，火蠑螈就好像高興地說著：「我有家了！」悠閒地鑽進爐灶。這不叫看門狗，而是看門火蠑螈。現在的祂有肉體，行動起來比精靈的狀態還要自由許多，就算所有人都陷入熟睡，祂也會保護大家不受野獸或魔物的侵害。

一行人正在用堆放在躍谷羊背上的食材烹煮簡單的晚餐時，看見一群帶著長長飾羽的候鳥列隊飛行，彷彿要追逐西沉的夕陽。

「是擺尾綾鳥。那應該是第一批候鳥吧。」

擺尾綾鳥的遷徙為迷宮都市宣告了秋天的來臨。

迷宮都市只能看到牠們在這個季節飛越高空的模樣，無法得知牠們棲息在哪裡。擺尾綾鳥遷徙後的白天會變短，氣溫也會降低，讓樹木開始變色，所以人們都把擺尾綾鳥視為秋天的徵兆。

從橫越夕陽的鳥影無法看出這種候鳥是什麼顏色。不過可能是因為海拔高，在候鳥中體型較小的牠們看起來比在迷宮都市看到的身影還要清晰。即使只是遠遠觀看，擁有長長飾羽的擺尾綾鳥列隊飛行的模樣還是很美麗。

瑪莉艾拉呆呆地望著天空。

看到她這個樣子，吉克憶起自己在這個季節遇見瑪莉艾拉的往事，正要感慨地對她說：「瑪莉艾拉，我們相遇也快滿一年了……」的時候，師父搶在吉克之前提起了明天的行程。

「吉克明天要在這裡狩獵擺尾綾鳥喔。從這裡射箭就可以打中牠們。」

俗話說計畫趕不上變化，但師父說的話就是既定事項。

「咦？」

「咦咦？」

吉克與瑪莉艾拉的外宿遠足因為監護人行使強權，第二天似乎要分頭行動了。

隔天，和師父一起騎上躍谷羊的瑪莉艾拉在比昨天還要險峻的山路上哭喊著：「好高！好恐怖！師父～！」師父則反覆對她說「沒事啦～」這種沒有根據的話；這時候奉命一個人行動的吉克騎著躍谷羊，在地形惡劣的山路上全速逃跑。

「唔，沒想到擺尾綾鳥的攻擊性那麼強……」

一進入短暫的直線，吉克馬上回頭拉弓。

在劇烈搖晃的躍谷羊背上射擊擺尾綾鳥需要高超的技巧，但有了「精靈眼」的輔助就不是多麼困難的事。

鏘！

彷彿射穿薄板裝甲的聲音響起，帶頭的擺尾綾鳥墜落到地面。

可是跟在後頭的擺尾綾鳥別說是害怕了，甚至用更快的速度衝向吉克。

看樣子，牠們恐怕會攻擊到一隻不剩為止。

以為牠們只是區區的候鳥，朝大批鳥群的最前端射箭是一個錯誤的決定。對付這種對手，應該從最後方偷偷擊落才對。失去同伴的擺尾綾鳥群為了報仇，朝吉克急速迴轉並發動攻擊。

（她就是料到事情會變成這樣，所以才指定這個地點的嗎……）

一行人昨天紮營的這裡就像是崩塌的岩山將山谷掩埋的地形，雖然崎嶇不平，卻沒有跌落山谷的危險。此外，稍微前進一段距離就會看到巨石堆砌成隧道般的形狀，有許多障礙物可以躲避像子彈般俯衝過來的擺尾綾鳥群。

吉克趴在躍谷羊背上衝進低矮的岩石縫隙，躲過緊跟在後面的擺尾綾鳥群。因為他衝進的地方不是洞窟，只是岩石縫隙，所以馬上就會被繞到岩石另一側的擺尾綾鳥群攻擊，但還是能爭取一段距離。

（什麼？從前方來了。）

擺尾綾鳥似乎相當聰明。吉克只不過行經這道縫隙幾次，牠們就記住了這個行動模式，從前後包夾吉克了。

（唔，只要擊落左前方的兩隻……不，擊落三隻就能通過！）

吉克瞬間掌握擺尾綾鳥的路線，朝牠們放箭。

到現在已經打倒幾隻了呢？還剩幾隻？

擺尾綾鳥以滑翔或振翅的鳥類所辦不到的速度低空飛行，一下子改變高度，一下子急速迴轉。體型與小型候鳥差不多的這種生物擁有一對長滿羽毛的翅膀，頭部和尾部還有漂亮的飾羽，臉上卻沒有鳥喙。那張看似鳥類的尖銳嘴巴一張開就會露出小小的利牙，而且牠們每次在天空翱翔就會散發魔力的波動。

（沒想到擺尾綾鳥竟然是龍的一種……）

所幸牠們只有與嬌小身形相符的生命力。要是無法用一支箭打倒，面對這麼多的對手，吉克恐怕完全沒有勝算。

吉克睜大「精靈眼」，觀察擺尾綾鳥的動作。牠們從右邊、左邊、後方、上方發動攻擊。吉克在不規則搖晃的躍谷羊背上確保路線，一邊爭取距離，一邊尋找射箭的機會。

（這是為了讓我練習使用「精靈眼」吧……）

即使如此，未免也太過斯巴達了。這趟旅程看似遠足，結果根本就是單人集訓。

（我得在瑪莉艾拉回來之前打倒牠們。）

按照師父的個性，她大概會避免讓瑪莉艾拉遭到擺尾綾鳥攻擊，甚至繞過這個地方，丟下吉克自己回家。

吉克一想到自己把大量的擺尾綾鳥堆放到躍谷羊背上，獨自牽著牠走路回家的淒涼情景，就忍不住打了個哆嗦，然後趕緊揮別這個想像，下定決心拉弓。

03

「到嘍～」

「嗚嗚嗚，屁股好痛……」

師父輕巧地從躍谷羊背上跳下來，瑪莉艾拉則是狼狽地爬下來。

瑪莉艾拉跟著師父抵達的地方是一座崩塌的岩山，上頭有裂縫般的洞窟入口。

「『照明』。」

師父詠唱製造光源的咒語，瑪莉艾拉跟著她一起側身走進洞窟，發現裡頭是牆面和地面上都長出許多閃亮水晶的礦脈。往上走約四分之一刻鐘以後，兩人來到一個深處有光線照射進來的地方，亮得不需要用燈光探路。

「這裡就是水晶窟。」

嵌在牆面上的東西似乎是高純度的水晶。要是把這些都挖去賣，應該能發大財吧——這麼想的瑪莉艾拉看著眼前這個廣場，裡頭到處都有晶瑩剔透的水晶林立，尺寸甚至和瑪莉艾拉差不多高。

簡直就像一座水晶的博物館。明明有這麼多氣派的水晶，廣場的天花板，也就是洞窟的頂端卻有一個直通天際的洞，使夕陽照了進來。因為太陽已經快要沉沒到地平線之下，從頂端照射進來的夕陽只有讓水晶染上紅色，但如果是日正當中的白天，不知道究竟有多麼耀眼。

就連沒有多少光源的現在，水晶也充滿了不可思議的力量，看起來似乎散發著淡淡的光芒。

「看來這兩百年間都沒有人來過這裡呢。」

師父掃視周圍，這麼低聲說道。

「師父，這裡曾經是很有名的地方嗎？」

「不，這裡是我的獨家祕境。能蒐集月之魔力的地方可不多。瑪莉艾拉，妳也要保密喔。不過，我們今天就要全部帶走，下次大概要等到幾十年後才能取得一定的量了。」

師父把自己珍藏的祕境透露給瑪莉艾拉。但瑪莉艾拉一個人根本沒辦法來這種位於岩山盡頭的地方，也沒有自信能在幾十年後依然記得。

瑪莉艾拉要用月之魔力做的魔藥是非常昂貴的知名魔藥。所以，瑪莉艾拉認為除了幾十年來這種深山採集一次的地方以外，應該還有其他能穩定供給的方法。畢竟帝都都已經研發出栽培月光魔草的技術，極光冰果也能用冷凍魔導具栽培出來。

瑪莉艾拉這麼想著，一邊和師父一起吃晚餐，一邊等待月亮升到天空的中心。

因為移動的過程而感到疲憊的瑪莉艾拉正在打瞌睡時，月亮似乎升到天空的最高處了。被師父叫醒的瑪莉艾拉一睜開眼睛，便看到美麗的滿月出現在洞窟頂端的洞口。

完滿的月亮沒有被任何雲朵遮掩，充沛的月光從中灑落下來。受到月光的照射，水晶柱林立的洞窟內靜靜地充滿水晶散發的光芒和反射的月光。

月光並沒有熱度。就算觸摸發光的水晶，也只會感覺到與岩石相同的冰冷。既不熱也不刺眼的寧靜月光之中，寄宿著不屬於任何人的力量。

這就是月之魔力。

「瑪莉艾拉，開始吧。」

「是，師父。」

瑪莉艾拉從腰包取出一顆單手就能捧起的透明圓珠。

師父說「以有限的時間而言，真球度算是及格了」的這顆圓珠是從迷宮第五十四樓「海中浮柱」的龍頭取得的物品。讓迷宮討伐軍陷入苦戰的光線似乎就是以這種透鏡聚焦的。它原本是必須用雙臂環繞的大小，回收到的最大碎片卻是這個尺寸，可見損壞的程度有多麼嚴重。

即使變小了，材質依然是頂級水準。特別是集中並儲存魔力的性質，相當於普通水晶的數千倍，所以非常適合用於瑪莉艾拉等人的目的。

瑪莉艾拉用雙手拿著水晶球，走到廣場的正中央，對月光捧起水晶。

從頂部灑落的月光和水晶柱放出的光芒就像是被水晶吸入似的，凝聚到瑪莉艾拉手上的水晶球裡。

這個現象就如同水從高處往低處流，與反射或折射的現象不同；但月光聚集得如此理所當然，在旁人眼裡大概就像是光芒的聚焦之處吧。

月之魔力沒有顏色，也不屬於任何人。所以，只要加工成魔藥，就能讓服用者獲得魔力。

月之魔力就是恢復魔力的祕藥——瑪那魔藥的原料。

只有沐浴月光的時候可以將水晶累積了好幾十年的魔力取出，如果月亮從頂點偏移，使月光減弱，就會立刻變得無法汲取。

「『生命甘露』。」

瑪莉艾拉舉起沒有拿著水晶球的右手，把手心朝向天上。

「『疾風』。」

師父配合瑪莉艾拉的詠唱，發動風魔法。

風魔法承載著「生命甘露」，傳遞至廣場的每個角落。瑪莉艾拉把「生命甘露」變成比霧更細小的粒子，讓它隨風灑落在水晶上，然後再用風回收。就像是要把殘留在水晶裡的月之魔力徹底沖洗出來。

正如師父所說，將水晶中的魔力完全吸收的水晶球就像是裝有發光的水，散發著搖曳的月光。

「今天就在這裡休息，明天再去接吉克吧。」

師父說這個洞窟很安全，在攤開的毛皮上毫無防備地躺下；瑪莉艾拉也鋪上毛皮，躺在她的旁邊。

「師父，洞窟有點冷呢。」

「洞窟本來是氣溫變化少，到了冬天就很溫暖的地方，但這裡的頂端有洞。不過這樣就可以看到月亮和星星，景色倒是不壞。」

師父笑著說要是有酒就太完美了。而瑪莉艾拉挨到她身邊。

自從小時候被師父收養以來，瑪莉艾拉已經很久沒有睡得離師父這麼近了。

「欸，師父。」

「嗯？怎麼了？」

「我們好久沒有像這樣獨處了呢。」

「是嗎？吉克常常出去打獵，也沒有很久吧。」

「嗯～是沒錯，可是平常城裡都有人在嘛。」

「對喔，我們的確很久沒有一起待在四下無人的地方了。」

瑪莉艾拉以前完全沒有意識到人的氣息，可是鍊金術愈來愈熟練之後，她就漸漸能感覺到生活在迷宮都市的許多居民了。雖然只是隱隱約約，瑪莉艾拉現在已經可以透過脈線感知在自己和地脈之中流淌的「生命甘露」是什麼狀態，以及寄宿於萬物的「生命甘露」搖盪的模樣。所以——

「欸，師父。」

「幹嘛？」

「我覺得我會在一年前醒來，應該是被叫醒的。所以啊，我很好奇師父是不是也一樣。」

「不知道耶。」

正如瑪莉艾拉的預料，師父果然不置可否。

「欸，師父。」

「什～麼事？」

「擺尾綾鳥是風屬性的龍吧。」

「答對了。」

「地屬性的地龍、火屬性的赤龍、水屬性的冰露裸海妖，再加上風屬性的擺尾綾鳥。全部都湊齊了呢。」

「是啊。」

這四種龍血是不同於瑪那魔藥的另一種高效魔藥的原料。因為沒有人知道冰露裸海妖和擺尾綾鳥是龍的一種，所以要是沒有師父在，全部湊齊恐怕需要相當長的時間。

師父什麼都沒有說明，但瑪莉艾拉已經隱約察覺到了。該做的事全都做完了。需要的東西恐怕已經準備齊全了。

「全部都湊齊了……」

師父輕輕把手環繞到悄聲低語的瑪莉艾拉背後，就像是哄孩子睡覺一樣，慢慢地拍著。

「還有一點時間，至少可以畫假死魔法陣。」

師父的聲音和平常不同，就像對待幼童一樣溫柔。可是瑪莉艾拉靜靜搖頭，這麼答道：

「我不能丟下大家，自己得救。」

雖然兩百年前也有對瑪莉艾拉很友善的人，彼此的交情卻很淺，所以她毫不猶豫地使用了假死魔法陣，獨自逃離魔森林氾濫（魔物暴動）。

唯一的例外是師父，但師父已經在三年前離開魔森林的小屋，不知去向，所以瑪莉艾拉才能果斷地使用假死魔法陣。

可是現在——

「妳有了很多重要的東西，這樣不是很好嗎？」

師父的聲音非常溫柔。

「嗯……」

師父的偏高體溫和輕拍背部的手讓瑪莉艾拉開始昏昏欲睡。

「……欸，師父。」

「嗯～？」

「妳這次不要再……突然消失了……」

聽到瑪莉艾拉的請求，師父露出了什麼樣的表情呢？

一定是擺出有點傷腦筋的臉，溫柔地微笑著吧。

師父是怎麼回答的？陷入沉睡的瑪莉艾拉沒有聽到。

只有水晶窟的月光靜靜地溢滿了師徒倆的夜晚。

04

隔天早上，瑪莉艾拉和師父在日出的同時從水晶窟出發，與吉克會合時已經過了中午。吉克和躍谷羊癱坐在好幾十隻擺尾綾鳥堆起的小山旁，因為有用魔藥的關係而沒有明顯的傷勢，但看起來非常疲憊。

「哦，不錯嘛。」

雖然師父罕見地誇了吉克，他卻沮喪地說：「我沒能活用『精靈眼』，最後是用劍打倒的。」

吉克似乎有暫時停下來療傷和休息，跟好幾群擺尾綾鳥戰鬥過。

「是喔～沒差吧？反正都打倒了。拿去，喝一瓶來提神吧。」

吉克以為這是學習如何活用「精靈眼」的修行，然而師父好像覺得只要能打贏就行了。師父把中階魔藥拿給吉克，然後吩咐瑪莉艾拉把擺尾綾鳥的血液「藥晶化」。

「哦？體型明明這麼小，龍血卻好像滿濃的。」

「龍的強度不只跟體型大小和攻擊力有關。這些傢伙的壽命很長。不過，雖然活得很久，牠們的智能卻和候鳥差不多，只會一直追著風飛行。」

「是喔～」

不太懂的瑪莉艾拉隨口回應，然後把手伸到被弓箭或劍打倒的一堆擺尾綾鳥上方，嘗試進行「藥晶化」。

冰露裸海妖明明大得像冰山一樣，龍血卻非常稀薄，所以一隻只能取得一點點龍血的藥晶，要來回迷宮好幾次才能裝滿整個瓶子，從堆積成一座小山的擺尾綾鳥卻能取得一瓶份的藥晶。血液完全被轉換成藥晶的擺尾綾鳥屍體在轉眼間變得彷彿枯葉，就像某種生物脫下來的殼一樣乾燥。

不過一小段時間，牠們就變成帶有一點彈性的乾硬材質了。

瑪莉艾拉正驚訝地看著這段急遽的變化，就突然有一陣強風穿越岩石之間，把擺尾綾鳥的屍體像落葉一樣吹散到空中。

在強風的玩弄之下，碎片迴轉著飛往天上，同時變化成小鳥的姿態，啾啾叫著拍打翅膀，成群飛向西方的天空。

「……竟然復活了！」

「沒錯。牠們就像是具象化的風，不會輕易死亡。因為我們拿走了龍血，所以牠們會暫時維持嬌小的模樣。」

「是喔～」

瑪莉艾拉很佩服。師父則對她說：「這麼一來，事情就都做完了。」

想起昨天晚上的對話，瑪莉艾拉忍不住感到有些寂寞。

「嗯，師父、吉克，我們回去吧。」

「那就快走吧，今天之內應該能回到迷宮都市。」

「嗚嗯，我怕比先前更晃……」

跟擺尾綾鳥戰鬥明明就很累，吉克卻好像想要快點回去。

看到瑪莉艾拉騎上師父的躍谷羊，吉克露出非常失望的表情，但瑪莉艾拉今後還有很多機會能跟吉克一起騎躍谷羊。

「既然事情都做完了，我們就慢慢回去吧。就算慢慢來也能在今天之內抵達吧。」

瑪莉艾拉不特別對誰這麼說。就像是要告訴自己，現在還有一點時間。

（被叫醒的人大概不是只有我吧。）

瑪莉艾拉憶起昨晚與師父之間的對話，這麼想著。

雖然沒有任何根據，瑪莉艾拉卻隱約明白，自己能與師父共乘一頭躍谷羊的時間已經不多了。

05

「你好臭，去外面的澡堂洗過澡再來。」

「嘿嘿，少醫生，不好意思啊。」

中年男子對坐在診療室裡的年輕貴族擺出的嫌惡表情絲毫不介意，高興地笑著露出泛黃的牙齒，然後拖著腳走出診療室。他直接走向診所的櫃檯，說道「醫生叫我去洗澡」，接著收下櫃檯小姐遞出的入浴券。男人以沒撐拐杖的手收下入浴券，塞進骯髒外套的口袋裡。外套的袖口都磨破了，而且已經好一陣子沒洗，髒得連自己都聞得到異味。

（順便去洗個衣服好了。）

最近的迷宮都市景氣好，大家都有接不完的零工，所以男人的手頭還算寬裕。澡堂也附設可以清洗衣物的地方。使用者可以借道具來洗衣服，也可以支付幾枚銅幣的費用，請工作人員在自己洗澡的期間代客洗衣。

剛洗完澡的清爽身體穿上剛洗好且摺得整整齊齊的衣服，就算是自己穿慣的破爛衣衫，依然令人感到舒暢。

對長期獨居的男人來說，穿上別人親手洗好的整齊衣物是很有尊嚴且高尚的事。洗澡的費用只有幾枚銅幣，但洗澡、洗衣、吃飯、住宿的費用加起來還是很可觀。所以，能在這裡領取入浴券也不無小補。

在診所治療患者的年輕男子顯然是個貴族。不只是外表，就連高傲的言行和看不起骯髒貧民的眼神都跟男人想像的貴族一模一樣。男人一開始對這樣的態度很氣憤，但他後面有士兵正在護衛他的安全，男人的衣服和身體也確實很髒，於是轉念一想「我又沒有洗澡，的確很髒，這也沒辦法」。不久後卻有澡堂蓋在診所附近，甚至開始發放入浴券。

看來這個年輕貴族並不像外表和言行那麼壞心。

現在，男人要去診所的時候還會盡量穿得髒一點，就為了領取入浴券。男人還以為這是自己的獨門絕技，有同樣想法的人卻不只他一個，定期就診的其他貧民窟居民也都會用同樣的方法領取入浴券。

去澡堂入口繳交入浴券，就可以換到一小塊肥皂和手巾。

其實也有不附肥皂和手巾的券，價格便宜了兩枚銅幣。不愧是貴族，很大方地給了比較好的入浴券。肥皂和手巾都不會在一次的入浴之內用完，所以還能帶回去重複利用。

或許是因為過著比以前還要衛生的生活，或是能吃到比較正常的食物，男人覺得自己最近的身體狀況比以前好多了。

「你的腳長回來不少嘛。」

「哦，是你啊。就像你看到的嘍。」

有個人對洗去身上髒汙，然後拖著腳走向浴池的男人打了招呼。他是男人在貧民窟認識的熟人。

「你的腳以前可沒有長到能拖在地上呢。」

「那你呢？最近情況如何？」

「最近啊，情況還不錯。我已經完全康復了。」

看到對方張開五指齊全的慣用手，男人很是羨慕。

男人記得他的手被魔物咬傷，失去了無名指和小指。剩下的三根手指無法好好握劍，所以他只能靠著搬運之類的零工過活。

男人的其中一隻腳從大腿的中間斷掉，花了不少時間才治療到現在的程度；而另一個人只失去兩根手指，很快便痊癒，早就重回迷宮了。

「真羨慕你。」

男人非常坦然地這麼說道。

「這是什麼話，你也快康復了啊。你會用魔法，等到腳治好就比我強了。對了，等你的腳好了，我們一起進迷宮吧。」

「好啊，謝啦。」

好羨慕——之所以能這麼想，就是因為目標觸手可及。正因為目標夠近，稍微勉強一點，或是忍耐著什麼就能獲得，人們才會感到羨慕。

成為住在豪宅裡的大富翁，或是當上遠近馳名的S級冒險者之類的夢想太缺乏真實感，就算能想像那種快樂的感覺，通常也不會感到羨慕。男人隱約知道，自己就是因為總有一天能像這個取回手指的男人一樣，很快就可以用自己的雙腳踏入迷宮，所以才能用這麼坦然的心態萌生「好羨慕」的念頭。

「希望可以在入冬之前回到迷宮。」

男人低聲說道。貧民窟有賑饑的活動，所以居民不會餓死，但冬天的嚴寒還是令人難受。在下雪的日子，雪水會滲進破了洞的鞋子，使凍傷的腳刺痛不已。就連早已失去的腳都受不了寒冷，簡直是深入骨子裡的痛。

「應該可以吧。不過，你可不要剛痊癒就單獨行動喔。冒險者公會有職員會陪著像我們這樣的人一起進迷宮，你可以利用他們的服務。」

「是喔，那還真不賴。我會去問問的。」

這麼回答的男人說自己泡得有點頭暈，於是走出浴池。等到這隻腳治好了，他每天都可以洗澡，也可以吃更好的東西、睡更好的床。

過去的他只能祈禱冬天盡快結束，成天抱著對未來的不安，過著撿破爛的生活，現在卻連這樣的心境都開始改變了。他能稍微憶起斷腿之前的感受，充滿希望地思考自己想得到什麼、想成為什麼樣的人。

曾帶著不完整的腳度過冬天的男人認為，人不只需要食物、衣服、房屋之類的物質，也一樣需要得到什麼或實現什麼的希望。

「沒有死，也不代表活著呢。」

「是啊，你說得對。這一點絕對不能忘。」

聽到斷腿的男人那麼說，斷指的男人也表示贊同。

雖然他們並不聰明，卻知道自己學會了一件很重要的事。

診所的年輕貴族——羅伯特．亞格維納斯不知道自己給了貧民窟的居民活下去的希望和意願，靜靜地嘆了一口氣。

位於迷宮西南方的這間診所是用迷宮都市販售魔藥的收益所成立的。成立診所的目的是治療因受傷而無法戰鬥的貧民窟居民，但在迷宮受傷的人也會來就醫。其中，羅伯特負責的是失去手腳的重傷患者。

特級魔藥是討伐樓層主人不可或缺的物資。作為材料的地脈碎片是能偶爾從魔物身上取得的有限素材，即使有亞格維納斯家花費上百年蒐集的庫存，還是無法輕易使用在不必住院治療的患者身上。

因此，他會應用高階魔藥與他過去製造的「黑色新藥」的技術，讓缺損的部位慢慢再生。

羅伯特剛開始在這裡進行治療的時候，對貧民窟居民的骯髒程度十分反感。因為實在是太不衛生了，他甚至忍不住在晚餐時間向妹妹凱羅琳抱怨。

「真糟糕，不衛生的環境會招來疾病呀！對了，我聽說帝都有可供大眾入浴的公共澡堂呢。」

聽聞情況的凱羅琳這麼說，轉眼間就成立了一間澡堂。

雖然乍看之下像是貴族女性常從事的慈善事業，她卻從魔森林外圍的村莊採購便宜的手巾，還利用害蟲驅除團子工廠的技術成立了供貨給澡堂的肥皂工房，甚至開始對冒險者提供去除頑強汗漬的洗衣服務，靠著多方位的相關業務賺了不少錢。

澡堂本身大獲好評，而且還替無法戰鬥的人們創造許多職缺，使得亞格維納斯家的口碑蒸蒸日上。亞格維納斯家的前途穩如泰山，讓羅伯特覺得自己好像愈來愈沒地位了。

羅伯特待在殘留著患者臭味的診療室，再次嘆了一口氣。

（人的味道實在令我無法安心。）

能讓羅伯特感到安心的，只有擺放大量書本的圖書室氣味，以及有點潮濕的地下室霉味。

製造新藥的時候，他也會接觸到許多「材料」，刺激嗅覺的卻是嗆人的血腥味和特殊藥品的刺鼻味，聞起來並不像現在這間診所收治的貧民窟居民和冒險者所散發的味道。

有些酸臭的那種味道是汗臭味嗎？

在診療時不得不觸碰的身體很熱，帶著陣陣脈搏。

大多數患者都會在治療的時候順便和羅伯特聊些不相干的話題。

例如今天打倒了什麼魔物、哪間餐廳的料理很好吃、哪家店有可愛的女店員之類的。

隨著傷勢好轉，他們全都會變得更加聒噪。

他們常說等到傷勢痊癒，自己就要去迷宮賺大錢。

患者們總是重複對羅伯特說著類似的話，像是要賺很多錢去吃美食，或是搭訕可愛的女孩、總有一天要存錢成家、想要買房、想要經商、想要讓父母過好日子等等的話。

羅伯特覺得這些事全都無聊得要命。

每件事都平凡無奇，只是隨處可見的渺小願望。

就跟魔森林氾濫（魔物暴動）之後的兩百年來，亞格維納斯家和鍊金術師們代代相傳的使命一樣，只是隨處可見的渺小願望。

治好傷勢的患者都會重新踏入迷宮。

因為他們的兩成收入都會經由冒險者公會提撥為醫藥費，所以沒有必要個別付款給診所，他們卻會帶來獵物和採集品的一部分，想要對診治自己的醫生表達感謝之意。其中包括身為貴族的羅伯特不會吃的魔物肉、來路不明的水果、並非鍊金術師的羅伯特用不到的藥草等等。

（我明明說過不需要了。即使如此，能帶著四肢健全的身體回來露臉還算好的。）

好不容易才治好他們，其中卻有一些人帶著重傷回來，甚至有幾個人一去不回。

「你又要進迷宮了嗎？」

羅伯特這麼詢問再次康復的冒險者，對方理所當然地回答「對啊」。

「不用擔心啦，我不會在付清醫藥費之前死掉的。」

「我不是那個意思。」

這間診所的醫藥費不論有多高，都是固定以收入的兩成還款直到付清，就算患者有家人也不必負擔還款的義務。換句話說，死掉就不用付錢了。

診所的經營費用是以公開販售魔藥的收益來支應，對羅伯特個人來說，就算患者拖欠債務也不會有什麼困擾。明明如此，羅伯特卻不了解自己為何要這麼焦慮，不禁咬住薄薄的下唇。

這些人明明是因為受傷才淪落到貧民窟的，卻都重新踏入了迷宮。

對付魔物明明很可怕，受傷明明很痛，他們卻還是會踏入迷宮。

「我也沒有其他長處了啊。我頭腦不好，又很笨拙。」

患者這麼說道。

（我都知道……）

魔森林氾濫（魔物暴動）後的兩百年，鍊金術師們傳承下來的渺小願望——羅伯特很清楚，自己和亞格維納斯家的歷代當家想實現的這個願望就跟他所治療的人們沒有兩樣。

（我一直都知道……）

被羅伯特當作「材料」而死的人們雖然犯了罪，卻也跟他們一樣都是人。

今天一天接受治療的人們留下人類的**氣味**，使羅伯特揮之不去。

好幾年來殺死的人們留下血與藥液的**臭味**，使羅伯特揮之不去。

羅伯特所治好的人們不斷挑戰迷宮。

他們的眼裡充滿希望，注視著實現往日夢想的機會。他們以翻轉人生的堅強，不斷挑戰曾經從他們身上奪走一切的迷宮，努力贏得財富與幸福。

羅伯特持續治療他們。

周圍充滿了人類的氣味，每日的喧囂讓他的心不得安寧。他不能回顧過去，也沒空遙想未來。

簡直就像一座沙之樓閣，為了崩塌而建。

高高築起，高高築起。

明明不可能登天，還是不斷築起又崩塌，被波浪帶走，從他的腳下流失。

（就算四肢不健全也好，我一定會治好你們，可以活著回來嗎？）

如果他們不來診所（這裡），羅伯特也無計可施。感嘆自身有多麼無力的羅伯特在不知不覺間抱持這份感情的時候，踏入迷宮的冒險者數量已經遠遠超過迷宮討伐軍的人數，即將達到魔森林氾濫（魔物暴動）以來的最高峰。

冒險者在反覆受傷之後存活下來，從痛苦的經驗中學到教訓，所以他們全都非常慎重，懂得確實打倒符合自身能力的魔物，藉此賺取財富。

06

「沒想到我會帶妳來這個樓層……」

賈克爺爺就像是看著小孩學走路的祖父一樣，這麼對瑪莉艾拉說道。

這裡是迷宮五十六樓，也就是曾經有「步行火山」和赤龍看守的熔岩樓層。這個樓層的魔物只有這兩隻，現在沒有危險的魔物棲息。可是樓層本身依然炎熱，到處都殘留著熔岩池，地上還散落著「步行火山」爆炸時產生的石塊，非常難以行走。雖然有「冰精的庇佑」這種魔藥保護眾人不受高溫傷害，但若是不小心跌落熔岩池，就會立刻沒命。

「哇！」

瑪莉艾拉走在不穩定的石頭上，差點被散落的石塊絆倒。雖然有吉克在她身邊幫忙，那副搖搖晃晃的走路方式還是很危險。

「你要不要乾脆揹著她？」

聽到賈克爺爺對吉克這麼說，瑪莉艾拉看著熔岩的縫隙，頭也不回地答道：「不靠近看就找不到了。」

「啊，那塊岩石。賈克爺爺，請把那塊岩石敲碎。」

「找到啦。會有碎片亂飛，你們離遠一點。」

賈克爺爺以不符年齡的強勁動作對瑪莉艾拉指定的熔岩塊揮舞十字鎬。因為今天的目的是敲碎岩石，所以他用的不是平常的雙刃斧，而是特製的十字鎬。熔岩急速冷卻所形成的這塊岩石帶著漆黑的色澤和凹凸不平的形狀，所以很難看出來，其實上面有好幾條凝固收縮所產生的細小裂痕。金屬含量較多的地方很堅硬，但岩石含量較多或是成分不同的交界處相對容易破壞，只要瞄準這些地方就能順利敲碎。

「啊，真的有耶。這個……嗯，可以當作副原料。」

「我看看……老花眼實在看不清楚。」

瑪莉艾拉和賈克爺爺仔細觀察熔岩的切面。

「這是……生物嗎？」

從瑪莉艾拉的頭頂上看著熔岩塊的吉克疑惑地這麼說，這時一個人用金屬棒戳弄熔岩池的師父突然探頭說道：

「既然有那樣的傢伙，從岩石採集好像比較快。」

師父所拿的長棍因為浸泡到熔岩裡，前端沾有凝固的熔岩，附近卻纏著類似植物根部或藤蔓的東西，仔細一看還會非常緩慢地移動。瑪莉艾拉等人看著的熔岩切面也有同樣的東西，卻嵌在岩石裡，從切面只能看到一點點，必須凝神細看，否則很難找到。賈克爺爺懂鑑定，瑪莉艾拉懂鍊金術，吉克則有「精靈眼」這個特殊的認知手段，所以才能找到這種棲息在熔岩裡，長著細長觸手，看似植物根部的生物。

根據瑪莉艾拉找到的書籍，這種物體是稱為「纖維狀熔岩」的特殊礦物成分，但以瑪莉艾拉等人的技能或庇佑去看就會發現，這應該是一種生物。

至於為何無法斷定，是因為構成這種生物的基礎元素和人與動植物都不同，比較接近沙子。牠們能在熔岩這樣的高溫物質裡自由活動，但凝固的熔岩對這種生物而言似乎太過寒冷，終將導致牠們死亡。仔細觀察師父用棍棒抓到的纖維狀熔岩就會發現，牠們就像海星一樣長著五到六根觸手，細長的觸手前端也有分支。

研究深海的學者看到的話，應該會覺得這種奇妙的生物長得就像「蔓蛇尾」。牠現在明明就比鋼鐵還要堅硬，但用精金做成的針一敲就會脆弱地崩解。

「只要派人來把可能有這種傢伙的岩石搬進迷宮討伐軍的基地就行了吧。」

「對，拜託你了，賈克爺爺。」

瑪莉艾拉和吉克對揮揮手要他們別客氣的賈克爺爺低頭行禮。瑪莉艾拉明明沒有對賈克爺爺坦白自己的鍊金術師身分，他卻二話不說就答應擔任指揮，帶領其他人到這麼炎熱的樓層採集素材。

「妳還有其他該做的事吧？這裡交給我，妳快回地上吧。妳待在這裡太危險了，看得我都緊張得要命。」

瑪莉艾拉再次向貼心的賈克爺爺道謝，回頭一看才發現師父再次拿棍棒戳進附近的熔岩池，正在勤奮地採集纖維狀熔岩。

「師父竟然這麼認真採集……」

明天要下紅雨了嗎？師父竟然會認真工作。就算這個樓層下起雨，讓熔岩池全部凝固，瑪莉艾拉也不會感到驚訝了。

「瑪莉艾拉～這些熔岩海星好好玩喔！用棒子戳一戳就有好大的反應，一隻接一隻纏到上面耶！大豐收！大豐收！要幾隻有幾隻！」

看來這種不可思議的生物似乎戳到師父的笑點了。師父擅自把牠們取名為「熔岩海星」，反覆用棍棒前端撈起牠們再抽出來凝固，做出一大顆插在棍棒上的海星球。她似乎玩得相當熱衷，眼神比平常還要閃亮好幾倍，很勤奮地戳弄著熔岩池。

師父所拿的棍棒前端纏繞著高密度的纖維狀熔岩，以素材而言可說是再好不過；可是熔岩池不像水一樣透明，而且帶著高溫的刺眼光線，普通人根本沒辦法直視。其他人已經證實光是把棍棒隨便插入裡頭也不會有纖維狀熔岩纏繞上來，可見師父的眼睛能看見纖維狀熔岩，所以才能用棍棒戳到牠們。

「師父的眼睛到底是怎麼回事？吉克，你看得到嗎？」

「不，熔岩的強光太刺眼，一直盯著看的話，就算是『精靈眼』也會受傷。」

因為師父玩得太開心了，所以瑪莉艾拉和吉克把她留下來，兩個人偷偷移動到上方的樓層。照這個情況看來，師父應該會採到足夠的分量，讓瑪莉艾拉摸索處理的方法吧。

瑪莉艾拉等人會特地來採集這種不確定是不是生物的東西，其實是有理由的。

為了做出以四種龍血為原料的特殊魔藥，他們必須尋找適合的副原料。

瑪莉艾拉的熟練度已經足以鍊成這種魔藥。一般來說，主原料和副原料都會公開在「書庫」，可以知道需要哪些材料。可是，只有這種魔藥的副原料就像是閱讀毛玻璃後面的文字一樣，模糊得無法解讀。

「這種魔藥整合了本來不可能同化的四種屬性。相異且無法相容的東西之所以能同時存在於這個世界，就是因為擁有個體或是種族的型態。舉例來說，在迷宮土生土長的赤龍與棲息在號稱大地肚臍的炎熱地帶的黑炎龍雖然同樣是火屬性的龍血，跟其他龍血共存所需要的副原料也不同。」

師父很少像個師父一樣指導瑪莉艾拉。既然如此，明明可以說出這個組合需要什麼副原料，師父卻說「尋找方法也是鍊成的過程」，沒有告訴瑪莉艾拉。

「赤龍血和地龍血都還剩一些沒有『藥晶化』吧。妳可以看著它們，好好思考它們究竟是什麼。」

瑪莉艾拉基於這個建議，尋找赤龍和地龍的少數共通特性，發現赤龍所棲息的這個樓層可能會有線索。她接著到亞格維納斯家和休森華德家查閱關於熔岩地帶的書籍，再加上蒐集標本，好不容易才查出纖維狀熔岩。瑪莉艾拉能透過「書庫」輕鬆得知素材和處理方法，但在「書庫」中留下這些知識的前人都是像這樣一步一步尋找素材的。

因為瑪莉艾拉等人找到的纖維狀熔岩缺乏通用性，所以沒有作為副原料登錄於「書庫」，但尋找素材的過程讓瑪莉艾拉覺得自己又在鍊金術師的路上更進一步。

龍血帶有毒性。據說地龍血會融化岩石，赤龍血會將觸碰到的生物燃燒殆盡。處理龍血時，必須反覆與融解溫度不同的幾種油混合再分離，藉此去除毒素。地龍需要三種，赤龍所需的種類和數量都更多，更加考驗鍊金術師的技術。

即使已經去除毒素，赤龍血依然帶有沸騰的炎熱特性，地龍血也還是會讓大地輕易變形。要讓這兩種素材順利融合，瑪莉艾拉好不容易才找到的纖維狀熔岩就是最適合的副原料。

瑪莉艾拉以吐出的氣息也會化為液體的低溫冷卻並絞碎纖維狀熔岩，然後用漩渦狀的風把普通的熔岩去除。在化為細碎黑粉的纖維狀熔岩中添加地龍血的藥晶，纖維狀熔岩的粉就會立刻融化為液體。

如果在這個狀態下添加大量的「生命甘露」，它就會以低溫的狀態產生沸騰般的氣泡，體積也會同時加倍。在這個時機添加赤龍血的藥晶，氣泡就會爆發性地增加，冒出大量的細密泡沫。

這時候若是沒有讓「鍊成空間」維持同樣的溫度，「生命甘露」就會徹底流失，所以需要特別注意。對有點笨手笨腳的瑪莉艾拉來說，追蹤急遽的變化是最耗費精力的步驟。

「呼，總算混合了。」

混合赤龍血與地龍血之力的紅黑色藥液明明是混濁的色調，卻綻放著熔岩一般的猛烈光芒；將水屬性的冰露裸海妖和風屬性的擺尾綾鳥以採集自冰雪樓層的「樹冰花」所調配而成的藥液則呈現藍綠色，正好與前者相反。

順帶一提，樹冰花正如其名，是開在樹冰上的花朵。

樹冰是樹木在冰點下的環境中被冰雪覆蓋，形成一棵棵冰之樹的自然現象；因為只是普通的冰，所以本來是不會開花的。但如果附著在上面的冰是被風吹散的冰屬性魔物屍體，就有可能與結冰的樹木融合，在漫長的時間之後開出冰之花。

帶著微光在風雪中搖曳的這種花朵美得如夢似幻，卻會吸引冰與風的魔物，採集起來相當困難。採集時必須在冰天雪地裡對付大量魔物，而接下這份任務的人，果然是大家最愛的愛德坎。

「啊，這不是愛德坎嗎？你來得正好！我很想要一種花呢。」

「竟然想要花，多麼謙虛啊！任何鮮花在妳面前都將黯然失色。但既然妳想要花，我愛德坎就算上山下海也會替妳摘來！」

至於接下來的發展，直到吉克被拖下水為止都是一如往常的情節，所以從瑪莉艾拉的記憶中被大幅省略了；總之多虧有樹冰花，水屬性和風屬性的龍血才能順利融合。

「接下來只要混合這兩種藥液就可以了……」

瑪莉艾拉從箱子裡取出最後一種素材。箱子裡發出薄薄的玻璃互碰的清脆聲音，裡面裝的是以藍、綠、黃色水晶所形成的可愛花朵。

據說迷宮某處的樓層縫隙有一個安全地帶——「聖樹墳場」，這種花就開在那裡。

「聖樹墳場」是在魔森林氾濫（魔物暴動）時被推倒，接著遭到吞沒的許多聖樹最後抵達的地方。

枯死的聖樹沉入淺淺的地底湖，已經石化成白色，神聖的效力卻依然存在，所以明明是在迷宮中，這裡卻不會產生魔物。可是這裡也能接收到迷宮供給的魔力，本來用來產生魔物的迷宮魔力轉移到水晶上，使它們像植物一樣發芽、成長，甚至開花。綻放的花瓣會化為蝴蝶，在「聖樹墳場」中飛舞，形成一幅美麗的景象。這些蝴蝶會不斷飛舞直到魔力耗盡，然後變回普通的水晶碎片，融解後滲進「聖樹墳場」的水與大地之中。等到又累積了足夠的魔力，它們就會再次開花，變回蝴蝶。

會在「聖樹墳場」化為蝴蝶的花無法直接帶走。一旦離開聖樹與迷宮的相反力量同時共存的「聖樹墳場」，它們就會立刻崩解並消失。

可是不知為何，灌注人的魔力而開出的花朵不會變成蝴蝶，可以帶離迷宮。

瑪莉艾拉拿來當素材的花是以前在賈克爺爺的帶領之下，跟著師父和吉克，還有艾蜜莉、帕洛華、艾里歐一起去採來的。

剛好因為尼倫堡有事而不能來的雪莉感到很遺憾，於是艾里歐送了自己採到的水晶花給她，所以這裡少了那部分，卻還有很多瑪莉艾拉跟吉克與師父一起採到的花。順帶一提，開出的花朵會呈現灌注魔力者的眼睛顏色，所以一看就知道是誰採集的。

它們是本來互不相容的聖樹與迷宮的力量共存體。讓它們得以在迷宮之外擁有固定形體的魔力竟然是來自使安妲爾吉亞與魔物決裂的人類，不免令人感到有些諷刺。也許正是因為混入了人的魔力，這些花才會失去飛向天空的蝶翼吧。

光是觸碰就好像會碎裂的這種脆弱花朵一旦吸起水與風屬性的龍血所混合而成的藥液，葉片和莖的顏色便轉為透明，彷彿有了形狀的水；這時淋上火與土屬性的龍血所混合而成的藥液就會燃起火焰，使花瓣的顏色變得像是熾熱的岩漿。

「乾燥……？不對，這時需要的應該是『移位』。」

只以花和莖葉的型態稍微相連是不行的。現在這種花的型態應該是一種概念。為了讓狹小的接合點擴張得更大，瑪莉艾拉錯開接合位置，改變其骨骼。

原本呈現花朵形狀的原料在充滿「生命甘露」的「鍊成空間」中慢慢變形，化為一塊帶著細密大理石紋的物體。

「這樣還不行。只是分散得很細而已，沒有合而為一。」

瑪莉艾拉將「鍊成空間」中的龍血加熱到將近千度。在這個溫度下，鐵和石頭都不會熔化。可是龐大的能量使火與土屬性的龍血穩定下來，甚至能寬容地接納水與風的力量。

所有原料均等相融的瞬間，瑪莉艾拉改為將溫度降至冰點以下。速度必須愈快愈好。這是為了將所有原料固定在相融的狀態下。

「好像順利成功了，可是難免還留有一些扭曲的地方。我得稍微提高溫度，讓它穩定下來……」

反覆執行幾次加溫並維持的步驟後，不透明的龍之力終於合而為一，變成透明的球狀。

「接下來只要放在溶有地脈碎片的『生命甘露』裡浸泡約三天三夜，使它徹底溶解就完成了吧……可是，希望這種魔藥不會派上用場……」

看著終於合而為一，隱含著無盡力量的光芒，瑪莉艾拉不禁稍微別開視線。

龍血帶有毒性。

其中蘊含著普通人類怎麼也敵不過的強大力量與強大魔力，以及在上億甚至上兆的生存競爭之下存活的幸運，還有永恆延續的生命力。這些全都是人類的智慧所無法企及的境界。

正因為如此，牠們才稱得上龍；正因為是龍，牠們的血液才帶有力量。

以相反的四種屬性融合其力量所做出的這種魔藥究竟能帶來什麼樣的奇蹟呢？另外，不只是地脈的力量，甚至含有龍之力的這種魔藥為人們帶來的奇蹟會是不求代價的嗎？

「即使如此……我們也要一起活下去。」

為了製作下一瓶魔藥，瑪莉艾拉伸手拿取龍血的藥晶。

第三章

螞蟻的行軍

Chapter 3

01

踏入第五十七樓的馬洛等斥候部隊成員第一次見到那東西的時候，還以為是「巨大的鐵樁」。

當他們抬頭觀察這些柱子延伸到何處，便開始有人將其形容為「沒有頭和尾巴的馬」，也有人說像是「向前走的螃蟹」、「腳往下延長的蜘蛛」。

結果，眾人決定以「獸」來形容這種魔物，因為相對於腿部總是維持彎曲狀態的螃蟹或蜘蛛，這種魔物的腳是從位於遙遠上空的軀體筆直延伸到地面上的。

魔物的腳上長有黑色的鐵絲，就像是纏繞著鋼纜，顯露在各處的皮膚是帶著金屬光澤的深綠或深紫，就像是打磨過的金屬經過灼燒而變色，也像是本來就呈現這種色澤。在人的身高所及的前端部分，一隻腳的粗細大概是雙臂抱起的程度。實際上不能以環抱的方式來測量。帶著些微弧度的前端很銳利，就像是經過仔細研磨的巨大鐮刀。牠們雖然體型巨大，動作卻很快，人類恐怕馬上就會被一刀兩斷。

暫稱為「刃腳獸」的這種魔物在左右兩側各有四隻刀刃般的腳，總共八隻，但沒有頭部也沒有尾巴。

在迷宮第五十七樓，不遠的天上瀰漫著彷彿將下起豪雨的灰色雲層，空氣中的輕微水氣還稱不上是霧，卻使天空和雲層的界線變得模糊，遠處也是看不穿的濛濛一片。刃腳獸光是腳的長度就超過十公尺，即使退到能掌握全貌的距離，也會因為被霧氣遮蔽而無法看清。在近距離之下仰望才能勉強看到馬一般的橢圓形身體，上頭只長著刃腳。

馬洛等人從來沒有看過，也沒有聽過這種魔物。所以為了方便稱呼，他們才取了刃腳獸這個名字，而這個樓層就有無數隻刃腳獸。

喀哩，喀沙，喀哩，喀沙。

刃腳獸以馬匹小跑步的速度移動，刀刃般的腳便刺入混合了沙子和碎石的迷宮地面。也許這裡原本是岩石地，在刃腳的穿刺和切砍之下才碎裂成沙子與碎石，鬆軟的地面會讓人類的腳在步行時承受強大的阻力。

「上一個樓層有會走路的火山，沒想到這個樓層也有長著一堆怪腳的魔物。難道迷宮主人對腳情有獨鍾嗎？」

率領迷宮討伐軍踏入第五十七樓的萊恩哈特自言自語般地說道，於是同行的「炎災賢者」芙蕾琪嘉這麼回答：

「當然是因為腳至少有兩隻了，人也一樣。我不知道是左腳還是右腳，總之大概是一次用了一隻腳吧。」

「那還真是令人啼笑皆非啊。不，或許該高興就快結束了。」

猜到芙蕾琪嘉的言下之意，萊恩哈特輕輕聳了一下肩膀。

「步行火山」確實讓人有種不小的異樣感。

在它之前的樓層主人雖然都不正常，但至少還是能夠理解的型態。可是「步行火山」就像是在固定的地形底部勉強裝上了腳，連眼睛和嘴巴都沒有，簡直是個異形。

假如「步行火山」和創造出刃腳獸的樓層主人都是來自於迷宮主人的腳，那麼「這雙腳」的前方到底有什麼正在等著他們呢？

萊恩哈特等人沒有時間懼怕駭人的對手，也沒有權力選擇不戰鬥。既然這些敵人是「雙腳」，他們反而更該拿出鬥志，因為「本體」就位於距離這裡不遠的樓層。

話說回來，這些刃腳獸的眼睛和嘴巴究竟在哪裡呢？牠們就像是一塊橢圓岩石上長著刀刃般的腳，沒有人知道牠們是如何認知周遭環境的，卻有幾隻察覺到迷宮討伐軍，往這邊跑了過來。

「第二、第三部隊，前進。」

以手持大型斧槍的第二部隊長和率領第三部隊的迪克為首，擅於使用長柄武器的士兵所構成的兩個部隊朝刃腳獸跑去。

對付這種巨大的魔物，果然還是用長柄武器比較有利。

「喝啊！」

用足以砍斷普通刀劍的速度和技巧所揮出的斧槍，是洛克威爾的矮人用精金打造而成的武器。即使目標是寬得必須以雙臂環抱的金屬塊，也並非無法砍斷的東西。一陣直達腦部的刺耳金屬聲響起，第二部隊長使出的一擊漂亮地斬斷了刃腳獸的腳。

迪克也一樣。他的黑槍也用精金重新打造過，以一記突刺製造裂痕的起點，折斷了刃腳獸的腳。

可是，也不過如此。

只是長達十公尺的一隻腳變短約一公尺而已。

而且是八隻腳的其中一隻。

刃腳獸恐怕沒有痛覺吧。牠稍微彎曲多個關節以調整腳的長度，然後揮舞巨大的刃腳，試圖刺死圍著自己攻擊的第二、第三部隊的士兵。

「好險！」

士兵躲開從上往下揮的刀刃，然後砍向刺進碎石裡的刃腳。只有獲得A級頭銜的兩位隊長能夠一擊斬斷鐵塊般的腳，其他士兵的斧槍都被長在刃腳表面的鋼纜狀毛髮吸收衝擊，要揮砍好幾次才能斬斷。

「該不會要像這樣慢慢削短牠的腳吧？」

「迪克，你忘了作戰計畫嗎？我們可不能慢慢來啊。」

對於迪克的問題，第二部隊長這麼答道。

帶著碎石的沙地很鬆散，不會阻礙刺進裡頭的刃腳，對士兵來說卻不是容易踩穩的地形。戰鬥才剛開始，所以眾人的體力都還很充足，但時間拖得愈久就愈是不利。

況且，魔物的數量並沒有少到可以在一隻刃腳獸身上花費太多時間。

迷宮討伐軍明明才剛來到這個樓層，卻隔著濛濛霧氣就能看到除了眼前的幾隻以外，還有十隻以上的刃腳獸正要向這裡跑來。

「腳就跟報告裡講的一樣，呼。那麼，軀幹如何呢？」

「**軀幹如何**？你還有餘力開玩笑喔！」（註：日文中「軀幹」與「如何」同音）

聽到第二部隊長的自言自語，迪克這麼回嘴。迪克自己似乎也一派輕鬆。

「我是有餘力沒錯，但可沒在開玩笑！『戰斧烈破』！」

「唔，『昇槍烈破』！」

兩人分別朝自己面前的刃腳獸軀幹使出遠距離攻擊。這兩招都是射出纏繞在武器上的魔力，並不是直接射出武器，所以攻擊力稍低，消耗的魔力也不少。對擅長近身戰的他們來說，這是不能隨意使出的招式。

咚叩！

迪克等人的攻擊在命中的同時發出鈍器撞擊岩石般的聲音，削去刃腳獸約三分之一的軀幹，讓牠一命嗚呼。

不過這個形容也許並不貼切。停止活動的刃腳獸從關節處開始解體，然後一塊一塊掉落下來。這實在不像是生物死亡的模樣。

掉落下來的軀幹和原本看似巨大金屬刃的腳都轉變成岩石般的色調，經不住倒塌的衝擊而碎散。

「弱點在軀幹啊，那就確定改用遠距離攻擊了。戰鬥時以兩到三人為一組。記得留意來自上方的攻擊和打倒後的墜落物。」

「都聽到了吧，我們上！」

第二部隊長下達明確的指示，第三部隊長迪克卻草草指揮。雙方的隊員都已經習慣了，於是各自組成有效率的隊伍，開始攻擊刃腳獸。

「找出樓層主人的位置了嗎？」

維斯哈特身在位於後方的主隊，等待諜報部隊的報告。

這個樓層的霧氣可能含有樓層主人的魔力，會迷惑馭蟲師的魔蟲、遮蔽馭音師的聲音，所以無法探查遠處的情況。因此，軍方派出迴避能力高的敏捷士兵，一邊閃躲刃腳獸的攻擊，一邊在樓層中到處跑，用肉眼尋找樓層主人的蹤跡。

更棘手的是，樓層主人並不像刃腳獸那麼積極地發動攻擊，卻會緩緩地隨機移動，所以諜報部隊必須緊跟在旁並隨時將位置通報給主隊，否則目標很快就會消失在霧氣之中。

「確認到了，位於前方兩點鐘方向。念語很遠，距離應該在兩三公里左右。」

「非去不可。全軍前進！」

聽完馬洛的報告，萊恩哈特對所有士兵下達進軍的指令。

這支軍團以所有一軍成員和二軍的魔法師組成，人數上看兩百人。

共八個部隊組成的一軍之中有兩個部隊負責打倒路上的刃腳獸，其他士兵則以保護軍隊中心的陣形往前挺進。

不過兩三公里的路程，單靠部隊長等菁英就能在十分鐘內抵達。然而這樣是無法打倒樓層主人的。光是要打倒阻擋去路的刃腳獸，魔力就會枯竭。這個樓層的刃腳獸就是如此地多，不管打倒多少都會從灰色霧氣的另一頭不斷湧出。

不只是在前方開拓道路的兩個部隊，主隊的側面和後面也會被來自霧氣中的刃腳獸攻擊。以迷宮討伐軍的討伐規模而言，兩百人的軍團已經是超越「咒蛇之王」討伐戰的大部隊，但長達十公尺的腳也能輕易觸及中央。

面對襲向緊密陣形的巨大刀刃，配置於主隊的盾牌戰士挺身抵擋，魔法師則用魔法直搗脆弱的軀幹。

「傷者和耗盡魔力的人移動到中央的治療部隊！第二、第三部隊的魔力就快要耗盡了。第四、第五部隊準備出擊！交替！」

在維斯哈特的指揮下，一行人不斷朝目的地前進。在魔力耗盡導致戰況崩潰之前，與其他部隊交替的第二、第三部隊彷彿被吸入軍團，陸續回到中心。

「嗚啊～耗盡魔力讓我的頭好暈……」

對平常總是在前線與魔物搏鬥的士兵來說，耗盡魔力是很難受的事。如果單論魔力量和遠距離攻擊的攻擊力，魔法師部隊比較優秀；但要在刃腳獸的攻擊下開拓道路，攻守較為平衡的他們更加適任。

話雖如此，這裡是戰場，而他們是菁英。才剛開戰沒多久，而且他們也沒有受重傷，現在就表現出「我們真辛苦」的感覺是不是稍嫌太早了呢？

面對這樣的士兵，一名少女向他們遞出魔藥。

「大家辛苦了～來，請用瑪那魔藥。」

「謝謝妳～瑪莉艾拉。」

「我也要，我也要。呃，吉克專心當護衛啦。我想要拿瑪莉艾拉親手給的魔藥耶。」

「瑪莉艾拉正在忙著做魔藥。不要靠近，不要碰她，看了就會少塊肉！」

「才不會少塊肉咧！」

瑪莉艾拉鼓起臉頰，用雙手將地脈碎片連同月之魔力一起溶入「生命甘露」，繼續製作瑪那魔藥。

竟能一心二用，實在相當靈巧。如此幹練的作風實在不像瑪莉艾拉。這麼得意忘形，待會兒一定會跌個狗吃屎。

雖然周圍的人都這麼擔心，瑪莉艾拉卻一瓶接一瓶地完成瑪那魔藥；吉克則一邊撥走伸向瑪莉艾拉的手，一邊勤奮地發放瑪那魔藥。

瑪那魔藥的製造流程很簡單，只要在溶解地脈碎片到「生命甘露」裡的時候也一起混入月之魔力就行了。這麼一來，月之魔力和地脈的力量就會彼此交融，使魔力得以滲透至服用者的體內，變成能恢復魔力的瑪那魔藥。

有了光是飲用就能恢復魔力的稀有魔藥，就能隨時以全力戰鬥。不論是魔法還是技能，都能用最大威力無限施展。

既然是足以大幅改變戰況的奇蹟之藥，當然不可能沒有缺點。

首先是原料很稀少。瑪那魔藥必須使用不屬於任何人的月之魔力。如果使用魔物或人的魔力，就無法恢復服用者的魔力。

就算是與人體最契合的月之魔力，也必須以地脈碎片和「生命甘露」這樣的高濃度能量為媒介，才能化為可吸收的型態。如果在瑪那魔藥的製造過程中添加多餘的材料或步驟，月之魔力就會變質，導致鍊成失敗。

也就是說，瑪那魔藥甚至無法進行「藥效固定」。

從儲存月之魔力的特殊水晶取出的那個瞬間開始，月之魔力就會漸漸流失。即使是鍊成瑪那魔藥之後也一樣。

瑪那魔藥的效果很強大，但必須現做現喝才有意義。

需要用到瑪那魔藥的戰場都是戰況激烈的地方，無力戰鬥的鍊金術師卻必須親自前往。

而且還是做得出特級魔藥的高階鍊金術師，人數可說是少之又少。即使是高階鍊金術師，能像瑪莉艾拉一樣單靠技能處理地脈碎片的人也不是到處都有，所以他們都會與設有簡易工房的馬車一起上戰場。鍊金術師被盯上的風險當然是戰場上最高的。

明知會暴露在危險之中，鍊金術師依然為了供應瑪那魔藥而趕赴戰場。其中必定有著值得賭上性命的理由。

自古以來，瑪那魔藥在歷史上留名的戰爭都是賭上城市、國家以及人民之存亡，足以稱之為決戰的戰役。

02

各位是否曾經用樹枝戳弄在地面爬行的蟲子呢？

如果是像毛毛蟲一樣遲緩又粗大的目標，很容易就能刺穿，但如果是螞蟻又如何？要打亂列隊前進的螞蟻是很容易，用尖銳的樹枝一隻一隻刺死卻比想像中更困難。因為螞蟻的動作出乎意料地快，所以有時候明明是瞄準身體中心，結果卻只扯下一隻腳。

迷宮討伐軍的行軍在試圖踩死他們的眾多刃腳獸眼裡，或許就正如螞蟻。對照人類與刃腳獸的體型差異，這樣的行為就像是用利爪刺死大型螞蟻。

踩死螞蟻的銳利腳尖，是否能感受到身為強者的愉悅呢？

就像是要包圍列隊挺進的迷宮討伐軍，刃腳獸從霧濛濛的景色中陸續湧出，對迷宮討伐軍揮舞利爪。

牠們的爪子深深刺進吸收濕氣而軟化的大地，將沙礫翻鬆，使迷宮討伐軍前進的路線變成難以踏穩的惡劣地形。

即使遭受攻擊的對象只是螞蟻，螞蟻也不可能不加以反擊。

況且這個團體不是螞蟻，而是人類的精銳部隊。迷宮討伐軍的士兵雖然被從天而降的刃腳刺穿身體或斷手斷腳，卻還是沒有退縮，用魔法或武器不停地對比較脆弱的軀幹部位使出遠距離攻擊。

如果立場相反，或許有人會覺得屈服於區區小蟲的攻擊是一種難以忍受的屈辱吧。只有橢圓形的軀幹與八隻腳，甚至無法確定是生物的刃腳獸會不會這麼想，沒有人知道，而牠們只是接二連三地朝迷宮討伐軍發動攻擊，試圖把向前挺進的士兵一隻不剩地全部踩死。

在迷宮討伐軍的遠距離攻擊下，群聚而來的好幾隻刃腳獸都被打倒，然後解體。可是，迷宮討伐軍也同時受到損傷。兩者看似勢均力敵，因為受傷的士兵立刻被治癒並回歸戰線，而攻擊他們的刃腳獸也源源不絕地重新出現。

以人的腳步而言，迷宮討伐軍殺出一條血路的行軍已經稱得上迅速；但如果從高處俯視這群螞蟻軍團，只會覺得他們是以十分緩慢的速度往掌管這個樓層的主人之處前進。

要從上方瞄準四處亂竄的渺小生物，什麼地方是最容易打中的呢？接近迷宮討伐軍的刃腳獸當然懂得要瞄準軍團的中心了。

「『盾牌強擊』！」

即使是迷宮都市，也鮮少有人能確實彈開來自上空的鐵鎚。平常大多負責保護維斯哈特的迷宮討伐軍第六部隊長兼A級盾牌戰士——沃夫岡今天的任務是護衛瑪莉艾拉。

「謝、謝謝你……」

瑪莉艾拉被戰鬥的衝擊嚇得差點腿軟，這麼道謝。

別說是肌力了，連腳長都不夠的瑪莉艾拉跟不上迷宮討伐軍的行軍速度，所以只有她是騎著奔龍前進。

載著瑪莉艾拉的是為了保護她不受死亡蜥蜴的攻擊而失去尾巴的那隻奔龍。

自願保護瑪莉艾拉的奔龍最適合承載騎乘技術不佳的瑪莉艾拉，所以這次才會雀屏中選。要是聽到自己的騎乘技術還不如奔龍的能力，瑪莉艾拉可能會鬧彆扭，所以吉克等人隱瞞了這個事實。

不過，為了發揮最好的表現，身為騎獸的牠竟然也得以使用特級魔藥使尾巴重新長出來，可見瑪莉艾拉的笨拙偶爾也能派上用場。

被取名為庫的這隻奔龍不害怕刃腳獸的攻擊，輕盈地躲開攻擊地點，以一定的速度繼續前進。會怕的只有瑪莉艾拉。

「不，別在意。妳一定很害怕。我會保護妳的安全，妳就放心做魔藥吧。」

聽到瑪莉艾拉道謝，沃夫岡直爽地答道。

真是帥氣的台詞。這名盾牌戰士不光是嘴上說說，真的在瑪莉艾拉眼前用盾牌擋住了從天上重重落下的刃腳。而且沃夫岡接著說道「我會保護妳」，如果他是跟瑪莉艾拉年齡相近的單身男性，瑪莉艾拉說不定也會被迷得神魂顛倒。

瑪莉艾拉確實微微紅了臉，就像是遇見傳說中的勇者，用崇拜的表情點了點頭。優雅的盾牌紳士——黑鐵運輸隊的格蘭道爾雖然也是「傳說中的勇者」，沃夫岡卻是名符其實的最強戰士之一。瑪莉艾拉會想要主動向他搭話也無可厚非。

「對了，像我這樣的人是鍊金術師，沒有讓你們嚇一跳嗎？」

「其實早在尼倫堡醫生到普通藥店開設診所的時候，大家就隱約猜到了。」

「一般來說的確是會叫藥師去軍營呢。」

「呃～我本來以為那是要保護亞格維納斯家的千金小姐耶～」

「我倒是比較喜歡像瑪莉艾拉這樣的純樸女孩。」

「沒人問你的喜好。」

包圍在瑪莉艾拉身邊的士兵們也加入話題，讓氣氛輕鬆了起來。他們這樣的體貼舉動都是為了讓瑪莉艾拉安心。

傷者會在遠離瑪莉艾拉的地方接受治療，以免不習慣戰鬥的瑪莉艾拉見到嚇人的場面，但刃腳獸發動攻擊的模樣、士兵用魔法或遠距離攻擊迎戰的模樣還是會進入瑪莉艾拉的視線範圍。剛才敵人出手攻擊……應該說出腳攻擊的距離就很近，除了鍊金術技能以外都與平民女孩無異的瑪莉艾拉身在不熟悉的戰場，直到剛才都表現得非常惶恐不安。

負責護衛瑪莉艾拉的人都有到「枝陽」接受過治療，獲選的是其中偏重防禦的士兵，相對之下比較能坦然接受瑪莉艾拉就是鍊金術師的事實。

他們屬於迷宮討伐軍的一軍，能夠充分理解魔藥的珍貴與鍊金術師的重要性，所以抱著賭上性命也要守住瑪莉艾拉的志氣。可是，擁有出色的戰鬥技能且從小到大都投入戰鬥的他們從來沒有接觸過鍊金術，也幾乎沒有鍊金術的相關知識。

因此，看到瑪莉艾拉在不使用任何道具的情況下接連做出瑪那魔藥，他們根本不知道這是連帝都的資深鍊金術師也辦不到的高超技巧。

包括言行舉止在內，人總是容易以貌取人。特別是短期的人際關係，人們大多會把看似高尚的人視為比較偉大的人，而不是真正有品德或聰慧的人。

瑪莉艾拉就是最好的例子。雖然她製作的魔藥與使用的技術非常稀少，在難度方面卻被士兵們當作是平凡少女的程度，所以她也被視為「擁有稀奇能力而被捲入戰場的普通女孩」。

簡而言之就是保護鄰家女孩的友善態度。

對瑪莉艾拉來說，這樣的態度也比較好親近，所以與強大又體貼的士兵對話讓她放鬆了緊張的情緒，繼續勤奮地做著魔藥。

可是，現場有一個男人非常不是滋味地看著這一切。

嘰嘰嘰嘰嘰嘰。

他並沒有在咬手帕。雖然嫉妒之情溢於言表，發出聲音的東西卻不是吉克的牙齒，而是他所拉滿的弓。

吉克的箭咻的一聲劃過霧濛濛的天空，刺進刃腳獸的軀幹。

雖然精準度與飛行距離都十分優異，可惜他瞄準的軀幹就像一塊岩石，並沒有可能是要害的內臟或弱點。必須削去一定體積才能打倒刃腳獸，所以射出幾個小洞也不會致命，而且即使是帶著魔力的箭也很細，無法削去多少體積。

吉克懂得活用劍與弓箭來進行近距離與遠距離攻擊，卻沒有護盾技能，就連必殺弓箭也不適合應付眼前的敵人，無法發揮與赤龍戰鬥時的效果。

看到吉克一邊頻頻瞄著瑪莉艾拉，一邊猛射弓箭的模樣，師父對他這麼說道：

「吉克啊～你也太會吃醋了～你該不會是在想『我竟然讓其他男人說要保護瑪莉艾拉』吧？你這樣可沒辦法發揮『精靈眼』的真本事喔～」

「芙蕾大人，我……」

「你又不是孤軍奮戰，你有你的職責啊。」

「我……其實也很清楚。」

自從參加赤龍戰……不，自從與黑鐵運輸隊和迷宮討伐軍一起狩獵飛龍和地龍，吉克就已經明白這個道理。

迷宮都市存在許多強者，與吉克同樣屬於Ａ級的人就有十名以上。由於過度成長的迷宮是極端危險的威脅，所以帝國將近一半的高階戰力都集中在迷宮都市。

即使同樣是Ａ級，卻因為擁有的能力不同，因此難以斷定孰優孰劣。論弓箭，沒有人能與吉克並駕齊驅，可是他在劍術方面輸給萊恩哈特與光蓋，在魔法方面輸給維斯哈特與愛爾梅拉，在使槍方面輸給迪克，在防禦方面輸給現在保護瑪莉艾拉的沃夫岡。

擅長與不擅長的事當然因人而異，在掌握個人特質的情況下擬定作戰計畫、以彼此互補的方式挑戰樓層主人，對迷宮討伐軍而言是理所當然的策略；可是吉克從小到大總是單獨或與少數人一起行動，所以當他發現周圍有許多在某方面勝過自己的人，就不禁覺得自己像個沒用的弱者。

他當然明白人盡其才的道理，也知道自己的能力確實有那個價值，在感情上卻還是無法釋懷。

「你才不懂呢。你的煩惱不是因為在某些能力上輸給別人的關係。算了，講這些也沒有意義。雖然有點早，就當作機會教育吧。過來這裡，我教你怎麼用『精靈眼』。畢竟也沒剩多少時間了。」

說著，瑪莉艾拉的師父兼「炎災賢者」芙蕾琪嘉微微一笑，對吉克蒙德招手。

「『精靈眼』啊，是這麼用的。」

芙蕾琪嘉用左手一把抓住吉克的右半臉。因為吉克的「精靈眼」就顯露在芙蕾琪嘉的指縫之間，所以右眼和左眼的視野都沒有被遮住。

「因為是用我的魔力強制使用，所以會有點痛，你要忍耐。」

芙蕾琪嘉這麼說完的瞬間——

「啊啊啊！」

灼燒眼球般的痛楚襲向吉克。

吉克抓住芙蕾琪嘉的手，試圖把她拉開，這隻纖細的女性手臂卻像鋼鐵般文風不動。強烈的灼熱感甚至侵蝕了連接眼球與腦部的線，讓吉克抵抗的動作更加激動，芙蕾琪嘉靜靜地對他說道：

「冷靜點，我只是稍微連接到原本的主人而已。因為魔力的質地和我有差異，你才會感到灼熱。你的身體還好端端的。仔細觀察，你應該能看到瑪莉艾拉眼裡的世界吧？」

或許是對「瑪莉艾拉眼裡的世界」這句話有了反應，稍微恢復冷靜的吉克強忍襲向「精靈眼」的痛楚，把意識集中到眼前的視野。左邊的藍眼所看到的景色沒有什麼不同。眾人仍在行軍，忙著應付刃腳獸的士兵都沒有注意到停下腳步的吉克。

可是右邊的「精靈眼」所見的世界雖然與左眼重疊，卻能映照出生命之光。生命之光彷彿代表每個人的特質，現在的吉克能夠看見。生命的光輝不只存在於人的體內，就連試圖使其熄滅而不斷攻擊的刃腳獸也有，吉克甚至能從沒有生命的霧氣與地面看出非常淡薄的光芒。

這些光芒都是從地脈湧出，充滿在世界的各個角落。

瑪莉艾拉在稍遠處汲取的「生命甘露」綻放著特別強烈的光芒。

因為散發溫柔光輝的「生命甘露」是不屬於任何人的純粹能量，所以只要將含有它的魔藥喝下去就可以治癒人，也可以治癒魔物。

「這下你懂了吧，吉克。精靈是靠著從地脈湧向全世界的力量而存在。精靈在愛著人的管理者所統治的地脈會說人的語言，在魔物的領域會說魔物的語言，這是因為地脈管理者的力量會影響該地湧出的力量。可是與地脈締結契約的鍊金術師可以跳過地脈管理者，透過脈線汲取『生命甘露』，所以『生命甘露』才會是不受任何人的力量影響的純粹能量。」

瑪莉艾拉一旦解除「鍊成空間」，多餘的「生命甘露」就會化為人眼看不見的光芒，落入地脈。微弱的精靈會聚集到那些光芒附近。

「沒有肉體的精靈是很不穩定的東西，祂們無法直接從地脈獲取力量，只能靠著擴散在世界各處的力量存在。以這層意義而言，迷宮其實也差不多，是靠著吞食地脈的力量來產生魔物。迷宮都市幾乎沒有精靈吧？『枝陽』的聖樹精靈——伊露米娜莉亞是累積了你們給予的『生命甘露』和魔力才能勉強顯現一小段時間。這裡的力量都被迷宮吃掉了，精靈幾乎吃不到。迷宮內部特別嚴重。因為是在迷宮主人的支配之下，來自地脈的力量全都被魔物用掉了，所以精靈就連存在都有困難。」

吉克透過視覺情報理解了芙蕾琪嘉的說明，以及另一件事。

「『精靈眼』的『精靈視』並不是看見精靈的能力……」

「沒錯。那隻眼睛屬於現在勉強掌管著這道地脈的安妲爾吉亞，也是將地脈之力分享給精靈的慈悲之眼。你並不是能看見弱小的精靈，而是受到那隻眼睛照耀的精靈獲得了安妲爾吉亞所分享的力量，因此得以顯現。」

這麼說明的芙蕾琪嘉微微一笑。

那雙金瞳有如迸發的火星，閃耀著陣陣光芒。

吉克可以看見許多小小的火精靈飄浮在她身邊。精靈應該沒有生死的概念。只要有來自地脈的生命之力，祂們就能無中生有，但失去力量就會消失。不，以瑪莉艾拉召喚的火蠑螈為例，祂們平常或許是居住在既是這裡卻又不是這裡的世界。

「好了，吉克，給我的眷屬更多力量吧，給幫助你的同胞更多恩惠吧。」

「精靈眼」一陣陣抽痛。芙蕾琪嘉現在所做的事就像是把手放在吉克的手上，教導他如何揮劍。可是，森林精靈安妲爾吉亞的眼瞳與芙蕾琪嘉那火焰般的魔力似乎非常不契合。吉克從來沒有經歷過這種劇痛，感覺就像是被一根燒紅的鐵籤插進眼球深處，使他痛得想摀著眼睛在地上打滾；芙蕾琪嘉的手卻緊抓著吉克的右臉不放，讓他連閉上眼睛都沒辦法。

芙蕾琪嘉周圍聚集了其他人看不見的微弱火精靈，多得幾乎把四面八方全部遮蔽，在吉克的眼裡就像是一片火海。

或許因為全都是同質的火精靈，祂們彼此融合又分開，宛如沒有個體概念的搖曳火焰。沒有肉體就是如此嗎？多麼自由的存在啊。與祂們相比，擁有肉體的我們是多麼地不自由又不完美啊。

芙蕾琪嘉不理會過度疼痛而意識模糊的吉克，開始進行歌謠般的詠唱。

「火焰啊，我等眷屬啊，共同謳歌，起舞吧——『炎舞招來』。」

所幸刃腳獸的軀幹位於十公尺高之處。若非如此，迷宮討伐軍恐怕也會被燒成灰燼，連骨頭都不剩。

芙蕾琪嘉招來的火焰化為一陣猛烈的漩渦，吞噬了包圍迷宮討伐軍的刃腳獸，在短短的時間之內打倒了周圍所有的敵人。如此驚人的火力讓周圍的士兵全都停止攻擊，將視線集中到芙蕾琪嘉身上。

「『炎災賢者』閣下！剛才那究竟是？」

連負責應對師父的米歇爾都慌慌張張地趕了過來。至於師父本人，她明明沒有喝酒卻紅著臉，帶著發亮的眼神笑了。

而且手還抓著吉克的臉。

「啊哈……好強的火力。」

師父的眼神有點危險。剛才的火力超越了她在魔森林對地龍使用的「炎舞招來」，似乎讓她進入了恍惚狀態。那雙眼睛……應該說整張臉都轉向迷宮討伐軍的行進方向，非常高興地笑著說道：

「呵呵呵，找到樓層主人了。應該還能再來一次吧，吉克？」

師父揚起嘴角，看起來非常愉快。因為從吉克的「精靈眼」強制引出力量，灌注給許多火精靈，芙蕾琪嘉才得以施放精靈魔法。

覺得一擊還不夠的芙蕾琪嘉所面對的方向有個巨大黑影從霧氣中浮現，體型足足有剛才被燒死的刃腳獸的兩倍之多。

「確認到樓層主人『多腳刃獸』！魔法師部隊前進！」

帶頭的萊恩哈特一聲令下，位於迷宮討伐軍中央的芙蕾琪嘉等人也有聽到。

決戰時刻即將到來。眾人將使出全力，對抗樓層主人。這次不只有特級魔藥，甚至有瑪那魔藥。他們能在萬全的準備之下挑戰。

可是，被芙蕾琪嘉抓住頭部的吉克已經翻著白眼昏了過去，究竟該如何是好？遠遠看著芙蕾琪嘉的迷宮討伐軍士兵和米歇爾都不知所措地面面相覷。

「呼……」

師父稍微抬起下巴，吐出一口氣。

身體好熱，血液正在沸騰。

這樣的現象彷彿在她體內真實上演，芙蕾琪嘉吐出的氣息就像蘊含熱氣的海市蜃樓在空中搖曳，焰色的長髮也在無風的狀態下飄散起來，似乎就要起火。

她顯然陷入了失控狀態。就連包圍著她的人都看得出來，她已經完全失去自制能力。

不愧是號稱「炎災賢者」的人物。雖然芙蕾琪嘉是自己人，但是否應該把吉克救出來呢？就算能再放一次剛才的攻擊，她可以在這種狀態下確實擊中樓層主人嗎？

芙蕾琪嘉的異常模樣讓米歐爾等周圍的人都萌生了相當於樓層主人的危機感，這時芙蕾琪嘉的頭上下起了一陣有如天助的恩惠之雨。

「『注水』！師父！妳到底在幹什麼啊！」

幾乎在芙蕾琪嘉的頭上澆了一整桶的水，而且臭罵她一頓的人就是從奔龍背上跳下來的瑪莉艾拉。

「瑪、瑪莉艾拉？」

被瑪莉艾拉潑了水才終於恢復理智的芙蕾琪嘉一看到瑪莉艾拉的臉，立刻嚇得臉色發白。

「瑪莉艾拉超級生氣……」

沒有什麼東西比嚇破膽的師父更稀奇了，不過這也難怪。畢竟瑪莉艾拉氣得不得了。平常總是傻傻地下垂的眉毛現在凶狠地翹了起來，緊閉的嘴角也往下彎曲。

「我應該說過吧！不可以給別人添麻煩！而且絕對不能胡鬧！」

「對對對、對不起，瑪莉艾拉。我不是故意的……」

「師父真的是永遠學不乖！呃，啊啊啊！吉克都翻白眼了！」

真是怪了，到底哪一邊才是師父呢？

瑪莉艾拉從芙蕾琪嘉的手中把吉克拉出來，趕緊把高階魔藥塞進吉克的嘴裡。可能是還沒有對師父消氣，她的治療手法相當粗魯。這種照顧方式實在不像花樣少女，但這裡是戰場，而且處於臨戰狀態，所以這個程度剛剛好吧。

「咳咳……嗚……」

「吉克，你終於醒了！沒事吧？身體有沒有哪裡怪怪的？」

「瑪……莉艾拉？」

不知道是高階魔藥奏效了，還是單純被液體嗆到，清醒的吉克確認起「精靈眼」的狀態。雖然感覺得到過度用眼之後的隱隱痛楚和疲勞，但好像沒有特別異常的地方。吉克能確實看到一臉擔心的瑪莉艾拉，還有追著瑪莉艾拉過來的奔龍以同樣的方向、同樣的角度歪著頭。

雖然過程有點慘烈，吉克還是藉此理解了「精靈眼」的使用方式，所以這可以說是相應的學費吧。

「嗯，瑪莉艾拉，我沒事。我還能戰鬥。」

看到吉克為了安撫瑪莉艾拉而笑，師父開始找藉口了。

「看吧，他沒事啦。我只是稍微教他一下，沒有添麻煩啦。」

「師父？妳以為找這種藉口就能敷衍了事嗎！既然妳體力這麼好，就去幫忙多打倒一些魔物！不可以給大家添麻煩！那樣我就網開一面，不罰妳沒飯吃！」

「剛才那招把精靈的力量都用光了耶。吉克，再讓我用一次……」

「師──父──！」

「我、我知道了啦……」

看到瑪莉艾拉一轉頭過來便揚起眉尾發火，芙蕾琪嘉就像挨罵的小孩一樣沮喪，走向在最前方對付樓層主人的軍團。吉克交互看著她們倆，小聲說了一句「瑪莉艾拉真強」。

原因並不是瑪莉艾拉對高手雲集的迷宮討伐軍都不敢搭話的芙蕾琪嘉潑水，並且臭罵她一頓。

瑪莉艾拉在擁有肉體的人類之中可說是弱者之中的弱者。

雖然她的鍊金術技巧是一流的，身上卻沒有半點稱得上「強」的特質。她的長處與短處有很大的落差。世界上恐怕沒有人比她更能體現肉體的不完美了。

可是，對吉克來說，她是無可替代的重要人物。

這一點對芙蕾琪嘉來說應該也一樣。正因為如此，芙蕾琪嘉才會原諒潑水這種粗暴的舉動，從失控的狀態恢復理智。

這是源自於瑪莉艾拉的魅力和優點，也就是她的強大之處。

吉克想起自己剛才受嫉妒驅使而對刃腳獸胡亂射箭的事，總算理解為何芙蕾琪嘉會說「你的煩惱不是因為在某些能力上輸給別人的關係」。

（我是因為沒辦法成為瑪莉艾拉心目中的第一，所以才會自顧自地感到不安吧。）

這確實是「講了也沒有意義的事」。就算別人用否定來安慰自己，問題也無法解決。因為吉克是輸給了自己。

吉克把瑪莉艾拉重新抱到奔龍背上，低頭對身為盾牌戰士的沃夫岡說道：「拜託你護衛瑪莉艾拉了。」

「交給我吧，我一定會保護好你的公主。我很看好你的射擊技術喔。」

帶著笑容回答的沃夫岡是多麼地可靠啊。

「我會把瞄準瑪莉艾拉的攻擊全部擊落。」

「嗯，可是你要小心喔，吉克。」

有什麼好不安的呢？就算是在戰地中心，瑪莉艾拉依然趕來解救自己的危機，甚至擔心自己的安危。即使不會用盾，在魔法和劍術方面也不如人，自己還是能為瑪莉艾拉做到某些事。

「嘎嗚！」

「啊哈哈，庫也會保護我嗎？那我會努力抓緊的。」

載著瑪莉艾拉的奔龍跟她用魔法陣召喚的火蠑螈非常相像。應該是這隻奔龍的形象變成火蠑螈當時的原型了吧。既然牠跟數度拯救吉克不受赤龍傷害的火蠑螈有許多共通點，那就沒有比牠更可靠的同伴了。

我要全力以赴，做好自己分內的事。

吉克握緊手上的弓，精靈們也彷彿要幫助他，聚集到他的身邊閃閃發光。

士兵們遠遠圍觀著兩人，互相交頭接耳。

目睹瑪莉艾拉阻止失控的「炎災賢者」，負責護衛的士兵們似乎對她改觀了，於是紛紛稱讚瑪莉艾拉。

「好厲害喔，她阻止了失控的『炎災賢者』耶。真是一個優秀的『消防員』。」

「不，『炎災使者』比較貼切吧？」

「那樣聽起來很像是用火的人耶，『灑水少女』怎麼樣？」

「聽起來很像尿失禁，太可憐了吧。『消防員』還比較好一點。」

看來他們是在商量要給瑪莉艾拉取什麼稱號。從他們口中說出的稱號都是一些俗到不行的詞彙。

現在最被看好的候選稱號好像是「消防員瑪莉艾拉」。不能取名為「滅火姬」嗎？

可惜沒有人說出口。

無論是哪個稱號，全都跟鍊金術沾不上邊。

（我是鍊金術師耶！而且迷宮都市只有我和師父這兩個鍊金術師耶！我明明會做特級魔藥，還算是有點厲害的鍊金術師，為什麼要替我取跟鍊金術無關的名字啊？）

面對師父時明明那麼強勢，瑪莉艾拉卻不敢對迷宮討伐軍的士兵表達不滿，只能在心裡吶喊。

（這全都是師父害的啦！）

瑪莉艾拉正在製作瑪那魔藥，吉克與奔龍正在保護她，幾名士兵正在討論要取什麼滅火類稱號的時候，迷宮第五十七樓的樓層主人討伐戰已經在十幾公尺遠的前方拉開序幕。

03

「數量還真多啊。」

「妳來了啊，『炎災賢者』閣下。」

芙蕾琪嘉臉上掛著彷彿想說「不管有多少數量都不是我的敵人」的輕鬆表情，來到正要下達突擊命令的萊恩哈特身邊。米歇爾知道她其實是挨了瑪莉艾拉的罵才會被趕到前線，所以用尷尬的表情跟在她的後頭。

「我就來幫你們開路吧。」

聽到芙蕾琪嘉主動這麼說，萊恩哈特與維斯哈特相視後點頭。

將迷宮討伐軍周圍的刃腳獸燃燒殆盡的剛才那一擊，從前線也能清楚看見。多虧她打倒了周圍的刃腳獸，差點被截斷的長條陣形才得以重振旗鼓，爭取到一點時間。

馬上就要現身的樓層主人雖然還在霧氣中若隱若現，卻帶著大量的刃腳獸朝這裡走來，如果能以剛才的火力盡量減少敵人的數量就太好了。

「那麼就請妳用剛才那一招……」

「啊，那招不能用了。我就用普通的火魔法吧……」

芙蕾琪嘉轉頭面向別處，這麼說道。萊恩哈特與維斯哈特雖然從米歇爾的耳邊低語得知來龍去脈，還是很成熟地回應「感謝妳的幫助」。

「那就馬上開始吧，『火焰風暴』。」

芙蕾琪嘉突然朝霧中的刃腳獸放出常見的火魔法。

「哦……」

萊恩哈特與其他士兵發出的讚嘆並不是客套。攻略迷宮是賭命的工作，當然不可能有「放水」的情形。

芙蕾琪嘉施展的火魔法正如火焰形成的風暴，十分值得讚嘆。遮蔽前方視野的猛烈火焰就像潰堤的洪水，吞噬了大地與前排的刃腳獸。這樣的威力或許不及精靈魔法，但普通的火魔法竟能有這等程度的威力。就算維斯哈特用盡所有的魔力來施展，火力可能也比不上她。

咕嚕咕嚕咕嚕。

火焰吞噬了魔物，但芙蕾琪嘉也把瑪莉艾拉給的現做瑪那魔藥喝乾了。而且還喝了兩瓶。

「噗哈～如果是酒，有多少我都喝得下，但魔藥會讓肚子很脹呢。」

芙蕾琪嘉用左手扠腰，把魔藥一飲而盡。

「那一擊灌注了所有的魔力嗎……」

「等到肚子被瑪那魔藥灌滿就不能用了吧。還可以放三……不，兩次。」

萊恩哈特與維斯哈特冷靜地觀察師父，小聲討論彼此的分析結果。

雖然分析戰力是很重要的事，但明明還有樓層主人要對付，他們未免太悠閒了。在他們的面前，芙蕾琪嘉放出的火魔法已經把潮濕的大地燒乾，瞬間蒸發的水分變成上升氣流，甚至連籠罩整個樓層的霧氣都消失了。

出現在清澈視野中的這隻巨大魔物就是這個樓層的主人──「多腳刃獸」。

正如偵察部隊所取的名稱，牠的巨大身體上長著密密麻麻的腳，多到無法一眼數完。

（這可不妙……）

維斯哈特稍微皺起眉頭。親眼見到「多腳刃獸」的外表，他這才發覺自己的作戰計畫並不恰當。

隔著霧氣可見的許多隻腳和高於刃腳獸約兩成的身軀，都與事前接獲的報告相符。可是面對清晰的視野，這隻「多腳刃獸」就好像是覺得「這樣一來再遠也看得清楚」，所以伸直了**原本彎曲**的腳，高度幾乎要超過二十公尺。

（這樣會觸及鍊金術師（瑪莉艾拉）的……！）

目前的隊形是針對腳長十公尺的刃腳獸而編列的。計畫是在抵擋刃腳的同時施展遠距離攻擊，以人海戰術取勝。可是既然敵人離地二十公尺遠，射程足以命中的人數就會變得相當少。

原本的計畫是用持續不斷的攻擊牽制樓層主人的行動，以輪流休息的方式慢慢削弱對手的生命力；而既然彈藥不足，不只會花上許多時間，也無法牽制敵人的行動。

「多腳刃獸」的無數隻長腳若有任何一隻觸及鍊金術師（瑪莉艾拉），不只是這次的作戰，連今後的迷宮攻略都會陷入絕境。

「第一、第二、第三部隊前進。各部隊吸引『多腳刃獸』的注意力，趁隙攻擊。第四、第五部隊壓制周圍的刃腳獸，同時負責游擊。第七魔法師部隊從主隊前方攻擊『多腳刃獸』，別讓牠靠近。第六、第八部隊在護衛主隊的情況下保持距離。」

維斯哈特立刻變更戰略，迅速下達一道又一道的命令。

聽到長官的命令，士兵們全都繃緊了神經。他們事前得知的計畫並不只有一種。根據狀況的不同，軍方已經擬定好幾種可能性。現在這種狀況幾乎是其中最糟的。

此時採取的是死守主隊的鍊金術師（瑪莉艾拉），同時慢慢撤退的陣形。

這項戰略竟在見到樓層主人的同時下達……

『我們的攻擊別說是迷宮主人了，就連這個樓層的主人也傷不到嗎？』

接近放棄的情緒在面對「多腳刃獸」的前衛之間擴散。就像是要吹散這種氣氛，迪克有如狂風般吼道：

「不要垂頭喪氣！不過就是有點大隻的噁心傢伙而已。管牠有幾隻腳，反正要瞄準的是身體。目標那麼大，準頭再爛也打得到！喔喔喔！『昇槍烈破』！」

「跟上迪克隊長！」

也許是要鼓舞夥伴和自己，或是被芙蕾琪嘉全力施展「火焰風暴」的模樣感染，迪克大吼著迎戰「多腳刃獸」。第三部隊的成員都跟上了他的腳步。他們以距離和威力為優先，完全不考慮魔力的消耗，對遠在上空的「多腳刃獸」軀幹使出奮力一擊。

可是，因為潮濕空氣的阻力和萬有引力的作用，攻擊的威力大幅減弱，只能造成細針刺中岩石般的傷害。

「沒問題！攻擊有效！遲早能打倒牠！」

迷宮討伐軍的意志力可沒有軟弱到只因這點程度就受挫。他們已經嘗過無數次敗戰，也跨越了無數個生死關頭。

這場戰鬥還有勝算。

三個部隊在「多腳刃獸」周圍繞行，在吸引其注意的同時慢慢削弱牠的生命力。主隊前方有魔法師部隊坐鎮，一旦踏入射程之內便集中火力，一面牽制「多腳刃獸」一面施加攻擊。從遠方陸續湧出的刃腳獸有游擊部隊負責壓制，數量過多時還有芙蕾琪嘉、維斯哈特以及率領第七部隊的A級魔法師用盡所有魔力葬送牠們。如果有哪個部隊筋疲力盡，游擊部隊就會遞補上去，讓他們趁機到主隊接受治療並補充魔力。

由於主隊與敵人的距離比當初預定的更遠，每次進行補給就會使戰線混亂，陷入危險的狀態。可是，迷宮討伐軍也已經習慣這種狀況。只要還活著就能療傷，也能恢復魔力。況且，這次有鍊金術師同行，可以使用特級魔藥甚至瑪那魔藥。即使高大的敵人林立，能夠彼此信賴、互相扶持的迷宮討伐軍士兵也不會改變進攻的方針。

無數的攻擊往上飛升，魔法的光輝渲染天空。

如果在遠處觀望這場戰鬥，說不定會是一幅滿天星光的美景。

就像是一場永遠不會結束的煙火。

若從上空觀察戰況，就能發現退到後方補給再重回前線的人流有著一定的規律。從上空就能輕易發現，斷斷續續消磨「多腳刃獸」的一波波攻擊是起源於某一個點。

嘰嘰嘰！「多腳刃獸」發出金屬互相摩擦的聲音，彎曲關節以抬起面向迷宮討伐軍的好幾隻腳。這是發動強大攻擊之前的準備動作。

試圖阻止牠的遠距離攻擊和魔法被刀刃般的腳阻撓，或是穿過腳的縫隙，擊中「多腳刃獸」的腹部。

高高抬起腳的「多腳刃獸」完全不顧這些攻擊，往前方的迷宮討伐軍主隊一蹬，然後一邊劃開大地，一邊開始高速移動。

「糟了！魔法師部隊全力迎擊！主隊向後退！」

指揮主隊的萊恩哈特這麼大喊，魔法師部隊便傾全力施展魔法；但「多腳刃獸」不惜承擔身體受損的風險，朝砲火最猛烈的地方疾衝而來。

好幾隻刃腳貫穿大地。

簡直就像是連同小石子和樹根一起翻開泥土的鋤頭似的。

「多腳刃獸」狠狠地劃傷地面，企圖直接輾過前方的迷宮討伐軍士兵。

目標正是守護鍊金術師（瑪莉艾拉）的軍團。

雖然這種魔物看似長出無數刃腳的岩石，但牠恐怕看得見，也能理解現在的狀況。尖銳的刀刃筆直瞄準瑪莉艾拉，正要從遙遠的上空往下揮舞。

負責護衛瑪莉艾拉的一群盾牌戰士以沃夫岡隊長為中心舉盾，即使自己的身體會被貫穿，他們也不允許對手的魔爪再前進一分一毫。

吉克蒙德跳到他們的前方，對「多腳刃獸」拉滿弓弦。

「精靈啊，助我一臂之力吧！」

劃破天際射向「多腳刃獸」的箭矢帶著螺旋狀的神奇光芒，彷彿一顆逆向飛行的流星。

拉滿至極限的弓所放出的箭就像是在順風的捷徑上前行，命中「多腳刃獸」其中一隻腳的根部。

咚鏘！

刺中目標的箭發出投石命中般的聲音，徹底破壞了刃腳的根部，於是瞄準瑪莉艾拉的一隻腳從根部脫落，掉了下來。

兩隻、三隻——每次「多腳刃獸」盯上瑪莉艾拉，吉克的箭就會確實扯斷牠的腳。就算斷了幾隻腳，擁有數十隻腳的「多腳刃獸」也不會受到致命傷。

可是，既然蹂躪迷宮討伐軍的腳變得像缺齒的梳子，就能多少幫助到其他人，鍊金術師（瑪莉艾拉）不受刃腳侵害也能讓他們放心進攻。

「厲害！」

吉克站在瑪莉艾拉前方，不為所動地對逼近的「多腳刃獸」持續射箭，這副英姿可說是相當帥氣。就連正要用最強的護盾技能迎戰的沃夫岡也不禁綻放笑容，讚賞他的表現。

要是親眼見到這副英姿，世上女性的芳心恐怕全都會被他的箭矢射穿。

以前的吉克也曾靠著擊落鳥類的簡單技巧贏得許多女性的尖叫。

吉克稍微有點期待瑪莉艾拉的尖叫，於是往後瞄了一眼。

「把地脈碎片和月之魔力用『鍊成空間』加入『生命甘露』然後進行各種調整，好了完成！然後下一批，下一批！」

「嘎嗚～？」

瑪莉艾拉連自己被盯上都沒有發現，為了應付接二連三的訂單，正在同時製作三瓶瑪那魔藥。

她當然沒有看到吉克的英姿。

看到瑪莉艾拉高速鍊成魔藥的英姿，吉克說道：「她看起來笨手笨腳的，其實很靈巧呢……」這才模糊地想起瑪莉艾拉的靈巧指數有三；沃夫岡看到吉克明顯露出失望的表情，大笑著說道：「她還真是個堅強的小姐啊！」

「主隊沒有問題！請繼續攻擊！」

這個消息傳進了萊恩哈特的耳裡。

戰鬥還沒有結束。剛才「多腳刃獸」的衝撞究竟造成了多少傷者？有多少士兵死去呢？接下來又會流出多少鮮血？

尼倫堡的治療部隊治癒傷者，萊恩哈特則召集還能戰鬥的人，挑戰「多腳刃獸」。

那隻怪物的生命正在一點一滴消逝。迷宮的攻略確實有所進展。

團結吧，渺小的人們。前進吧，將矛頭指向敵人。

「聽我號令！」

萊恩哈特發出獅吼。

他的「獅子咆哮」能使迷宮討伐軍化為一頭猛獸。
現在的他們已經進化成團結一致的強大力量。
不，真正不屈不撓、屹立不搖的，或許是他們的心。
「多腳刃獸」的刃腳不斷翻起泥土，對迷宮討伐軍的士兵發動攻擊，甚至把刃腳獸捲入其中。牠每次攻擊都會造成傷亡，但迷宮討伐軍還是沒有停下腳步。精湛的技能、魔法以及精靈之箭有如源自大地的無數流星，向「多腳刃獸」傾注。
從遙遠上空俯視的渺小軍團現在仍然像是一群螞蟻嗎？
不知道究竟經過了幾次攻防。
連一刻都不得鬆懈的漫長時間之後，「多腳刃獸」終於化為普通的巨石，墜落至迷宮第五十七樓的潮濕大地。

04

樓層主人已死，戰鬥結束了。
對士兵和冒險者這些以戰鬥維生的人來說，成功戰勝樓層主人是廣受敬重的榮譽。
在迷宮討伐軍之中，有許多士兵曾數度打倒樓層主人。

這是身為戰士的榮譽，也是值得稱道的偉業。

真的是如此嗎——

萊恩哈特看著士兵們集合到他所在的主隊，這麼思索。

有人失去了手，也有失去了腳的人接受同伴的攙扶。即使如此，能存活就已經很幸運了。在這麼深的樓層，被抬頭仰望也看不到盡頭的巨大魔物踐踏，他們還是沒有全軍覆沒，反而成功打倒對手。這是因為每一名士兵的戰力都已經到了爐火純青的境界，也是各個部隊就像單一生物般合作無間的成果。當然了，配給充足的魔藥給參加作戰的所有士兵也發揮了很大的作用。因為就算受重傷或是失去四肢，只要沒有當場死亡就能用魔藥和治癒魔法進行簡易的治療。

即使如此，還是有人揹著同伴趕到尼倫堡的治療部隊，哭著求他們救救傷患。可是不管治療部隊的醫術多麼精湛，不管有多少魔藥，他們依舊無法讓死人復生。只要豎起耳朵，就可以聽見痛失夥伴的士兵啜泣的聲音。

萊恩哈特已經命人在鍊金術師（瑪莉艾拉）的四周圍起布幕，就連迷宮討伐軍的士兵也只有特定人物可以進入。

這是為了不讓年少的鍊金術師（瑪莉艾拉）看到這幅慘狀，並且避免有人試圖仰賴鍊金術的奇蹟而靠近她。

魔藥並非萬能，無法使死者復甦。

即使是長年沒有接觸魔藥的迷宮討伐軍士兵也明白這個道理。但就算頭腦能理解，感情也不一定跟得上。人心無法用邏輯來控制。因為人是依循心靈而行動的生物。

在場的所有人應該都認為，光是有鍊金術師出現在這座迷宮都市就已經是奇蹟。既然是有如奇蹟的人物，會對她有所期待也不奇怪。

實際上，就連萊恩哈特都忍不住認為鍊金術師（瑪莉艾拉）的奇蹟或許能救回戰死的士兵。

嗶——！一陣劃開空氣的高亢笛聲告訴分散在各處的迷宮討伐軍士兵，現在該撤退了。聽到笛聲的同伴只要還能行動就會聚集過去，不能行動的人也會用笛聲回應。沒有人知道這個樓層的刃腳獸是如何掌握迷宮討伐軍的位置，但牠們對笛聲沒有反應這一點已經測試過了。瀰漫在整個樓層的霧氣或許才是牠們的感覺器官。

打倒身為樓層主人的「多腳刃獸」之後，其他刃腳獸便在樓層各處徘徊，除非偶然遇到，否則不會發動攻擊。「多腳刃獸」或許是擔任整個樓層的感覺器官或總司令的角色。

話雖如此，這個樓層依然濃霧瀰漫，也有許多刃腳獸在裡面蠢蠢欲動。現在最好可以快點離開這個樓層，但有必要讓受傷的士兵盡量恢復可以戰鬥的狀態。

在重新整隊的迷宮討伐軍中央，尼倫堡率領的治療部隊正在臨時接合士兵們的斷肢與骨骼，並使肌肉和內臟再生，將士兵們治療到能夠自行活動的程度。魔藥的攜帶量是不影響行軍的最大限度，也有瑪那魔藥，所以能盡情地使用魔力來治療。就算有不足的種類，大部分的魔藥也能請布幕裡的鍊金術師（瑪莉艾拉）當場製作。

（聽說是叫做「藥晶化」……這可得請士兵們立下保密的誓約呢。）

正在檢視人員與物資現狀的維斯哈特看到瑪莉艾拉當場製作各式各樣的魔藥，開始認真思考加強戒備的重要性。

既然可以將材料轉換成沙粒大小的藥晶，在戰略上的優勢可說是不可限量。最佔空間的地脈碎片也只有小指前端的大小，一個背包的容量就能輕易裝進幾百瓶魔藥的材料。

只要重複使用沒有破碎的魔藥瓶，光是帶著瑪莉艾拉一起行動就不必攜帶幾百瓶的魔藥。就連製作魔藥所需的魔力也可以藉由瑪那魔藥來補充。

相對於其能力和實用性，她本人卻十分脆弱，光是一支箭就有可能要了她的命。在心靈層面也與外表相符，只是一個隨處可見的平凡少女。

維斯哈特告誡自己，絕對不能忘了這一點，必須小心再小心。這不只是為了保護瑪莉艾拉一個人民或攻略迷宮，對身為兄長的萊恩哈特所統治的迷宮都市也有好處。

尼倫堡率領的治療部隊大致結束治療的時候，大多數的士兵都已經集合完畢，也發放了搬來的魔藥，完成補給工作。

「返回軍營。」

萊恩哈特下達指令。跟當初踏入這個樓層時相比，他所率領的士兵減少了約兩成。相較於過去對付「咒蛇之王（巴西利斯克之王）」所失去的總人數，只有這些犧牲已經是萬幸。面對那麼強大的敵人還能將犧牲降低到這個程度，萊恩哈特知道自己應該讚賞倖存的士兵，並對殉職者的奮鬥獻上敬意。

可是萊恩哈特就是無法在這種場合發表那樣的演說。

（因為直到前不久，我們都沒有失去任何士兵……）

因此，失去戰友的痛苦才會讓他特別難受。

踏上歸途的士兵們恐怕也是同樣的心境吧。

從失去同伴的混亂思緒中勉強振作後，所有人都帶著悲傷的失落感，靜靜地走在返回軍營的路上。目前看來暫時沒有人會央求鍊金術師（瑪莉艾拉）引發奇蹟，所以瑪莉艾拉也離開了布幕，在第六部隊與吉克的護衛之下靜靜地踏上歸途。明明打倒了樓層主人，迷宮討伐軍的行軍卻有如送葬的隊伍，彷彿要重重沉入不散的濃霧之中。

在安靜得不像是凱旋之路的前方，有人影從霧氣之中朝這裡靠近。

「還有其他倖存者嗎？」

一邊左右搖晃一邊慢慢走來的人影不只一兩個。他們的走路方式很不自然，所以每個人都以為是受了傷的同伴來會合了。

嗶——！嗶！嗶！嗶！

即使用笛聲表明同伴身分，逐步靠近的人影也沒有回應。那麼多的人有可能全都弄丟了笛子，或是同樣處於無法吹笛的狀態嗎？

「報告！前方有大量敵人接近！敵方為死人！目前馬洛副隊長等人正在交戰中。請立刻準備應戰！」

「死人？這個樓層應該沒有那種魔物才對。樓層主人已死，不可能會產生新種的魔物。究竟是從哪裡……」

「敵人源自於第五十八樓，也就是通往下一層樓的階梯！數量源源不絕！」

對於萊恩哈特的疑問，斥候的回答宣告了極為重要的事實。

「什麼……魔物在樓層之間移動？這豈不是……！」

這豈不是迷宮氾濫（魔物暴動）嗎——萊恩哈特沒能把這句話說出口。

「第六、第七、第八部隊與治療部隊以防禦為優先！其餘全軍聽我號令！目標是前方的死人群！數量不明！絕對不許他們前往地面上！」

萊恩哈特再次拔劍。他的氣魄吹散了迷宮討伐軍的悲傷，展現出自己戰鬥的目標、生存的意義。

迎戰「多腳刃獸」而疲憊不堪的身心重新萌生力量與鬥志。戰士們的意志力甚至能超越肉體的極限。

「守護我們的城市，此刻正是嶄露名號之時！」

萊恩哈特發出勇猛的吶喊。

面對從濃霧之中蜂擁而來的死人群，迷宮討伐軍舉起武器應戰。

看到他們奮戰的英姿，身在後方的瑪莉艾拉想起了兩百年前的魔森林氾濫（魔物暴動）。

（就跟那個時候一樣……）

因為恐懼，瑪莉艾拉感覺得到自己的身體正從內部開始發冷。

兩百年前發生魔森林氾濫（魔物暴動）時，瑪莉艾拉只能逃跑。即使是現在，就算應軍方的要求製作魔藥，還是有許多人受傷，甚至有幾十個人喪命。雖然軍方盡量不讓瑪莉艾拉看見，瑪莉艾拉還是知道有許多人喪命，回到了地脈。

兩百年前的那一天，好幾個人都叫瑪莉艾拉「快走」，催促她離開。為了讓瑪莉艾拉毫無顧忌地逃走，那些人推了她一把。

現在的瑪莉艾拉知道，他們當時是在幫助自己。

雖然說話惡毒又粗暴，隱藏在背後的溫柔還是讓瑪莉艾拉打從心底感謝他們。

所以，當迷宮討伐軍在挺進時引起一陣風，使霧氣散開，看見那些死人的瑪莉艾拉不禁發出無聲的尖叫。

原因不只是那些死人有著非人的外表。

現在就要與迷宮討伐軍正面衝突的死人群之中，有些人以他人的手代替斷掉的腳，有些人的下半身接著魔物的身體，外表既畸形又駭人，但這也不是原因。

「拔劍吧，施放魔法吧。守護我們的城市！」

那是在兩百年前的魔森林氾濫（魔物暴動）當天，瑪莉艾拉從冒險者口中聽見的吶喊。

「守護我們的城市，此刻正是嶄露名號之時！」

現在聽見的這個聲音究竟是來自哪一方呢？

成群的亡者從迷宮第五十八樓不斷湧出。

他們不知道自己已經喪命，甚至被留在遙遠的過去，就像兩百年前的那天一樣，舉劍面對敵人。

沒錯，他們毫無疑問是面臨兩百年前的魔森林氾濫（魔物暴動），最後遭到吞噬的防衛都市與安妲爾吉亞王國的人民。

第四章

前進吧同胞們

Chapter 4

01

「這些傢伙怎麼回事？跟魔物混在一起了！」

見到接連湧出的死人群，士兵們慌張地大叫。

可能是不習慣東拼西湊的身體，死人的動作很僵硬。其中有些死人的身手矯健，生前應該是高階冒險者，卻只有自己的身體能做出俐落的動作，拼湊而成的部位造成重心的不穩和腳長的不同，使他們無法發揮實力。

從他們空虛的表情看不出任何理性，他們自己或許都沒有發現身體已經變成東拼西湊的模樣了。

若要將這件事評為「不幸中的大幸」，究竟是對屍骸遭到玩弄的死人而言，還是對迎戰他們的迷宮討伐軍而言呢？

至少可以知道，不到兩百人的迷宮討伐軍能應對無限湧出的死人群，就是因為他們的身體如此扭曲。

迷宮討伐軍揮劍砍斷死人的頭或手腳，用長槍在他們的軀幹上刺出大洞。斧槍把他們的身體劈成兩半，箭雨從天而降，魔法吞噬了死人。

壓倒性的進軍幾乎與屠殺沒有兩樣。

萊恩哈特所率領的迷宮討伐軍以團體而言，戰力可說是所向披靡。

面對這樣的對手，這群死人為何不會退縮呢？

死人恐怕感覺不到恐懼和痛楚，但即使身體已經千瘡百孔，他們如果沒有腳就用手爬行，如果沒有手就用嘴巴咬緊武器，不管有多少同伴倒下都會繼續挑戰迷宮討伐軍，那副模樣似乎帶著某種奮不顧身的信念。

正如迷宮討伐軍的同胞在迷宮出生入死的決心。

「守護我們的城市，此刻正是嶄露名號之時！」

瑪莉艾拉能感覺到這份意念。這究竟是哪一方的意念呢？

對瑪莉艾拉來說，兩百年前的災難只不過是發生在一年前的事。在魔森林氾濫（魔物暴動）的混亂中，她聽見並感覺到防衛都市與安妲爾吉亞王國的人民散發的意念，這份意念過了兩百年的時光也無法安息，現在正充滿此地。

瑪莉艾拉只是一介鍊金術師，沒有方法能替這份意念劃下休止符。她只能緊緊攀在奔龍的背上，與殺出一條血路的一軍共同穿越已經消逝的時光。

「守護我們的城市，此刻正是嶄露名號之時！」

即使我將喪生於此，能夠守護心愛之人就在所不惜。

這份意念透過交錯的劍身傳遞過來。萊恩哈特對死人群所散發的意念感到似曾相識。

「他們到現在還作著兩百年前那場沒有盡頭的惡夢。」

萊恩哈特抵達通往第五十八樓的樓層階梯時，芙蕾琪嘉對他這麼說道。她的聲音比往常還要沉靜，彷彿表示哀悼。

「他們是兩百年前的魔森林氾濫（魔物暴動）的犧牲者吧。」

對於萊恩哈特的問題，芙蕾琪嘉點頭回應。

死人群現在仍然處於魔森林氾濫（魔物暴動）的惡夢之中，恐怕是將萊恩哈特等人視為來襲的魔物了吧。所以就算變成那副模樣，他們還是會繼續戰鬥。

「也就是說，下一個樓層有整個安妲爾吉亞王國的死人正在等著我們吧。」

「另外還有死去的魔物。」

「為何他們會與魔物混合？」

瑪莉艾拉模糊地聽著維斯哈特與芙蕾琪嘉的對話，想起了以前聽吉克說過的安妲爾吉亞王國滅亡的故事。

吉克說兩百年前的魔森林氾濫（魔物暴動）就像是人們口耳相傳的傳說故事。據說湧向王國與防衛都市的魔物群吃光了挺身戰鬥的勇者與王國的人民，接著自相殘殺，最後僅剩的一隻吞噬了地脈的精靈，於是迷宮便誕生了。

芙蕾琪嘉的回答淺顯易懂，卻又令人戰慄。

「這層樓和上一層樓是迷宮主人的『腳』對吧？腳的上面有什麼？」

「腹部……嗎？」

換句話說，下一層樓聚集了兩百年前自相殘殺的最後一隻魔物所吃進肚子裡的一切。

湧到這個樓層的死人恐怕只是冰山一角。開啟的樓層階梯有層層疊疊的死人不斷湧出，可是樓層階梯的寬度有限，所以一次能湧出的數量會受到限制。現在有菁英們守在樓層階梯前，一邊攻擊一邊焚燒死人，或是將他們大卸八塊，阻止他們繼續前進。

「賢者閣下認為死人為何會跨越樓層？」

這次換萊恩哈特徵求意見了。這個問題本來就沒有意義，或許只是想要聽到樂觀的意見以獲得安心感吧。

就像是要抹滅他的希望，芙蕾琪嘉反問道：

「你覺得只有死人嗎？」

並不是死人擁有跨越樓層的能力，而是第五十八樓開放的同時，魔物在樓層間移動的限制也被解除了。正如萊恩哈特的擔憂，迷宮氾濫（魔物暴動）已經逐漸開始——這就是芙蕾琪嘉的言下之意。

聽到這番話，萊恩哈特仰天閉目。他不是在看昏暗的迷宮頂端，而是想像迷宮都市的藍天，以及經歷這場戰鬥之後的未來。

經過一段寧靜的冥想，萊恩哈特毫不猶豫地向弟弟下令。

「維斯，你帶著斥候和第四、第五部隊回到地面上。」

「可是哥哥！」

「別擔心。迷宮主人（那傢伙）已經失去雙腳，正在苟延殘喘。我們不能錯過這個機會。消滅迷宮、為這座城市和我們的領地開創未來就是我萊恩哈特的夙願。可是，這座城市和我們的領地必須有人民才有未來。沒有人民，何來領主？守護人民就是我們的義務。所以，我要把這個任務託付給你。去吧！維斯哈特，人民就交給你了！」

說完，萊恩哈特把手放到弟弟的肩膀上。

錯身而過的同時，他又補充說道：「去保護你的公主吧。」

維斯哈特咬緊牙關並緊握拳頭，然後對哥哥託付給自己的斥候與第四、第五部隊下達一連串指示。

「我們要一口氣衝過去，所有人盡快跟上！斥候去尋找迷宮內的冒險者，通知他們立刻返回！調查樓層附近的魔物移動狀況，盡量蒐集情報！」

第二樓連接著地下大水道，要是讓魔物通過這裡就麻煩了，有必要立刻封鎖。迷宮周圍的外牆也要封鎖，準備迎戰即將湧出的魔物。同時也有必要疏散無法戰鬥的人。為了將犧牲抑制到最低限度，他們必須比魔物更快回到地面上。

（迪克，我要回到地面上了。活著再見吧。）

往地面上前進的馬洛用念語向迪克道別。馬洛的念語無法從迷宮的最深處傳遞到遙遠的地面上，但在極度混亂的城市裡一定能派上用場。

（嗯，我們需要你的念語。你可別死了。）

迪克簡短回答。為了應付突發狀況，討伐樓層主人的時候通常會帶奴隸兵同行，負責補給備用的武器和弓箭等消耗品，以及糧食、魔藥等後勤物資。這次也一樣，物資還算充足。可是，既然現在的樓層階梯已經不安全，就幾乎等於是斷了補給線。想繼續往樓下前進的話，就表示他們得在無法期待有任何補給且沒有充分調查的狀態下面對未知的敵人。

能夠活著回去的機率究竟有多少呢？

（順便準備一下慶功宴吧。）

可是迪克透過念語傳達的回應就像他率領黑鐵運輸隊前往魔森林那樣，沒有緊張也沒有恐懼，充滿了他的風格。

「瑪莉艾拉，接下來可能會有點恐怖，妳就閉上眼睛抓緊奔龍吧。火蠑螈，『來吧』。祢來照亮瑪莉艾拉的道路。」

芙蕾琪嘉用「師父」的面容這麼說，溫柔地撫著瑪莉艾拉的頭，然後牽起她的手，把韁繩放到她手裡。看到似曾相識的死人群，瑪莉艾拉只能不斷顫抖，雙手冷得像冰一樣。芙蕾琪嘉用兩隻手握住瑪莉艾拉的右手，然後觸碰戴在中指的戒指，召喚出手掌大小的火蠑螈，笑著把祂放到奔龍頭上。

「嘎嗚！」

「嘎嗚？嘎嗚！」

小小的火蠑螈好像說了什麼，庫便發出一個像是在說「交給我吧」的叫聲。

「那麼，吉克，拜託你了。」

說完，芙蕾琪嘉就像是要去拿酒瓶一樣，一派輕鬆地從瑪莉艾拉的身邊走向萊恩哈特所在的前線。

「師、師父……」

看到芙蕾琪嘉聽見這聲呼喚後轉過頭來揮手，瑪莉艾拉害怕自己再也見不到師父了。好想叫住她。可是，瑪莉艾拉知道自己不能這麼做。

瑪莉艾拉認為，師父是因為有該做的事才會在兩百年後的這個時代甦醒的。師父大概是為了做她該做的事，所以才會挺身而出吧。

既然師父要瑪莉艾拉走，就表示穿越這群死者之後抵達的地方還有瑪莉艾拉該做的事。

為了不再像失去林克斯的時候一樣變成礙手礙腳的累贅，瑪莉艾拉緊緊地握住奔龍的韁繩。

「好了～將軍閣下，我們走吧。」

「是『炎災賢者』閣下啊，很高興能得到妳的協助。妳有什麼好計畫嗎？」

對於看似知曉一切的芙蕾琪嘉，萊恩哈特這麼問道。面對死者遍布的大地，萊恩哈特那毫無懼色的神情正配得上「金獅子將軍」的稱號，十分坦蕩。

「也不算是什麼計畫啦。那些死人是東拼西湊之下的產物，以素材而言，攻擊力很低。可是數量很多，又特別耐打。在這個樓層，只要砍碎就能阻止他們的行動；可是下一層樓是迷宮主人的肚子裡，只是大概切開的話，八成也會馬上恢復原狀吧。就算每個人各解決一百個死人，速度想必也追不上。所以你們就直接衝過去吧。樓層移動的限制已經解除，通往樓下的道路應該也敞開了。幸好肚子裡是沒有分歧的單一路線。只要排除障礙，直線前進，一定可以抵達終點。」

「可是那麼一來，死人會往上竄出的。」

「這裡就由我來擋著。」

「賢者閣下……」

「不必放在心上。這點小事，跟我在兩百年前的魔森林清地龍的時候比起來輕鬆多了。而且，那些傢伙是兩百年前的居民，當然該由我這個來自兩百年前的人去替他們送行。難道不是嗎？沒問題，你不必擔心。我活了這麼久，很清楚什麼時候該收手，不會死在這種地方的。」

芙蕾琪嘉露齒一笑，結束了兩人間的對話。

現在已經沒有時間猶豫不決了，作戰就此確定。萊恩哈特命令全軍使用手邊的除魔魔藥，然後宣布作戰開始。

「魔法師部隊向前！用最大火力轟出一條路！全軍立即跟上！我們要以最快的速度突破重圍！」

「唔哦哦哦哦！」

震撼迷宮的吶喊究竟是來自誰呢？

萊恩哈特率先出發，衝向魔法師們放出的強大火焰。其他士兵都緊跟在他的身後。

每個人都放聲吶喊，幾乎要把人與魔物被焚燒，以及化為灰燼的整座城市產生的臭氣都吹散。他們全都揮舞武器，用魔法或技能開出活路。

有如一頭衝刺的猛獸。

有如蜂擁而來的魔物。

有如魔森林氾濫（魔物暴動）的那一天。

迷宮第五十八樓是看似血腥腸道的洞窟，明明沒有天空，紅黑色的牆壁卻像是陷入火海的城市，紅色的潮濕地面也讓人聯想到染血的滅亡國度。

為了揮別過去，迷宮討伐軍將沒有盡頭的惡夢甩在腦後，掙脫死人的糾纏，在名符其實的人海之中忍受身體的痛楚，一口氣穿越這場惡夢。

『拔劍吧，拉弓吧。可惡的魔物，竟敢，竟敢——』

這是誰的意念？又是對誰的意念？

「一切都過去了。」

在萊恩哈特等人的遙遠後方，芙蕾琪嘉靜靜地佇立在迷宮第五十八樓——這場無盡惡夢的入口。

她的周圍有好幾道火牆，防止死人湧向上方的樓層。

「我的眷屬（精靈們）啊，輪到祢們出場了。這可是睽違兩百年的大舞台。讓困在過去的迷途羔羊回家吧。好了，既然已經吞下那麼多供品（酒），就好好替我工作吧。」

死人群就算被火燒成焦炭，還是會互相交疊著湧來，使芙蕾琪嘉周圍的火牆慢慢變得愈來愈狹窄。芙蕾琪嘉死守通往樓上的階梯，輕巧地躲開不時飛來的長槍與魔法，動作就像是跳著美麗的炎舞。

這段舞蹈並不是她的單人表演，而是在她身邊接連飄起的火精靈一同參與的群舞。

就像是被她的舞蹈吸引，一名死人踏向前方。也許是炎舞的效果，他的眼神似乎帶有一點理性。

『我問妳，妳有沒有看到一個女孩？那個鍊金術師女孩有平安回到家嗎？』

這個死人的損傷很嚴重，身體有一半以上都與魔物混合了。從僅存的衣物可以看出他是個衛兵。而他正是在兩百年前的那一天對瑪莉艾拉使用自己的除魔魔藥的衛兵。

「嗯，她平安回家了。所以，你也放心地走吧。」

芙蕾琪嘉跳著舞歌唱。

唱著獻給精靈們的歌，也就是命令眷屬們的歌。

不，或許是獻給死人們的鎮魂歌吧。

「陣陣火焰，滾滾而來。真炎啊，深焰啊，其乃原始之血。灼燒吧，毀滅吧，爆裂迸發吧——『爆炎招來』。」

這個瞬間，死者的惡夢樓層被巨響、爆炸與壓倒性的熱能籠罩。

惡夢已經被火焰淨化，灰飛煙滅。

死人們終於從長達兩百年的惡夢中甦醒，真正成為亡者，回到了他們應該回去的地方。

02

感覺到遙遠的後方有震撼迷宮的爆炸傳來時，維斯哈特正奔馳在貫穿迷宮的樓層階梯上。

五十六樓的赤龍仍未復活，緊鄰的五十五、五十四樓除了身為樓層主人的「黑色惡魔」、「海中浮柱」之外，並不存在其他魔物。維斯哈特直到衝進五十三樓才終於親眼觀測到魔物在不同樓層間移動的狀況。

（……牠們正在互相獵食嗎？）

離開原本棲息的五十三樓，前進到五十二樓的巴西利斯克襲向盤踞在此的獸型魔物，就像棲息在魔森林的魔物一樣，大口啃食屍骨。
迷宮的魔物會吃人。可是即使沒有人造訪，維斯哈特也不曾聽說迷宮的魔物會互相獵食，或是因飢餓而死。過去人們總認為這是因為充滿迷宮內部的魔力能使魔物維持肉體的運作，難道說種族不同就有可能變成捕食的對象嗎？
「不論如何，牠們似乎不會全部都往地面上前進。既然如此……趁現在快點回到地面上吧！」
維斯哈特趕到五十樓，用傳送陣一口氣回到二樓。
「我不認為魔物能啟動傳送陣，但還是要派人監視，以防萬一。一旦發現異常的傳送就立刻進行破壞！」
考慮到萊恩哈特等人的歸來，這個傳送陣最好能夠保留。可是，五十樓附近的強大魔物突然出現在二樓的危險也不能視而不見。
「封鎖通往地下大水道的二樓出入口！不要讓魔物從地下入侵！第五部隊到十樓，第四部隊到迷宮入口進行防衛！一旦發現冒險者就要立刻請對方暫時回到地面上。馬洛率領半數的斥候調查十樓以上的狀況並報告。剩下的人負責聯絡各單位！發起緊急動員！」
「是！」
在維斯哈特的指揮下，士兵們立刻展開行動。
必須趁著移動到其他樓層的魔物正在獵食淺層魔物的短暫期間準備好迎戰。

情況分秒必爭。

兩百年前發生魔森林氾濫（魔物暴動）的慘劇絕對不能在這片土地重演。

03

據說剛開始出現在地面上的迷宮魔物是幾隻哥布林。

只要是立志成為冒險者的人，剛入行時都會對付這種醜陋又弱小的人形魔物。

牠們的膚色是在人類身上不可能出現的褐綠色，嬌小的體格就和孩童差不多；而對冒險者這種決定以屠殺魔物為業的人來說，牠們用雙足步行的模樣與人類十分類似，令人懷抱某種覺悟般的心境。

因為有許多人一看到牠們被打倒的模樣，就會想到自己未來的下場。

雖然哥布林是人們如此熟悉的魔物，初次從迷宮爬到地面上的牠們卻有些異常。

牠們的膚色比普通哥布林還要黯淡，雙眼發紅、嘴角染血，甚至有混著血液的口水滴到胸口處。牠們的手上拿著在迷宮撿到，或是從悲哀的犧牲者手上搶來的廉價刀劍，刀身上還沾著血與脂肪。

魔森林也存在這類不尋常的魔物。

例如黑鐵運輸隊過去遇見的黑死狼與人狼。

牠們會吃人，因魔力而發狂，與其他魔物自相殘殺後進化為更加凶惡的個體。就連同類也當作捕食對象的行為根本不像正常的生物，但牠們原本就是汙穢的魔力凝聚而成的產物，所以這或許才是適合牠們的進化。

在現場看守的士兵打倒了這些遠比普通個體還要強的哥布林。而牠們明明是誕生自迷宮，卻在死後也沒有消失。

「全身都受肉了嗎？」

維斯哈特在冒險者公會的會議室聽到這份報告，於是察覺他所目擊的魔物為何會互相捕食。

「所以牠們是為了獲得肉體才自相殘殺啊。那麼，迷宮內的魔物產生狀況如何？」

迷宮的樓層愈深，迷宮主人的魔力就愈濃。因魔力的淤積而產生的迷宮魔物要有一定的魔力才能存在，特別是沒有受肉的個體。所以為了補給魔力以達成受肉，魔物之間才會自相殘殺。

既然魔物會藉著自相殘殺來進化為更強大的魔物，那麼個體數就會減少。如果整座迷宮的魔物不會如雪崩般湧來，或許可以靠著阻擋牠們來爭取時間。

「是，根據防守十樓的第五部隊所言，淺層的魔物產生數量倍增，其中約有十分之一是高出一個階級的魔物。這些個體會獵食周遭的魔物，往地面上移動。第五部隊正在阻止十樓以上的魔物繼續前進，但魔物的強度仍在逐漸增加。」

新的魔物陸陸續續產生，並朝地面上移動——這樣的狀況或許很絕望。可是，維斯哈特從這份報告中找出了一絲希望。

在最接近迷宮的冒險者公會設立本部到現在，時間還過不到一刻鐘。

接下來才是重頭戲。

「那麼副將軍閣下，我們要怎麼歡迎那些迷宮大軍呢？」

冒險者公會的會長——光蓋這麼問道。聚集在這裡的人並不只有迷宮討伐軍，還有商人公會的會長與愛爾梅拉，以及其他戰鬥力強的部長，就連維持城內治安的都市防衛隊都出席了會議。上校和凱特隊長就算了，泰魯托顧問應該沒有必要出席吧。

面對崇拜不已的「雷帝愛爾席」，泰魯托也沒有露出平時那種興奮的表情，而是以非常認真的面孔注視著當下的情況，也許他真的是想發揮長年在都市防衛隊工作的經驗才會特地趕來吧。

「封鎖迷宮東北側的門，從西南側出入。迷宮都市的西南大門、西門、南門都加以封鎖。都市防衛隊繼續看守外牆，同時呼籲無力戰鬥的居民去避難。避難與訓練相同，使用東北大門到山岳幹道的路線。」

迷宮的四周有圍牆，是以過去的安妲爾吉亞王國的城牆修復而成。萬一有魔物從迷宮湧出，這道牆就能發揮阻擋的作用。這兩百年間，從來沒有魔物從迷宮裡出現，所以這道圍牆只能為迷宮都市的居民提供安全感。不過，多虧軍方沒有疏於修繕，現在它能夠發揮最終防線的作用。

迷宮圍牆的出入口有東北側和西南側共兩處，居民較多的東北側必須封鎖。從迷宮都市往東北方前進就可以經由山岳幹道抵達矮人自治區——洛克威爾，所以爭取避難時間也是其中一個目的。

雖然也可以使用除魔魔藥穿越魔森林，但魔森林的魔物也有可能與迷宮一起活化。使用山岳幹道這條眾所周知的緊急避難路線比較安全。

「冒險者公會召集冒險者，進入迷宮狩獵魔物。於十、二十、三十樓設立防線，在阻擋魔物前進的同時盡可能地將其殲滅。我想拜託商人公會投入援軍，還有物資的提供與運送。羅伊斯閣下，我要委託亞格維納斯家開放魔藥。所有的費用都交由休森華德邊境伯爵家來負擔。」

維斯哈特代替萊恩哈特，負責指揮眾人。

「我們本來就有這個打算，但要戰鬥到什麼時候？」

身為冒險者的領袖，擔任會長的光蓋這麼向維斯哈特問道。

他們要部下投入的戰鬥是為了爭取時間以拯救居民的性命？還是為了避免帝都受害，成為遲早要送命的棄子？

與士兵相比，冒險者的工作型態相當自由。義務雖少，但也缺乏保障。隸屬於公會的人當然要承擔一定的義務才能獲得公會提供的權利，所以公會還是能以強制委託來動員冒險者。

公會也不是不能隱瞞詳細情形，將他們推入險境。

可是，光蓋身為會長，仍然舉辦戰鬥講習，長年致力於培育年輕冒險者。他一直希望冒險者們能夠成長茁壯、活著回來，當然無法做出那種欺騙般的行為。

「送他們進迷宮的時候，我該怎麼向他們交代？」

光蓋的眼神非常認真。即使面對休森華德邊境伯爵家的權力，他也絕不退縮。

內有迷宮，外有魔森林。

在隔絕於人類領域之外的這片土地，長年領導冒險者的男人也是他們的守護者。

「直到哥哥消滅迷宮為止，光蓋。」

維斯哈特直視光蓋的雙眼，這麼回答。

萊恩哈特仍在持續戰鬥。他一定會克服死者的惡夢，以他的劍觸及迷宮主人。

「迷宮產生了新的魔物，讓牠們在自相殘殺之下受肉。這就表示迷宮裡很少有魔物長時間存在，擁有足以前進到地面上的肉體。迷宮討伐軍和冒險者們長年在迷宮內狩獵，不斷削弱其力量的努力絕對沒有白費。我們所花費的時間，以及我們所犧牲的任何一點血肉，全部都是有價值的。」

維斯哈特如此訴說。

聚集在現場的人們分別屬於不同的單位，但都居住在迷宮都市，也是共同對抗迷宮的戰友。

「而現在，已受肉的魔物還不足以造成迷宮氾濫，魔物在迷宮內移動的限制就解除了。我們的可恨宿敵——迷宮顯然已經**沒有退路**。哥哥他……金獅子將軍萊恩哈特一定會消滅迷宮。直到那一刻為止，光蓋。在那一刻來臨之前，我們都要保護迷宮都市和生活在這裡的人們，藉著打倒魔物來削弱迷宮的力量。」

維斯哈特並沒有像「獅子咆哮」一樣能夠鼓舞眾人的技能，但他的話語之中蘊含著強大的力量。他筆直注視著光蓋和其他成員的眼睛裡燃燒著無盡的鬥志。

「各位聽好了，這並不是沒有盡頭的保衛戰，而是將我們的城市與這片土地從魔物手中奪回的戰役。現在就是歷史的分水嶺。我們會保住一路以來建立的日常生活，在真正屬於我們的大地迎接明日；或是失去未來，被魔物獵食殆盡。我的哥哥——金獅子將軍萊恩哈特必定會消滅迷宮，回到這片土地。在那一刻來臨之前，我們要共同守護這片土地。」

維斯哈特的眼裡沒有絕望，只有信心和守護人民的信念。

這就是生在休森華德邊境伯爵家的人所背負的職責、夙願，也是他的存在意義。

「這樣啊，金獅子將軍仍在戰鬥啊……那就儘管差遣我們吧，維斯哈特副將軍。我們冒險者公會發誓和迷宮討伐軍並肩作戰！」

讚！光蓋用燦爛的笑容答道。

既然休森華德兄弟並沒有放棄戰鬥，為了消滅迷宮而成立的這座迷宮都市就必須達成其目的。現在正是挺身而戰的時刻，不拔劍就不配稱為冒險者。

「咱們上，夥伴們！召集冒險者！這是目前為止最關鍵的一戰！這輩子都不會再有這麼好的賺錢機會了。為了不讓性急的蠢蛋提早歸西，別忘了好好輔助他們！走吧！輪到光蓋小隊出場啦！」

在這種狀況下感到熱血沸騰，或許就是冒險者的天性吧。光蓋豎起大拇指對冒險者公會的幹部們下達指示，聚集在現場的他們卻紛紛答道：

「請會長一個人去吧。」

「要根據冒險者的能力來分配工作和掌握狀況，人手不管有多少都不夠，別再鬧了。」

「啊，我們不需要會長的幫忙，請你去前線大鬧一場吧。」

「而且，根本沒有人承認光蓋小隊這個組織名稱。」

「你、你們也給點面子吧！」

光蓋難得帥氣地豎起大拇指，卻一如往常地被潑了冷水。

明明是緊急狀況，冒險者公會的職員仍不改鋼鐵般的堅強心智，依然照常行動，十分穩重。這也要感謝光蓋平日的薰陶吧。

冒險者公會的幹部們遵從維斯哈特的指示，馬上離開會議室，開始召集冒險者。他們非常冷靜，甚至有餘力開玩笑。

「我早就對光蓋小隊這個名字有意見了。」

「我還寧可自稱冒險者祕書。光蓋小隊聽起來丟臉死了。」

「等等，如果簡稱冒祕小隊的話，頭髮稀疏的會長就不能加入了吧？也沒必要加入就是了。」

「我說你們，我這顆頭是剃掉的耶。」

「唔……所謂的自主性禿頭嗎？真是新潮的解釋。這樣確實不會掉頭髮。」

看著一邊挖苦會長，一邊迅速分配工作的公會職員，維斯哈特疑惑地歪起頂著金色秀髮的頭，問道：「他們究竟在說什麼？」

在現場聆聽他們的對話後，泰魯托顧問似乎莫名感動。

「剃掉……真是豁達！」

04

正如「炎災賢者」所說，通往迷宮深淵的階梯就敞開在惡夢迴廊的終點。

眾人奮力擺脫死人群的糾纏，被爆炸的風壓推進迷宮第五十九樓。這個樓層是一片漆黑，萊恩哈特的眼睛無法辨識潛伏在其中的敵人。

五十八樓的死人群已經對突破重圍的迷宮討伐軍失去興趣，往上方的樓層移動。不知道他們是想要爬到迷宮外，還是因為芙蕾琪嘉仍然存在於被大魔法的爆炸填滿的五十八樓，用火焰吸引了死人群的注意。踏入深淵的萊恩哈特等人已經無從得知。

連接迷宮樓層的階梯向來都是以一定的高低差所構成的人工造型，所以才能以**階梯**來形容，在這裡卻成了岩石和土塊堆積而成的坡道，不足以稱之為構造完整的階梯。樓層的頂部很高，恐怕有數十公尺，所以也能形容為陡峭的山丘。

地面也是混合石塊的土壤，連一株草都沒有，看起來就像是剛剛挖出的洞穴。土壤成分似乎不像沙，而是黏土般的材質，地面也稍微帶著地下水的冰冷濕氣。雖說質地像黏土，但也不是無法踩穩的軟爛狀態，而是細小的粒子凝聚起來，觸感就像較為柔軟的岩石。

「這樣什麼都看不見，『照明』。照亮周圍，確認被害狀況。」

萊恩哈特一聲令下，士兵們便紛紛點亮燈光，開始整隊。

通常迷宮的牆面和頂部會鑲著名叫照明石或月光石的發光石頭，維持白天般的亮度；就算在比較陰暗的樓層，使用夜視魔法就能確保視野清晰；可是這個樓層既沒有照明石也沒有月光石，簡直是一片漆黑的洞穴深淵。

在無光也無聲的寂靜樓層裡，只有點名的聲音和迷宮討伐軍點亮的光源主張了生命的存在。確認被害狀況的速度快得驚人，可是點名和報告都安靜得像是竊竊私語。

所有人都不認為這個樓層沒有魔物。

為了聽清楚魔物靠近的腳步聲，他們壓低聲音交談。

這個樓層的魔物或許已經被點亮光芒的「照明」魔法吸引，正在朝這裡前進。

在這片黑暗中點燈就等於是對魔物暴露自己的位置，但在黑暗中也無法察覺靠近的魔物，而且本能的恐懼使萊恩哈特等人不禁使用魔法來照亮四周。

（沒想到在魔森林氾濫（魔物暴動）的惡夢之後，我還會來到這種洞穴底部……）

瑪莉艾拉想起自己在死亡的恐懼之中使用假死魔法陣的魔森林小屋地下室。

（當時我一個人非常非常害怕……還心想「我不想一個人死在這裡」呢……）

可能是察覺了瑪莉艾拉的不安吧，站在奔龍頭上的小小火蠑螈回頭看著瑪莉艾拉，稍微歪著頭叫道：「嘎？」這隻火蠑螈藉著師父的魔力獲得實體，身上帶著明亮的火焰。可是牠似乎不會散發熱能，一直站在奔龍的頭上。緩緩搖曳的火焰，讓瑪莉艾拉回想起了那天的燈火。

魔森林氾濫（魔物暴動）的那一天，不小心忘了熄滅的燈火將瑪莉艾拉引導到兩百年後的世界。而現在，火蠑螈的亮光又將把瑪莉艾拉引導到何處呢？

「瑪莉艾拉，別擔心，我一定會保護妳。」

一定是因瑪莉艾拉擺出了不安的表情吧，拿著奔龍韁繩的吉克這麼安撫瑪莉艾拉。

「嗯，謝謝你。剛才很可怕，我現在也很不安，可是沒問題。」

瑪莉艾拉擠出笑容，這麼回應吉克。

兩百年前的那一天，瑪莉艾拉一個人在魔森林裡逃跑。可是現在，她不是一個人。身邊有迷宮討伐軍，而且還有吉克跟瑪莉艾拉一起跑著。

所以，一定不會有事的。

這裡不是她一個人逃進的地下室，而是大家一起抵達的地方。

重新環顧一次就會發現，這裡是相當寬廣的樓層。也許是看不到盡頭的黑暗使這個樓層看似比實際上還要寬廣，而且帶著無法捉摸的神祕感。

被燈光照亮的範圍有像是用手捏出的巨大土塊零星矗立。雖說是土塊，卻從數公尺到超過十公尺的大小都有，全都比人類還要高大許多。之所以不形容為岩石，是因為每個土塊都像小孩子玩土所做出來的扭曲形狀。

它們的尺寸各不相同，形狀也像隨便捏好的黏土一樣粗糙。

瑪莉艾拉正在環顧四周的時候，被害狀況的報告好像已經結束了。

在樓層階梯稍微偏深處的地方，各部隊的隊長守在萊恩哈特身邊，其他士兵則在前方按照部隊別整隊。尼倫堡率領的治療部隊、瑪莉艾拉和負責保護她的第六部隊位在隊伍的正中央。

踏入迷宮時共有超過兩百人的迷宮討伐軍在「多腳刃獸」一戰失去部分士兵，接著與維斯哈特率領至地面上的部隊分頭行動，穿越死人樓層的過程中又有所減損，總共少了大約一百個人。雖然減少的人數有大約一半回到了地面上，但「失去不少夥伴」的印象還是深植在眾人心裡。

在場的所有人恐怕都有同樣的感覺。與「多腳刃獸」的戰鬥是傾盡所有戰力與物資的一戰，此後又在死人群的攻擊之下殺出重圍。鍊金術師（瑪莉艾拉）仍然平安，魔藥也還未耗盡。但他們真的能靠著減半的戰力，在沒有充分對策的情況下突破這個樓層嗎？

沒有盡頭的可怕黑暗不只籠罩這個樓層，甚至能吞噬迷宮討伐軍的心。位在右側十幾公尺遠的巨大土塊就像是阻擋去路的高聳牆壁。

「嘎嗚！」

突然之間，火蠑螈的急促叫聲打破了寂靜。奔龍對此有了反應，往左邊用力一跳，把握著韁繩的吉克和周圍的士兵推開。

「呀！庫？」

「嗚哇！喂！」

突然移動的奔龍讓瑪莉艾拉與吉克叫出聲，隊伍被打亂的士兵都轉過頭來看著他們。

「發生什……」

這句理所當然的疑問還沒有說完，剛才瑪莉艾拉與吉克所站之處的右側被某種東西使出的強大攻擊打中，使士兵們像木屑般飛了出去。

05

迷宮都市陷入了一陣騷動。

有魔物從迷宮往地面上前進的消息已經傳開了，這也無可厚非。

冒險者公會位於迷宮旁，所以周圍陸陸續續有冒險者集結，充滿了人潮的熱氣。聽說魔物即將來襲還會逃跑的人根本就不會想成為冒險者。他們都是一群想要藉機發財或是打響名號的人。

當然了，想要得到錢財和名譽並活下來，最重要的就是情報；而且他們都知道貿然踏入迷宮不是明智之舉，所以才會聚集到冒險者公會。冒險者公會出動了所有職員，忙著公布目前的魔物產生狀況、每個樓層的適合階級，並引導冒險者前往發放魔藥等支援物資的地方。

愛爾梅拉在這些人潮之中逆向而行，快步趕往「枝陽」。在商人公會所負責的工作中，物資的運送與供給等職務適合由里安卓來擔任。他一定能將工作妥善分配給每個職員，讓一切事務都運作流暢。

在這種十萬火急的狀況下，愛爾梅拉該做的事是以「雷帝」的身分進入迷宮三十樓以下的樓層，盡量多清除一些魔物。只要多打倒一隻魔物，迷宮的體力就會被削弱，拖延強大魔物的腳步也能替無力戰鬥的民眾爭取逃走的時間。
為了進行準備，愛爾梅拉奔向「枝陽」。
她之所以戰鬥，都是為了孩子們。
為了讓年紀尚幼的孩子們平安逃脫，她即將踏上戰場。
所以，為了讓孩子們確實避難，她必須把一切都安排好。
她心愛的孩子們就和沃伊德與賈克爺爺一起在「枝陽」的入口，等待母親的到來。
「妳來啦，愛爾梅拉。我就知道在這裡等就能見到妳。」
愛爾梅拉的丈夫——沃伊德就像是終於和迷路的人會合似的，微笑著這麼說道。他的身邊站著兩個兒子——帕洛華與艾里歐，以及身為祖父的賈克。
「親愛的，還有帕洛華和艾里歐，連爺爺都來了……」
令愛爾梅拉感到疑惑的是帕洛華與艾里歐的裝扮。他們倆都穿著在學校進行戰鬥訓練時使用的防具，也沒有帶著避難用的行李。艾里歐是用魔法戰鬥的類型，所以原本就沒有武器，但帕洛華手持的盾牌與劍都是用於實戰的真品。陪著他們的賈克爺爺也扛著用慣的雙刃斧，散發著不像是老人的霸氣。
「母親大人！我也要去迷宮！」
艾里歐用符合年齡的可愛動作抱住愛爾梅拉，卻說出不符合年齡的危險發言。
「天啊，你在說什麼傻話，艾里歐？魔物就交給母親大人對付，你們快跟也爺去避難吧。」

愛爾梅拉說出身為一個母親該說的話。其實她也想親自帶孩子們去避難，但事與願違。

「媽，那些衛兵說『有能力戰鬥的人去迷宮，沒有能力戰鬥的人去避難』，所以我們應該去迷宮。我們有在學校學習戰鬥方式。」

聽到帕洛華主張自己有能力戰鬥，愛爾梅拉左右為難。兄弟倆繼承了愛爾梅拉與沃伊德的血脈，應該具有充分的戰士資質，但他們還只是年幼的孩子。

「我們不會跑太深的。如果遇到危險，我們保證會逃走。師父姊姊也說過這是最困難的一點。我們不會要求跟爸媽你們一起去，只會在適合自己的地方好好戰鬥。我們有能力戰鬥，所以相信我們吧，媽。」

師父姊姊指的是芙蕾琪嘉。她平常好像只是跟孩子們一起玩，看來似乎有教他們一些重要的事。

愛爾梅拉依然猶豫。這時沃伊德輕靠到她身邊說道：

「就讓他們去吧。別擔心，他們可是我們的孩子。爺爺也會陪著他們。而且我想要肯定孩子們挺身面對困難的勇氣。」

「親愛的……好吧。」

看到愛爾梅拉點頭，沃伊德溫柔地對她微笑。

約好過來會合的雪莉與艾蜜莉，還有把「枝陽」的門窗都鎖好的安珀也都到現場集合

了。所有人雖然身穿輕裝，卻都戴著保護要害的防具；安珀拿著跟掃把差不多長的棍棒，雪莉在腰上插著兩把菜刀，艾蜜莉則揹著具有除魔、催眠、遮蔽視線等各種效果的煙霧彈。

她們似乎也打算前往迷宮。長年應付酒醉冒險者的安珀不可能只是個柔弱的女性，迷宮都市所開設的學校也會教導孩子們如何戰鬥，所以孩子們只要同心協力就能打倒哥布林這種程度的魔物。

就連身為旅館女兒的艾蜜莉都理所當然地往迷宮前進，可見迷宮都市的大部分孩童都會遵照「有能力戰鬥的人去迷宮」的指示，正準備前往迷宮。

見到這一幕，沃伊德蹲下來配合帕洛華的視線高度，牽起他的手這麼說道：

「帕洛華，你要保護大家喔。」

「嗯，交給我吧，爸。師父姊姊有教我怎麼使用力量。她說爸爸可以用吸收攻擊的力量來治好傷勢，可是我沒有特別的回復能力，所以可以不用『空虛世界』吞噬攻擊，只要『隔絕』傷害重要事物的力量就好了。」

聽到帕洛華強而有力地回答，沃伊德稍微睜大了眼睛。

「是嗎……原來是這樣啊。」

聽到芙蕾琪嘉對帕洛華傳達的祕密，沃伊德恍然大悟地點點頭。

「芙蕾老師也有教我，她說只要鍛鍊肢解技能，就連活生生的魔物也能『肢解』。這種事情連學校的老師都沒有教呢。她說除非遇到危險，否則不能說也不能用，可是現在用就不會被罵了吧。」

「我也有學到東西喔～！」

「艾蜜莉也是～！」

看來芙蕾琪嘉師父在「枝陽」跟孩子們玩耍的時候教了他們不少知識。雪莉的發言特別恐怖。肢解活生生的魔物究竟是什麼概念？如此惹人憐愛的少女完整繼承了尼倫堡的血統和性格，竟然還能繼續進化嗎？

家長團體可能會對芙蕾琪嘉抱怨「請不要教壞小孩」，但這裡可是連這種知識都派得上用場的迷宮都市。現在還不知道這個事實的尼倫堡和「躍谷羊釣橋亭」的老闆應該都會擺出跟愛爾梅拉一樣尷尬的表情，祝福小不點殺戮戰隊的成立吧。

「總之，這些小鬼頭就交給我吧。就算上了年紀，我好歹也當過A級冒險者。我會好好看著他們的。」

七十歲的賈克爺爺這麼說道，散發著異常可靠的氣息。迷宮都市何時變成活到老打到老的城市了呢？

「也爺，你畢竟有點年紀了，請不要勉強。」

「爺爺，他們就拜託你了。」

說著，愛爾梅拉與沃伊德夫妻倆一起低頭。這時正要步入老年的高登和魯坦精力充沛地說著：「嗨～賈克爺爺，咱們先走啦～！」扛著武器從旁邊跑過去，後面還有高登的兒子

——約翰慢吞吞地追著他們。

「我們也快走吧，愛爾梅拉。」

「哎呀，親愛的也要一起來嗎？」

原本與世界相隔，度過一段空虛人生的S級冒險者——沃伊德似乎也選擇和妻子愛爾梅拉一同前往迷宮。決定相信孩子們的兩人已經切換成冒險者模式，將注意力放在迷宮的深處。

「世界上大概也只有我能輔助火力全開的妳了，潑辣的小姐。」

「自從我們相遇，我就沒再和你單獨進迷宮了。這可是久違的迷宮約會呢。」

兩人甜蜜地挽著彼此的手往前走，一點也不像曾背負著沉重的命運，而且即將踏上戰場的模樣。

看著一如往常地進入兩人世界的父母邁步走向迷宮的樣子，早熟的帕洛華心想：「以後可能會多個弟弟妹妹吧。希望下一個是妹妹。」

06

在瑪莉艾拉眼前把迷宮討伐軍打飛的是矗立於右側的巨大土塊。

「巨大土塊」指的不是敵人的外觀，而是過去的型態。

原本是土塊的物體已經不再是單純的土塊，現在形成了強大魔物的外表。一看到眼前的士兵被打飛，萊恩哈特的視線立刻捕捉到曾經是土塊的魔物身影。

「又是你啊，究竟想阻礙我們幾次？」

這份從內心深處湧出的感情很接近憤怒。

用粗壯的尾巴打飛士兵，傲慢地張開翅膀咆哮的這隻魔物有著龍的外型。

牠就是在迷宮第五十六樓讓萊恩哈特等人吃了一次敗仗，第二次挑戰也只能驚險取勝的魔物。

變形的土塊不只有右側的一個，視野中的所有土塊表面都產生不均的螺旋狀裂痕，彷彿本來就是為了變形成這個樣子才設計出這種扭曲的造型，在裂痕擴散後轉變成魔物的形狀。

其中有龍，有巴西利斯克、蠍尾獅，甚至有獨眼巨人。

全部都是巨大且難纏的凶猛魔物。

「吉克！瞄準翅膀！其他人聽我號令！」

一聽到萊恩哈特的指示，吉克分秒不差地射出箭矢。

經過芙蕾琪嘉的引導，發揮真本事的「精靈眼」使無形的微弱精靈大量圍繞在吉克的箭矢周圍，讓它化為一顆彗星。

箭矢的漩渦狀光芒有如強大的魔法，劃開破布似的射穿了龍的翼膜。

「嘎吼嗷嗷嗷！」

自豪的翅膀被射出一個洞的龍再也不能翱翔天際，於是牠憤怒地張開嘴巴噴火。

「別想得逞！『飛龍昇槍』！」

萊恩哈特等人奔向龍之前放出的火焰被迪克的長槍打偏，只在迷宮的地面上開出一個大洞。

來到龍面前的萊恩哈特與他所率領的士兵們使出攻擊，陸續擊中龍的身體。

「這傢伙是剛產生的年輕個體！不足為懼！」

萊恩哈特在揮砍的同時如此吶喊，但這並不是為了鼓舞士兵而說出的誇大言詞。這裡並不是熔岩樓層，迷宮討伐軍可以自由行動，頂端的高度也遠比熔岩樓層還要低矮。這隻由土塊形成的龍可以說是比赤龍還要弱小許多的個體。

實際上，在沒有防備的情況下被打飛的士兵雖然受了重傷，卻沒有當場死亡；他們喝光手邊的魔藥便立刻整隊，對龍展開反擊。

沒錯，正如萊恩哈特所言，對手根本不足為懼。

前提是這種龍只有一隻，而且這個樓層的無數土塊沒有全部變化為魔物，朝這裡攻過來。

雖然不是打不贏的對手，但也無法一擊解決。

對付這一隻龍的時候，迷宮討伐軍恐怕會被眾多魔物包圍，變成牠們的糧食。

迷宮討伐軍來到這裡並不是為了葬身在這種洞穴底部。

所以，萊恩哈特對士兵們下達一個決定。

「現在開放使用再生祕藥！借助龍的力量吧！抵達此地的戰士們！我引以為傲的同胞啊！成為真正的英雄，在歷史與迷宮都市的未來留名吧！」

萊恩哈特取出閃耀紅色光輝的魔藥，在眾人面前一飲而盡。

他的全身立刻散發光芒，所受的傷在轉眼間痊癒，攻擊力、防禦力與其體能都大幅增加。如此劇烈的變化就像是提升了一個階級。

這就是除了瑪那魔藥之外的另一個鍊金術奇蹟——

特級再生藥的效果。

地屬性的地龍、火屬性的赤龍、水屬性的冰露裸海妖、風屬性的擺尾綾鳥——以四種屬性的龍血製成的這種魔藥透過「生命甘露」與地脈碎片進一步增強了效能，不只是回復力，甚至能使服藥者的所有能力在一定期間內獲得爆發性的提升，發揮奇蹟般的力量。

所謂的龍血，只有能力足以稱之為龍的個體才擁有。

龍並不是因為有龍血才能獲得力量，而是因為有了稱得上龍的力量，其血液才算是龍血。

既然能帶來如此強大的效果，即使是稱為魔藥的奇蹟之藥也不可能不會對渺小人類的肉體產生危害。

它的藥效過於強烈，以至於帶有毒性。

獲得奇蹟的代價就是使服藥者失去一部分飽經鍛鍊的肌力和魔力，或是反射神經與感覺器官的退化，有時甚至會縮短壽命。

要付出的代價因人而異，據說如果只服用一瓶，往後的人生還有機會挽回。可是如果太過依賴這種祕藥，反覆服用好幾瓶，嚴重的副作用就會奪走服藥者的未來。

以輝煌的戰果成為名留青史的英雄，其代價就是失去光明的未來。

可是——

「只要能守護珍愛之人，開創和平的未來！只要能為他們帶來幸福！即使失去握劍的雙手和前進的雙腳，我也不會有任何一絲猶豫！」

身披金色鬃毛的獅子猛將發出凌駕在龍之上的咆哮。

「這把劍、這副身軀與這條命，都是為了我的人民而存在！」

此外，也是為了繼承他的意志、承擔未來的孩子們。

迷宮討伐軍的士兵陸續喝下祕藥，挺身面對龍與等著他們的魔物大軍。

與勝過自己的魔物對峙，不斷磨練至今的肉體、技巧與精神都已經提升到最大限度，此刻又透過龍之力達成進化。他們的一擊足以粉碎龍鱗，放出的魔法貫穿了巨人的眼瞳。過去使出數百次攻擊，在嚴重的體力耗損之下才終於打倒的魔物，現在卻只靠數十次攻擊就能戰勝。可是不管打倒多少，魔物還是源源不絕，也看不到這個黑暗樓層的盡頭。

他們的戰鬥仍未結束。

07

為了阻擋魔物前進而由迷宮討伐軍與冒險者組成的共同戰線在一定的秩序之下運作著。

冒險者與受過訓練、習慣團體行動的迷宮討伐軍不同。他們幾乎是一盤散沙，難免有人爭先恐後地搶在他人之前行動。

之所以讓冒險者公會擔任這場作戰的指揮，是因為維斯哈特認為他們能充分掌握冒險者的特性，進行最適當的調度。

現在的迷宮和他們所熟悉的狀態不同，魔物的數量比平常更多，其中還混雜著幾隻高了一個階級的魔物。冒險者都有各自習慣的狩獵場地，就算魔物產生的速度變快，還是在同樣的地方活動最有效率。可是他們無法應付出現在那裡的高階魔物。

為此投入戰場的是冒險者公會的職員和有能力戰鬥的商人公會職員。他們會在樓層內巡邏，打倒高階魔物，到處輔助亂了陣腳的冒險者團體，讓他們得以持續戰鬥。

特別是十樓以上的淺層，許多兒童、老人和經營店家的居民等不久前還不被視為戰力的人蜂擁而至，以多人合作的團隊模式打倒哥布林、半獸人、蜥蜴人等魔物。

「艾魯巴鞋店」的艾魯巴和其他販售皮革製品的老闆一邊評鑑魔物皮的狀態，一邊痛毆魔物；批發市場的肉品攤商還用切肉的菜刀砍殺魔物，畫面看起來相當血腥。

孩子們特別了解被包圍的危險，所以會按照學校的教學，團結起來冷靜應對；看到他們這麼懂事的大人和老人們也不想丟臉，所以才能在這種異常狀況下保持理智，面對眼前的魔物。

「枝陽」引以為傲的小不點戰隊特別活躍。帕洛華用盾牌擋住撲過來的魔物，艾蜜莉用專攻魔物弱點的魔法或煙霧彈製造破綻，艾里歐用電擊讓魔物麻痺，再由雪莉以肢解技能解決魔物。靠著這一連串的精彩連續技，他們甚至打倒了偶爾出現在十樓附近、高了一個階級的蜥蜴型魔物。

那是平常會棲息在十九樓的四腳魔物，就像是沒能進化成蜥蜴人的蜥蜴。

賈克爺爺似乎也十分佩服，感慨地說著「小孩子長得真快」，同時以不符年齡的用斧技巧狠狠砍死魔物。不過，在一旁俐落地踢倒魔物，再用棍棒痛毆牠們的安珀卻說：「這些孩子比較特別，畢竟他們是那位賢者大人指導過的學生嘛。」

「呀！」

「妳沒事吧，雪莉！」

「雪莉！」

「不准欺負姊姊！」

雖然孩子們的戰鬥方式很穩定，但還是不免受傷。

「來，用魔藥吧。已經沒剩多少了呢。我們去休息，順便領魔藥吧。」

在安珀的提議之下，一行人前往魔藥的配給站。

配給站設在迷宮的入口和每隔十層樓就有一個的傳送陣旁邊，距離這裡最近的配給站位在十樓。十樓的階梯防衛和魔藥配給的工作是由都市防衛隊負責，而且不知為何，泰魯托就坐鎮在這個配給站。

都市防衛隊原本的職責是疏散無力戰鬥的居民，但選擇避難的居民卻比預期的還要少。減去疏散居民和防止趁火打劫的警衛之後，還有多餘人力的都市防衛隊便自告奮勇接下十樓的看守工作。

泰魯托本來就很喜歡豪邁地發放物資，而現在發放的是不久前還很珍貴的魔藥，仍然抱著這種認知的他覺得發放珍貴物品的自己與領取的人都處於歷史性的重大局面，所以鬥志十分高昂。

「繼續加油！」「我為你們的奮鬥與勇氣致上敬意！」

他一邊說著這些熱血的話，一邊監督分發魔藥的過程。

這個行為使不習慣受到讚美和尊敬的迷宮都市居民萌生幹勁，還讓想要趁亂偷走魔藥的小人感到慚愧，進而加入戰鬥，可見泰魯托也有不少貢獻。

看到平常老是惹麻煩的泰魯托如此活躍，都市防衛隊的凱特隊長和其他士兵也都不甘示弱，團結起來對付逃過一劫而登上樓層階梯的強大魔物。

迷宮討伐軍的二軍會看守有更強魔物出沒的二十樓，並狩獵二十樓到三十樓的魔物，三十樓以下的防衛和狩獵是由迷宮討伐軍的第四、第五部隊和光蓋等人負責。

自從沃伊德和愛爾梅拉夫妻倆散步似的走過去約會，就再也沒有魔物湧上三十樓，可見樓下大概已經化為一片落雷四起的雷雲了吧。真是刺激的約會。能夠以「刺激性」一詞來形容「雷帝」的電擊的人也只有具備超乎常人的防禦力與再生力的「隔虛」而已，所以那裡大概已經徹底變成兩人世界了。

對這個樓層的魔物感到不過癮的光蓋正在煩惱要不要追上愛爾梅拉夫妻倆，去較深的樓層狩獵，可是又擔心現在過去會打擾他們約會，因此左右為難。雖然這是已婚者特有的體貼，但他們實際上並不是去約會而是去狩獵魔物，其實不需要有什麼顧慮就是了。

「我還是第一次來到這麼深的樓層，沒想到情況如此穩定呢。」

聽到與此地格格不入的嬌弱聲音，光蓋轉頭望向傳送陣，看見帶著魔藥搬運部隊的亞格維納斯家千金——凱羅琳。

她的身旁有兼任護衛的維斯哈特陪伴，正在親自確認狀況。

「這不是亞格維納斯家的千金小姐嗎？就算有維斯哈特副將軍陪伴，妳也不該來這麼危險的地方吧？」

現在可不是走馬看花的時候——聽到光蓋如此勸告，凱羅琳回答：「正因為是這種狀況，我才認為必須親眼確認。」

目前是什麼狀況、該運送多少魔藥、是否有其他需要的物資。為了確認這些事，她才會直接來到現場。

「幫幫他吧！急救也沒有用！」

這個時候剛好有冒險者扛著受傷的夥伴跑來，於是凱羅琳立刻說道：「請跟我來！」向對方下達指示。

凱羅琳雖然是貴族千金，同時卻也是在迷宮都市出生長大的居民。她並沒有宰殺生物的經驗，算不上是習慣血腥場面，但也從尼倫堡那裡學到了基礎知識，以及空有知識也派不上用場的事實，所以常常前往兄長任職的診所。就算無法熟練地進行治療，她至少不會害怕重傷者的慘狀而別開目光。

凱羅琳看著有治療經驗的同行者處理傷口的過程，並一一確認魔藥的種類和所需的數量。看著她這個樣子，光蓋不禁誇讚：「真是個了不起的千金小姐啊。」

「是啊，凱兒拒絕了我拜託她逃走的請求，主動來到這裡。」

注視著凱羅琳並這麼回答的維斯哈特露出有些困擾的表情，其中卻也帶著一點驕傲的神色。

「凱兒，我必須保護這座城市。不過，我希望能至少讓妳平安逃走。」

聽到維斯哈特的這個請求，凱羅琳帶著笑容拒絕了。

「亞格維納斯家是在兩百年前的魔森林氾濫（魔物暴動）時第一個率兵趕來的家族。我對自己繼承的血脈感到光榮。我能做的事並不多，但我想在這個地方為大家運送魔藥。」

面對仍然堅持請她去避難的維斯哈特，凱羅琳的一句話成了說服的關鍵。

「維斯大人會保護這座城市吧？那麼這裡就是最安全的地方！」

「她都說到這個份上了，我豈能不保護她？」

對光蓋解釋事情經過的維斯哈特乍看之下很困擾，其實只是在曬恩愛罷了。傷腦筋的不是維斯哈特，而是他的親信吧。身為哥哥的萊恩哈特還在出生入死，真希望他這個弟弟可以稍微緊張一點。

正當光蓋這麼想的時候，似乎確認完狀況的凱羅琳來到維斯哈特身邊了。

「維斯大人，謝謝你帶我過來。我已經掌握大致上的狀況了。我現在要回去安排魔藥的運送，並擴大哥哥大人的診所收容規模。請維斯大人繼續指揮大家吧。」

比起維斯哈特，凱羅琳似乎懂事多了。凱羅琳以不符現場氣氛的美麗儀態拎起裙襬告辭，丟下維斯哈特便與搬運部隊一同消失在傳送陣之中。

「……好了，我也該去狩獵魔物啦。」

明明是相當危急的狀況，待在這裡卻會讓人麻痺；於是光蓋也丟下維斯哈特，往樓層階梯的下方走去。

08

丟下維斯哈特並回到地面上的凱羅琳向父親羅伊斯和管家轉達現狀，以及魔藥的預估消耗量。

雖然魔物在樓層間移動，還有狂暴化的異常品種四處徘徊，各樓層的戰鬥狀況卻都很穩定。未來的發展當然還很難說，但應該不會有足以淹沒迷宮都市的大量魔物立刻湧到地面上，造成堆積如山的傷亡。戰鬥反而可能延長，有必要在疲勞累積的時候將大量的魔藥送達。

「嗯，那麼我們搬運部隊應該找時間休息，準備在必要的時候立刻行動。凱兒，妳也稍微休息一下吧。」

「我還沒關係。確認過哥哥大人的狀況之後，我再去休息。」

凱羅琳努力擠出笑容回答慰勞自己的父親，然後再次上街。

羅伯特工作的診所已經有許多傷患搶著看診了。

「哥哥大人，魔藥還足夠嗎？」

「是凱兒啊。負責安排的人是妳吧？不只是迷宮，這裡也已經收到充足的魔藥了。能進行治療的人手還比較缺乏呢。」

羅伯特這麼回答的同時仍然沒有停下手邊的工作。

「就是因為魔物的牙齒還插在傷口裡就用魔藥治療才會變成這個樣子！」

他一邊怒罵一邊切開患者的腹部，把體內的異物取出。

和以前陰沉的模樣相比，羅伯特現在的表情充滿了生氣。雖然哥哥失去了繼承權，但看到現在的羅伯特，凱羅琳感到十分慶幸。

話說回來，在這種任何人都能出入的地方替身體骯髒的冒險者開刀，以不久前的迷宮都市而言根本是不可能的事。就算用這種方式治療，只要再使用魔藥就能徹底癒合，可見魔藥真的是非常方便的東西。

「真是的！愚昧無知的人過於依賴魔藥才會變成這個樣子！這簡直是多此一舉！好，治好了。下一個！」

羅伯特一邊咒罵一邊治療，可是冒險者的確就跟他說的一樣愚昧無知，所以連「愚昧無知」這種艱澀的形容詞都無法理解。

羅伯特雖然語氣文雅，講話卻很毒，所以冒險者們就算能聽懂也只會心想「他又在用難懂的詞彙罵人了」，覺得有點好笑，但還是會乖乖聽進去；可是今天的冒險者知道事態嚴重，忍不住說出像是抱怨的真心話。

「既然這樣，少醫生也來迷宮不就好了嗎？」

現在傷患還能從迷宮裡來到這間診所接受治療。但如果戰況更加激烈，恐怕會有人在抵達診所之前就喪命。

冒險者都看得出這個貴族青年並沒有在迷宮中戰鬥的能力。可是，他治好了每一個人，甚至是大家都認為沒救的傷患。被羅伯特治療過的冒險者都相信，只要能抵達他身邊，不管受了多重的傷都能得救。所以，賭上性命對付魔物的不安使這個冒險者忍不住脫口說出這句話。

「嗯，原來如此，那樣的確比較有效率。我就親自過去吧。」

「咦？少醫生？」

羅伯特不理會啞口無言的冒險者，一邊說自己沒有想到這一點，一邊把治療器具裝進包包裡。

「哥哥大人，我建議您去二十樓，那裡的傷患是最多的。我會派人運送追加的魔藥，並接手這間診所的工作。」

「給妳添麻煩了，凱兒。」

羅伯特匆匆走出診所，擔任護衛的士兵也跟上了他。接受治療的冒險者覺得自己好像太多嘴了，於是也跟著羅伯特一起走。

目送他們離開之後，凱羅琳為了讓兄長能夠盡情治療傷患，前往設有司令室的冒險者公會辦理雜務。

09

萊恩哈特等人走在彷彿永無止盡的黑暗之中。

自從在這個漆黑的樓層開戰，不知道究竟過了多長的時間。

這到底是第幾瓶特級再生藥呢？

迷宮討伐軍不斷打倒源源不絕的強敵，一步一步往前邁進。不論受到多少傷害，不論魔力耗盡幾次，他們都會用跟在後方的鍊金術師（瑪莉艾拉）做出的上百瓶魔藥治療傷勢，再次回歸戰線。

他們已經不知道自己原本是來自哪個方向，這個看似無限的黑暗世界卻也漸漸產生了變化。

腳下的地面帶著挖掘過的坑洞，凹凸的邊緣有柔軟的土壤捲起。眾人繼續往深處前進，看見一對雙胞樹。

就算從遠處綜觀它的全貌，只要佇立不動，外表就像是一對枯萎的大樹。

即使沒有主幹，而是從地面長出好幾根樹枝也一樣。

與其說是樹木，它更像是整棵樹倒過來，使樹根露出地面的模樣；但確實有些植物沒有主幹，而是從地面長出許多樹枝。這些樹枝有許多複雜的分支，樹枝前端長滿許多類似楓葉的五瓣型樹葉，卻只有葉脈而沒有葉肉，看起來就像是枯萎的樹木。

可是這對樹木和萊恩哈特等人所知的樹木有個決定性的差異，那就是扭動著抓握某種東西的動作。它的動作並不像是枝葉隨風搖曳的模樣，而是穿出地面的一根一根樹枝都從根部開始頻頻扭動。掃蕩周圍的魔物再靠近一看，就會發現連樹枝前端的五瓣型葉脈都在蠢蠢欲動。

「這就是『手』吧……」

既然是雙胞樹，恐怕就代表了雙手。迷宮主人捨棄了雙腳、剖開了腹部，又在這個樓層留下自己的雙手。

用雙腳步行的概念化為「步行火山」與「多腳刃獸」，腹部則湧出在魔森林氾濫（魔物暴動）中遭到吞噬的人與魔物。

那麼這雙「手」究竟是什麼樣的東西呢？

萊恩哈特的疑問馬上就獲得了解答。

雙胞樹大幅傾斜，做出揉捏某種東西的動作，那個方向的地面便開始凹陷，在轉眼間創造出一個土塊。

「如此怪誕的模樣不配稱為創造之手，就稱其為『創造魔手』吧。各位！那就是這個樓層的首領！這雙可恨的手違背了生命的定律，從土塊中創造出魔物！只要打倒它，這裡就不會再產生新的魔物了。」

萊恩哈特鼓舞士兵的聲音劃破了這個樓層的黑暗。

「奮起吧！迷宮主人已經近在咫尺！奮起吧！我們的刀刃即將觸及宿敵！」

奮起吧，奮起吧──萊恩哈特不斷激勵士兵。

奮起吧，奮起吧──萊恩哈特這麼命令自己。

「奮起吧！」「奮起吧！」

迪克、尼倫堡以及跟隨萊恩哈特的士兵都紛紛出聲吶喊。

「奮起吧！」「奮起吧！」「奮起吧！」

就算被擊倒無數次，他們還是用魔藥救回險些熄滅的生命之火，把四散的手腳重新接合，好不容易才走到這一步。

「奮起吧！」「奮起吧！」「奮起吧！」「奮起吧！」

體力、魔力甚至是毅力都早已超越極限。

他們以犧牲未來為代價，使用特級再生藥才抵達這個地方。

即使嘴巴上喊著：「奮起吧！」身體依然發出哀號。

萊恩哈特的視野開始模糊，吐出的氣息帶著血腥味，就連呼吸都有困難。

好痛苦。感覺既疲勞又疼痛，已經一點體力都不剩了。

他們的身心都被狠狠消磨殆盡，甚至想乾脆在這裡停下腳步，從痛苦中解脫。可是如果在這裡放棄，在這裡消逝，豈不是連自己活過的證據都不剩了嗎？

所以，眾人奮力吶喊。為了激勵自己與同伴，一起勇於面對困難。

「奮起吧！」「奮起吧！」「奮起吧！」「奮起吧！」

萊恩哈特揮劍。多次葬送魔物的刀身累積了許多缺角，所剩壽命已經不多。萊恩哈特高高舉起彷彿代表自身狀態的那把劍。金獅子的咆哮鼓舞了士兵與跟隨他的部下們，即使已經聲嘶力竭，還是能傳遞到每一名士兵的內心深處。

迪克與各部隊的隊長不斷激勵部下，使用自己熟悉的武器反覆突擊。到達極限的身體每揮一次武器就會撕裂肌肉，然後藉著再生藥的效果痊癒。

魔物的尖牙與利爪劃傷他們，一次又一次將他們打飛，使他們渾身是血，彷彿流光全身的血液依然不夠。他們葬送的魔物數量是這些的好幾倍，全身都沾滿自己和魔物的血，簡直不像是人該有的樣子。

尼倫堡不斷治好這些士兵們。只要士兵們還有鬥志，願意站起來向前邁進，尼倫堡就絕對不會讓他們的生命結束在這裡。因為他知道，不論身體染上多少血汙，不論承受多少痛楚，有些信念是絕對不會動搖的。

「能與你們共同來到此地，我深感光榮。」

吉克蒙德拉滿弓弦。

位於深淵的這個地方簡直就像地獄。

可是這片黑暗之中卻充滿了人類的耀眼意志。

和這裡的苦難比起來，過去承受的痛楚不過是兒戲。迷宮討伐軍跨越這些苦難、勇敢向前邁進的美麗情操讓吉克深受感動。

人類是多麼地堅強啊。過去的自己是多麼地懦弱啊。

此刻能在這個地方與他們一同戰鬥、開創未來，吉克蒙德對自己的命運懷抱深深的感謝。他真誠地獻上祈禱，期許自己能夠親手守護瑪莉艾拉直到最後。

蘊含著祈願與感謝的箭在「精靈眼」的強化之下，使眾多精靈聚集而來。過度的使用讓「精靈眼」流出鮮血，卻又隨即被再生藥的效果治癒。

肉體不斷重複再生與破壞，魔物不斷重複誕生與死亡。

為了終結這個輪迴，吉克蒙德的箭射向「創造魔手」。

而瑪莉艾拉——

「魔藥明明應該療癒大家，明明應該消除痛苦……」

即使被扯下手臂、咬斷雙腳，仍然沒有人停下腳步。不論承受多麼劇烈的痛苦，只要還有魔藥就能治好傷勢，讓士兵再次回到戰場上。

走在血流成河的路上，她才終於來到這裡。

「小姐，我撿到地脈碎片了。妳就用這個來做魔藥吧。」

渾身是血的士兵親手將取自這個樓層的地脈碎片交給瑪莉艾拉。「藥晶化」的藥草和月之魔力還有剩，但帶來的地脈碎片都已經全部耗盡了。因為有再生藥的持續回復效果，他們才能撐到現在。

「瑪莉艾拉，妳要繼續做魔藥。因為妳替我們做魔藥，治好我們的傷，大家才能繼續對抗那種魔物。是妳讓我們鼓起勇氣！」

吉克一直守在瑪莉艾拉身邊，鼓勵著她。

「可是……」

瑪莉艾拉收下地脈碎片，雙手卻在顫抖。

「唔，危險！」

剛好在這個時候，低空飛行的小型龍朝瑪莉艾拉噴出火焰。跳到前方的吉克射出好幾支箭，打偏火焰的彈道，連龍都被他擊落至地面。龍噴出的火焰又被盾牌戰士彈開，並沒有擊中瑪莉艾拉，但吉克被火焰擦過左半身，冒出一陣一陣的燒焦煙霧。

「吉克！」

瑪莉艾拉大叫。

「我沒事。再生藥還有效，這點小傷馬上就好了。不要停下來，瑪莉艾拉。繼續替我們做魔藥吧。我們沒有放棄。林克斯也一樣，直到最後關頭都沒有放棄。林克斯的遺志還存在於我的心中，以及我們大家的心中。為了延續我們的希望，拜託妳繼續做魔藥吧。」

吉克注視著落地的龍，一邊拉弓一邊對瑪莉艾拉說道。

「可是、可是，吉克……你流血了……還冒著煙……」

聽到瑪莉艾拉泫然欲泣的聲音，吉克蒙德回過頭，微笑著這麼說道：

「瑪莉艾拉，這種時候就對我們說加油吧。」

「……吉克……我知道了。加油！吉克加油！加油！」

瑪莉艾拉用力握緊地脈碎片。

（大家都在努力！總是受他們保護的我怎麼可以氣餒！）

看到這樣的瑪莉艾拉，奔龍和火蠑螈紛紛發出「嘎嗚嘎嗚」、「嘎嗚！」的叫聲來替她打氣。

「『鍊成空間』。」

雖然我只會做魔藥，其他什麼也不會，但幸好我有繼續當鍊金術師，繼續製作魔藥——瑪莉艾拉這麼想。

（我也能為大家做點什麼……！）

地脈碎片只剩下在這個樓層打倒魔物所得的分量，為數不多。就連一顆也不能浪費。瑪莉艾拉對每一瓶魔藥賦予祝福和願望，盡量多灌注一些「生命甘露」，完成魔藥。

（加油！加油！大家加油！）

賦予在魔藥中的意念一定會成真。

瑪莉艾拉傾注意念所做出的魔藥療癒了迷宮討伐軍的士兵與吉克的傷，並恢復他們的魔力。因為看不到盡頭的戰鬥而僵硬的心、因疼痛而萎縮的身體被瑪莉艾拉的溫暖意念滲透，使他們想起踏入迷宮之前的初心。

面對迷宮討伐軍與吉克的猛攻，迷宮第五十九樓的主人——「創造魔手」開始劇烈顫抖。

它就像抽搐一樣，一下子抓握天空，一下子搔刮大地。

那雙手抓住空氣的動作恐怕是要抓住充滿樓層的魔力，使地面隆起，然後產生魔物。可是它所做出的造型和普通魔物相比，脖子變得更長、更細，或是手腳的數量與長度不同，很明顯比先前還要粗糙。

「就差一點了……！」

萊恩哈特等人踏出的腳步湧現力氣。還差一點點就能擊敗重量不重質的畸形魔物，以及不惜做到這個地步也要死守此處的樓層主人。已經揮舞無數次的刀刃就快要終結樓層主人的性命了。

為他們加油打氣的意念一定能讓這把劍觸及目標。

萊恩哈特率領迷宮討伐軍，向魔物所守護的樓層主人發動突擊。

10

「傷患突然增加了，怎麼回事？」

在迷宮第二十樓進行治療的羅伯特用冷靜的語氣向突然增加的傷患詢問狀況。

「突然有奇怪的魔物增加……呃，好痛啊！」

「很痛嗎？嗯，恭喜你。這代表你還活著。好，治好了。」

羅伯特用確實但稱不上溫柔的手法迅速治好冒險者的傷。為了應付突然大增的傷患，動作多少有些粗魯也無可厚非，但從他口中說出的話讓人不禁想起某位治療技師。是因為長期一起進行治療才會愈來愈相似，還是這種職業共通的特徵呢？

「救、救命啊！」

羅伯特現在所待的地方是設於迷宮二十樓的臨時診所。話雖如此，負責進行治療的人只有羅伯特和幾個會用治癒魔法而自願幫忙的冒險者。這裡原本是魔藥的配給站，耗盡魔藥的受傷士兵與冒險者當然會聚集到這裡，其中還有人帶著魔物逃過來。一般來說，這完全是違反規矩的行為。

「唔，又來了！而且還是飛龍！」

防守二十樓的迷宮討伐軍二軍朝追逐冒險者的魔物衝了過去。二軍的士兵大多是C級，B級的飛龍是好幾個人團結起來才能勉強打倒的強敵，但情況由不得他們退縮。

迷宮的樓層階梯附近已經不再安全，這個魔藥配給站是現在少數的安全地帶，無論如何都要守住。不只是魔藥的配給，這裡也能治療傷患。如果有什麼萬一還能靠傳送陣移動，所以他們必須誓死守住這裡。

二十樓附近聚集著低階到中階的冒險者，程度大約在D級左右。除了小孩與老人等非戰鬥人員，這個等級的人口在迷宮都市是最多的。所以，二十樓的戰線如果瓦解，恐怕會造成大量的犧牲者。

「咕嘎嘎嘎嘎！」

單靠防守這裡的士兵，光是一隻飛龍就難以應付，牠卻發出彷彿鳥鳴的聲音，吸引另外兩隻飛龍穿越林立的柱子飛來。

而且新出現的其中一隻似乎吃了其他魔物或是人，體表明顯發黑，嘴角還滴著血一般的唾液。任誰都能一眼看出牠是比普通個體還要凶暴的強化型。

「羅伯特大人，這裡太危險了，請撤退吧。」

羅伯特的護衛判斷情況不妙，以周遭聽不見的小音量催促羅伯特去避難。可是羅伯特沒有停下手邊的治療工作，靜靜搖頭後對護衛答道：

「我已經答應他們，答應那些冒險者了，只要還活著就會救他們。不，這是我對自己許下的約定。我已經受夠救不了任何人的感覺了。這恐怕是迷宮的反擊，或是最後掙扎吧。也罷，是什麼都無所謂。我要在這裡見證這一切，你們可以先去避難。」

羅伯特並不是自暴自棄，也沒有自殺傾向。他只是想要救人，如此而已。看到羅伯特依然沒有停止治療，擔任護衛的士兵看了彼此一眼，然後拔劍面對橫掃多名冒險者的飛龍。

「如果我們還活著，請您也救救我們吧。」

「拜託了，羅伯特醫生。」

「你們……」

羅伯特抬起頭看著擔任護衛的士兵，然後掃視周圍的冒險者。

四周是一片慘狀，僅僅三隻的飛龍將好幾名冒險者打飛。冒險者之中有不少人都是羅伯特見過的熟面孔。他們是藉著魔藥和羅伯特的治療而脫離貧民窟，重拾冒險者工作的人。

每個人都戰得渾身是血，但沒有一個人逃走。

因為他們都很清楚，這個地方是必須死守的要地。

被飛龍的一擊打飛到牆壁上的冒險者就是羅伯特治好腳傷的人。好不容易治好的腳扭向異常的方向，而且可能是失去意識了，他倒臥在自己流出的血灘之中。

因為身體還在抽搐，他應該沒有死。但羅伯特無法前往有飛龍肆虐的地方。除非他回到這裡，否則羅伯特無能為力。

（不要死，一個人都別死。拜託，誰來救救他們吧……）

或許是羅伯特的祈禱傳達到天上了——

「『左臂生焰，右臂生風。寄宿吧，雙屬性劍』！」

隨著這段吶喊，火焰與疾風在空中起舞。

躍動的火焰就像生物般捲起所有飛龍，在轉眼間燒燬翼膜，使牠們墜落至地面。在牠們用足以踩碎岩石的強壯雙腳撲來之前，劃破空氣的風刃便一一斬斷飛龍的首級。

在火焰與疾風的狂舞之下，不論是普通的飛龍還是凶暴化的個體都被壓倒性的力量擊倒，成為區區的肉塊。

「好厲害……」

親眼見識A級的實力，年輕冒險者都不禁出聲讚嘆。就像是要回應這些聲音，解救大家脫離險境的男人——愛德坎回過頭，對冒險者們露出爽朗的笑容。

就像是要驗證英雄總是最後登場的定律，大家最愛的愛德坎用誇張的手法華麗現身。

「英雄總是最後登場！」

愛德坎開口說道。為何要刻意講出來呢？根本是前功盡棄。

「欸……我問你們喔，那個人是誰？好像有點帥耶。」

「嗯，有點……不，真的滿帥的。他到底是誰？」

可是，在眾人的危機中颯爽登場的年輕A級冒險者——愛德坎因為所謂的吊橋效應，看起來似乎很帥氣。

沒錯，這裡聚集了許多菜鳥冒險者。換句話說，其中也有許多花樣年華的女性冒險者。愛德坎真該跪下來感謝自己剛才打倒的飛龍。

「欸，愛德坎也衝太快了唄。」

「就是啊，團體行動可是很重要的呢。」

尤利凱與格蘭道爾等黑鐵運輸隊成員陸續從後方走了過來。

「嗚哇，愛德坎得意得鼻孔都變大了！好噁！」

「喂，尤利凱，我好歹也是隊長，不准說我好噁！」

看來女性冒險者的尖叫讓愛德坎很得意，鼻子都不由自主地抖了起來。是猴子嗎？是猴子啊。

尤利凱率領的一群奔龍背起大量的傷患，正在載送被飛龍打傷的冒險者。

黑鐵運輸隊的成員對抱起雙臂、用單腳踩著飛龍擺出不自然姿勢的愛德坎視而不見，把傷患送到羅伯特身邊。

「太好了，還有呼吸……非常感謝你們救助傷患。」

羅伯特迅速確認傷患的狀態，同時對愛德坎以外的黑鐵運輸隊成員表達感謝之意。

「我有進行急救處理。我們還要趕路，接下來就交給你了。」

身為治癒魔法師的法蘭茲完成簡單的交接之後，黑鐵運輸隊便帶著卸下傷患的奔龍，走向通往樓下的階梯。

「好了，前往下一個樓層吧。」

格蘭道爾穿著一如往常的輕裝這麼說，以傘代替拐杖，走在危險的迷宮之中。他的簡便裝備跟扛著鐵鎚的多尼諾正好相反。

跟在兩人身後的努伊和尼可就像兜售雨傘的商人一樣揹著大量的傘，可見舉不起盾牌的格蘭道爾打算以重量不重質的拋棄式戰法來參加這場戰鬥。

魔法劍士、重戰士、治癒魔法師、馴獸師——雖然有點缺乏遠距離攻擊，「傳說中的勇者」格蘭道爾的隊伍編制還算是四平八穩。

等等，他們是黑鐵運輸隊才對。因為隊長缺乏威嚴，所以讓人忍不住把他們當作「傳說中的勇者」的隊伍。

「黑鐵運輸隊回到迷宮都市了嗎……」

「原來那個人是黑鐵運輸隊的愛德坎先生呀。」

「他是新的隊長嗎？」

女性冒險者小聲**審核**愛德坎的身家背景。

愛德坎故意背對她們，裝出一副沒有興趣的樣子，其實好奇得不得了，正豎起耳朵偷聽她們的聲音。證據就是那雙不停抖動的耳朵，背對她們的臉上也掛著不爭氣的表情。

是猴子嗎？是猴子啊。

不知道有沒有注意到愛德坎這副猴樣，女性冒險者見到他輕鬆擊敗自己完全敵不過的飛龍，考量到他的高強戰力、閉上嘴就還不差的長相、職業與位階，似乎得出了「這個人值得投資」的結論。

「你好！剛才謝謝你的幫忙。」

「我叫做阿妮亞，等一下讓我好好答謝你吧。」

「搶先邀請也太賊了吧。我叫做蜜兒可。」

因為是有魔物出沒的迷宮中，所以女性冒險者都趁著短暫的空檔跑來向愛德坎道謝、自我介紹或是透過握手來加深印象。

等到克服魔物從迷宮湧出的危機，平安回到地面上以後，愛德坎或許就能迎來此生最燦爛的春天了。

「喂，愛德坎，快點過來唄！」

「嘎嗚！嘎！」

「哇，喂，奔龍，不要咬我！屁股不行，放過我的屁股啦～！」

前提是能平安回到地面上。加油吧，愛德坎。

（……真是太蠢了……）

剛才差點將自己真心的願望說出口的羅伯特看到愛德坎等人的樣子，心想這真是一場鬧劇，於是重新開始治療冒險者。

雖然羅伯特的言行舉止就像高傲的貴族，卻留在危險的戰場一視同仁地治療傷患，使得他比愛德坎更受現場的冒險者敬佩，但本人對此渾然不覺。

如果能跨越這道難關——就連如此近在眼前的未來，對他們來說都很遙遠。

一切都要等到平安回歸地面以後。直到消滅迷宮的那一刻，他們才有明天。

II

「果然在這裡。」

「魔物的異常產生也是會有**規律**的。但因為是高階魔物，所以數量似乎不多呢。尼可、努伊，把傘給我。你們兩個千萬不可以離開我身邊。」

黑鐵運輸隊來到迷宮並不是為了陪伴到處尋求邂逅的愛德坎。今天的愛德坎也有某個比邂逅更重要的目的。

黑鐵運輸隊的目的地是迷宮第二十三樓——「永夜湖畔」。

這個樓層充滿月光與流水聲，今天卻有鎧甲蜥蜴人的刺耳咆哮響徹四周。

成群的鎧甲蜥蜴人彷彿被月光石的光芒逼瘋，全身都流著血，正在跟一隻白色的個體扭打。

牠們明明是誕生自同一座迷宮的魔物，卻正在互相獵食。

鎧甲蜥蜴人的魔石或許位於腸子的某處吧，那個白色個體——死亡蜥蜴即使被好幾隻鎧甲蜥蜴人咬住，卻還是埋頭啃咬鎧甲蜥蜴人的軀幹部分。

「真是噁心的魔物咧。」

尤利凱以打從心底感到厭惡的語氣，不屑地說道。

大多數的樓層都是偶爾湧現比平常還要高一個階級的魔物，但死亡蜥蜴是比鎧甲蜥蜴人還要高兩個階級的魔物。就算被好幾隻鎧甲蜥蜴人咬住全身，死亡蜥蜴也絲毫不在乎，反而輕易咬破鎧甲蜥蜴人那堅硬的鱗片，持續啃食牠們的腸子。從這幅景象就看得出來，兩者之間有明顯的強度差距。

對A級的死亡蜥蜴來說，不管吃掉多少C級的鎧甲蜥蜴人都遠遠無法達到受肉的標準。就像是苦於無窮無盡的飢餓，死亡蜥蜴專心地啃食著鎧甲蜥蜴人。

突然之間——

死亡蜥蜴的脖子在沒有任何預兆的情況下旋轉半圈，只用頭部往後看。

然後咧嘴一笑。

死亡蜥蜴的嘴巴裂成四瓣，露出痙攣般的扭曲笑容。因為牠找到了遠比鎧甲蜥蜴人還要肥美的獵物。

總共有七個人類和八頭奔龍。雖然人類的強度有很大的落差，在死亡蜥蜴的眼裡，黑鐵運輸隊卻是鎧甲蜥蜴人無法比擬的頂級美食。

死亡蜥蜴拖著咬住自己的鎧甲蜥蜴人，朝黑鐵運輸隊奔來。快速擺動細長的四肢並扭動軀幹奔跑的樣子不像是蜥蜴，反倒像某種來路不明的昆蟲。

愛德坎瞇起眼睛看著這隻魔物，緩緩走到死亡蜥蜴面前。

「我也知道你跟殺了林克斯的傢伙是不同的個體。所以這不是報仇，只不過是洩憤而已。」

愛德坎對雙劍灌注魔力。

殺死林克斯的死亡蜥蜴早已被接獲消息的迷宮討伐軍清除。現在出沒於這個樓層的死亡蜥蜴都是剛誕生的個體，並不是當初襲擊林克斯等人的死亡蜥蜴。

即使心裡很清楚這一點，踏入迷宮的黑鐵運輸隊還是選擇了這個樓層。

失去林克斯的那一天，他們徹夜商量到天亮。

為的是思考「如何替林克斯報仇，並消滅迷宮」。

可是只有迪克、馬洛和愛德坎的實力足以在迷宮討伐軍的第一線作戰，其他成員的個人戰力頂多加入二軍。

尤利凱只有操縱奔龍等野獸的特殊能力，法蘭茲則具備亞人的外表特徵，就算加入迷宮討伐軍也很難融入人類的團體。格蘭道爾、多尼諾是在迷宮討伐軍感覺到自己的極限才會轉而加入黑鐵運輸隊，幾乎可以說是有了裝甲馬車才能發揮真正的實力。

而且長年行經魔森林、來往於迷宮都市和帝都之間的黑鐵運輸隊不論對迷宮討伐軍還是迷宮都市來說，都已經變成非常重要的運輸隊了；所以就迷宮都市的整體利益而言，整個黑鐵運輸隊都加入迷宮討伐軍的做法並沒有好處。因此，只有迪克與馬洛回到迷宮討伐軍，剩下的成員則繼續以黑鐵運輸隊的身分從旁支援迷宮的攻略。

順帶一提，在戰力方面已經超越馬洛的愛德坎之所以留在黑鐵運輸隊，表面上的目的是應付偶爾出現的強敵，實際上只是在迷宮討伐軍爆出太多緋聞而沒有臉回去，理由相當愚蠢。這只能說是自作自受。待在多人組成的團體中，維持良好的人際關係是非常重要的。

一行人基於上述理由而繼續運輸隊的工作，今天是因為事前接獲迷宮討伐軍的遠征消息，所以才會待在迷宮都市以防萬一。

姑且不論真的碰上意外的事算不算是運氣好，總是在背後默默付出的他們也必須上戰場的狀況確實發生了。

「我們的戰力最多只能在二十樓附近活動。既然都要戰鬥，就去林克斯倒下的那個樓層吧。」

他們不約而同地這麼提議，於是一起來到了這個樓層。

死亡蜥蜴拖著好幾隻鎧甲蜥蜴人衝過來，動作比原本稍微緩慢一點，黑鐵運輸隊的所有人都能看到混著血的唾液從裂成四瓣的嘴巴滴下來的模樣。
為了迎戰死亡蜥蜴，愛德坎對雙劍灌注魔力。
「『左臂生焰，右臂生風……』」
「先固定錨栓，好了，『盾牌強擊』。飛過去那邊了，多尼諾。」
「沒問題，『巨鎚重擊』。」
砰！咚！
愛德坎還來不及帥氣地打倒死亡蜥蜴，格蘭道爾便打開了傘，將傘柄上用來代替把手的錨栓輕輕插入地面。尼可立刻用鐵鎚將錨栓打進土裡，格蘭道爾在這個瞬間用「盾牌強擊」讓傘骨反彈，擊飛了撲過來的死亡蜥蜴。
因為格蘭道爾的瘦弱身軀無法完全承受死亡蜥蜴的衝擊，所以他斜向固定代替盾牌的傘，藉此分散力道，並將自己所受的大部分衝擊都轉移到用錨栓固定於地面的傘柄。格蘭道爾只是輕輕開闔雨傘罷了。除了柔弱無力的身體之外，格蘭道爾的攻擊無疑是「傳說中的勇者」級。努伊把彈飛死亡蜥蜴而變得破破爛爛的傘收起來，然後再拿一把新的傘給格蘭道爾。看來尼可負責固定錨栓，而努伊負責更換雨傘。
被「盾牌強擊」彈開的死亡蜥蜴飛向上方，才剛掉下來，頭部就被多尼諾的鎚子打成肉醬。力道相當猛烈。只要能彌補速度和命中率，多尼諾的打擊力道甚至能站上第一線。
死亡蜥蜴受到這樣的攻擊卻還活著，身體陣陣抽搐，不愧是高階魔物。頭部都被打爛還

能活著，牠的大腦究竟在哪裡呢？

咬著牠的鎧甲蜥蜴人就算被擊飛又墜落也無動於衷，甚至抓住機會猛咬死亡蜥蜴。

「『過剩回復』。」

法蘭茲連同咬住死亡蜥蜴的鎧甲蜥蜴人一起施展特殊的治癒魔法，被多尼諾打爛的頭部便維持凹陷的形狀，被鎧甲蜥蜴人咬住的傷口也連同鎧甲蜥蜴人一起癒合，把牠們變成一個魔物的肉塊。既然能勉強操弄生物的一部分身體，這種招式還能稱之為回復嗎？改變生物的肉體並不是一般人能辦到的招式。法蘭茲藏在面具底下的亞人之血使他能夠辦到，而這個超出治癒範疇的技巧不能讓黑鐵運輸隊以外的人得知，是他特有的能力。

互相黏合而被封住牙齒和爪子的魔物肉塊已經變成只能等死的活餌了。

「可以了，尤利凱。」

聽到法蘭茲的呼喚，尤利凱冷冷地俯視曾經是死亡蜥蜴的肉塊，然後用小刀劃開自己的手心，以滴落的血液在奔龍的額頭描繪某種圖案。

「好啦，奔龍們，吃飯時間到咧。『吾仔啊——發狂吧』。」

「嘎！嘎嘎嘎嘎嘎嘎啊啊啊啊啊啊啊啊啊！」

馴獸師——在帝都也非常罕見的異能。

只有邊境民族能繼承的這項能力因其便利性而受到尊崇，族人卻也因此被社會孤立。

具備該民族特徵的孤兒——尤利凱之所以能在帝都的貧民窟生存，同時像一頭野獸般在貧民窟之中過著無依無靠的流浪生活，恐怕都是因為這項能力的關係。在尤利凱的人生裡，被法蘭茲收養、過得像個人類的時間不知道佔了多少比例。人類的時間與野獸的時間——究竟何者才是構成尤利凱這個人格的主因呢？

被尤利凱變成狂暴猛獸的奔龍們撲向化為肉塊的死亡蜥蜴，撕裂牠的堅硬表皮，啃食牠的血肉。奔龍們從人類的豢養中解放而獸性大發，吼叫著撕咬曾是魔物的肉塊。這場餵食是如此地殘忍無情，卻又讓人體會到野獸天生的美感。

帶著笑容注視這一幕的尤利凱也一樣，使得「殺死殘害同伴的生物」這種無可救藥的報復行為就像是非常原始的正當手段。

「呃……我的獵物呢～？咦～？」

愛德坎還來不及表演雙屬性劍，其他人合作無間的攻擊便解決了敵人，使得慘遭排擠的愛德坎不知道該把灌注了一半魔力的雙劍往哪裡擺。

「愛德坎，那邊又有新的死亡蜥蜴了！」

「對啊對啊，就在很～遠的地方。你就快去唄。」

「拜託你了，愛德坎。」

「是啊，交給你啦。」

格蘭道爾、尤利凱、法蘭茲、多尼諾一如往常地敷衍愛德坎。因為他的確有實力，所以連尼可和努伊都握拳替他加油打氣。

大家最愛的A級冒險者愛德坎一個人也能打倒死亡蜥蜴，於是基於格蘭道爾提倡的「能讓團隊發揮實力才算是好隊長」的領導理論，愛德坎負責去清除其他人無法應付的一大群死亡蜥蜴，或是到遠處解決還沒有注意到黑鐵運輸隊的死亡蜥蜴，只有狩獵數量配得上A級的名號。

隨時處於發狂狀態的死亡蜥蜴完全不顧實力差距，使愛德坎走到哪裡都大受歡迎。雖然是難以分辨雌雄的魔物，愛德坎還是進入了桃花期。

受歡迎的男人是很辛苦的……大概吧。

12

黑鐵運輸隊正在確實葬送即將受肉的死亡蜥蜴時，沃伊德與愛爾梅拉夫妻倆在迷宮第三十八樓附近享受散步約會……或者應該說是雷雲籠罩的兩人世界。

就算是狩獵凶暴的魔物，對他們來說也像是「兩人的共同作業」。遭到「雷帝」的落雷擊中，魔物們就像蠟燭般到處燃燒。

「我願與你／妳前往天涯海角。」

相較於兩人一邊擊退魔物一邊往迷宮深處前進的甜蜜氣氛，光蓋在相隔三層樓的三十五樓附近面對再度開始湧現的異形，一個人寂寞地表演破限斬，每次打倒棘手的魔物便朝天空豎起大拇指。

畢竟是在冒險者公會指導年輕一輩的講師，光蓋即使獨自一人也能穩定地戰鬥。安全距離的保持和體力的分配都很完美，光蓋默默地解決接二連三湧出的異形魔物。真不愧是會長。雖然戰況非常理想，光蓋本人卻有點缺乏活力。

長時間的單獨戰鬥似乎讓他累積了不少疲勞。

讚！

沒有人回應。這也是當然的，畢竟這個樓層除了光蓋以外一個人也沒有。

「…………」

光蓋的表情漸漸失去笑容，帶著哀傷氣息的背影甚至像是在猶豫該不該停止豎起大拇指的行為。

他的內心似乎開始累了。

破限斬將魔物一刀兩斷，使其灰飛煙滅，化為迷宮的魔力。比起形成魔物的汙穢魔力，瀰漫在光蓋周圍的氣息更加灰暗。

輕輕嘆了一口氣之後，光蓋並沒有擺出平常的勝利姿勢，而是開始尋找下一隻獵物。這個時候──

「變得這麼安靜，不錯嘛。」

「就算是會長，感到疲勞時也會停止不必要的動作吧。」
「希望他已經明白缺乏效率的行為有多麼沒意義。」
「你、你們怎麼來了？」
冒險者公會的幹部——光蓋小隊的成員趕到光蓋的身邊了。
穩定戰鬥的光蓋看起來雖然沒有陷入危機，卻差點迷失自我，所以就某方面而言也算是一種危機吧。
面對部下們的英雄式登場，光蓋的反應是——
讚！
他露出自己最燦爛的笑容，使勁豎起大拇指。
「……早知道就慢慢來了。」
「趕著把工作做完的我們真蠢……」
「剛才的落差讓煩人度又加倍了。」
光蓋重新振作的速度快得驚人。看來他的心理健康根本不需要魔藥。
一臉厭煩的幹部們就跟平常一樣說著毒舌的話，同時在光蓋周圍擺出熟悉的陣形。這種銅牆鐵壁般的陣形能同時達到搜索、牽制、防禦魔物的目的，並活用光蓋的攻擊力，進行長時間的戰鬥。
「我們上！光蓋小隊的戰鬥現在才要開始！」

「不要再用那個蠢隊名了。」

「我看你還是一個人奮鬥算了。」

「那句台詞聽起來很不吉利耶。」

光蓋喊著好像在哪裡聽過的台詞，情緒高昂地衝向成群的魔物，其他公會幹部則有氣無力地跟了上去。

他們的戰鬥也是此刻在迷宮上演的眾多劇碼之一。

※ 13

無數的冒險者、士兵，甚至是平常不參與戰鬥的農民、商人、女性、老人與兒童，整座迷宮都市的居民都起身對抗迷宮。

並非所有人都能打倒強大的魔物。許多人都團結起來對付哥布林之類的弱小魔物，而即使是一隻史萊姆或一隻哥布林，同樣都是迷宮的一部分力量。

魔物們被打倒之後又誕生，誕生之後又被打倒。

數量即是力量。

正如兩百年前的魔森林氾濫（魔物暴動）那一天，魔物為了取得此地而大舉湧入；到了兩百年後的今天，整座迷宮都市的人們都為了保護自己的城市、生活和家人，紛紛聚集到迷宮之中。
迷宮主人可曾預料到這一天的來臨？
為了把逼近到眼前的迷宮討伐軍往回推，迷宮主人解除了樓層間的移動限制，送出魔物與死人。即使迷宮主人具有思考能力，恐怕也沒想到這樣的行為反而會使整座迷宮都市的居民排山倒海地湧入迷宮吧。
從安妲爾吉亞王國的規模來看，兩百年前對抗魔物的冒險者只是少數，追殺四處逃竄的人民想必十分容易。因為長久的和平，安妲爾吉亞王國內盡是些忘了如何戰鬥的安逸之人。
可是現在，這座迷宮都市和當時不同。
連孩子們都拿起武器互助合作，對抗迷宮的魔物。
所有人都沒有放棄，眼裡燃燒著強烈的光芒。
這份堅韌的意志是否也讓迷宮有任何一絲的膽怯呢？
持續產生魔物的「創造魔手」有時會朝上方活動手指，恐怕是為了在遙遠的樓上創造魔物吧。這個動作所造成的破綻對持續在迷宮第五十九樓戰鬥的萊恩哈特等人而言，剛好是絕佳的機會。
每當踏入迷宮的人們打倒魔物，「創造魔手」就會在樓上產生新的魔物。萊恩哈特所率領的迷宮討伐軍不會放過這個破綻，不斷往「創造魔手」的根部進軍。

緩慢而確實。

一步又一步地逼近敵人。

就像迷宮都市與休森華德邊境伯爵家這兩百年來攻略迷宮的腳步。

前人反覆受傷後死去，由後世繼承攻略迷宮的夙願。

每次跪下，每次倒地，總有同伴和城市的人們伸出援手。

正如現在的這個瞬間。

他們從來不曾放棄，一路走到這一刻。

現在這個瞬間，金獅子將軍萊恩哈特・休森華德的刀鋒瞄準了「創造魔手」的核心。

「一切到此為止……！」

刺出的劍上寄託的是萊恩哈特的願望，也是堅定的意志。

至今流淌的血、失去的生命，以及長達兩百年的征戰歲月都要在這個世代結束。通往迷宮最深處的階梯對萊恩哈特而言不只是普通的迷宮階梯，而是以同伴的屍骨堆起的染血之路。

「我絕不讓這一切成為枉然！不論是追隨我的人，還是逝去的時光，一切的一切！絕不，絕不！」

先前穿越的死人樓層之中並沒有過去戰死的迷宮討伐軍，對此，萊恩哈特想必比誰都更欣慰。他們此刻仍然與萊恩哈特同在。昔日同袍仍寄宿於萊恩哈特的劍，以及消滅迷宮的意志裡。

萊恩哈特的劍、緊跟在後的迪克的長槍、隊長們的刀刃以及吉克的精靈之箭接連不斷地刺向「創造魔手」。

這是他們的一招，也是經歷生命的千錘百鍊所踏出的一步。

其中灌注的是堅定不移的意志，以及亡者所託付的遺志。

經過兩百年的漫長歲月，無數的人們在這座迷宮喪命，卻還是一路走到了這裡。

前進吧，同胞們。一步一步來到這個地方。

他們的一擊終於觸及迷宮主人的雙手，將產生魔物的「創造魔手」深深斬斷。

The
Survived
Alchemist
with a dream
of quiet town life.

05
book five

第五章

抵達的終點

Chapter 5

01

專門產生魔物的「創造魔手」不斷抽搐，用顫抖的樹枝試圖抓取空氣。

可是，這雙手已經再也無法創造任何東西，就像是遭到砍伐的大樹，一動也不動地癱倒在地。

看著「創造魔手」像一棵被雷打中的樹木，從根部斷裂並轉變為黑色的模樣，萊恩哈特自問：「贏了嗎……」

他們並沒有勝算，也沒有將敵人逼到絕路的真實感。

只不過是除了前進以外沒有其他選擇罷了。

士兵們只能相信萊恩哈特、相信未來，跟著他拚命揮劍，除此之外沒有其他道路。

為了迎戰第五十七樓的「多腳刃獸」，所有人的武器與防具都經過強化。他們使用精金、巴西利斯克與赤龍等目前所有的最強素材，毫不吝嗇地投注在裝備上。當然了，備用武器和魔藥等物資都足以迎戰多個樓層主人。為了防範突發狀況，他們作了十二萬分的準備。

打倒「多腳刃獸」之後，因為死人從下方的樓層湧出，萊恩哈特等人失去了進軍以外的選擇。多虧「炎災賢者」一肩扛起第五十八樓的防衛，他們才能一口氣突破眾多死人，然而第五十九樓造成的損失比想像中還要嚴重。
原以為準備得很萬全，無法回到地面的萊恩哈特等人卻早就已經耗盡備用武器，鎧甲也有許多凹陷，接合處不是磨損就是脫落。
搬運工奴隸和奔龍帶來的箭矢與標槍等消耗品也幾乎都已經見底。而魔藥不要說是帶來的成品了，連作為材料的地脈碎片都已經耗盡。
即使如此——
現在還站在這個地方的人，是萊恩哈特所率領的迷宮討伐軍。
「我們贏了……」
萊恩哈特握緊拳頭。
「我們活下來了……！」
他沒有高聲宣示勝利，因為所有人都知道事情還沒有結束。要達成萊恩哈特的願望、終結這一切，就不能為這一戰的勝利而滿足地停下腳步。
萊恩哈特回頭望著他的士兵，也就是與他並肩作戰的同伴。
所有人都筋疲力盡，癱坐在地上。人數比抵達這個樓層時更少，沒有人是毫髮無傷的。雖然特級再生藥會讓他們漸漸復原，還是有人的傷勢重到必須倚靠魔藥與治癒魔法。
可是，每個人的眼神都沒有失去希望。他們來到了這裡，甚至成功拿下這個樓層。現場沒有任何人對下一步感到猶豫。

「尼倫堡，你沒事吧。」
「沒事，比將軍好多了。」
帶著一副被魔物與患者的血液染成詭異顏色的裝扮，尼倫堡走了出來。看來他也同樣有加入戰局。他隨意插入口袋的左手前臂受了嚴重的傷，正藉著特級再生藥的效果漸漸痊癒。其他看不見的地方恐怕也有傷口，光是要走路都很難受，尼倫堡卻若無其事地帶著平常那張臭臉走來，讓萊恩哈特萌生感謝般的情緒。
萊恩哈特身為將軍，有義務率領士兵。他必須比任何人都堅強，成為大家仰賴的領導者。可是，尼倫堡恐怕是為了不讓萊恩哈特過度心勞，才會隱瞞自己的狀態、裝出平靜的模樣吧。從其他的士兵身上也看得出這一點，讓萊恩哈特深知自己現在能夠以這雙腳繼續站著，都是因為有同伴的扶持，就連早已耗盡的力量都從體內重新湧出。
（我還能戰鬥，還能握劍。迷宮主人仍然活著……）
萊恩哈特深呼吸一次，握緊劍柄，然後對尼倫堡下達命令。
「集中治療還能戰鬥的士兵，結束後立刻前進。」
「了解。」
這是個無情的命令，但沒有人表示反對。因為所有人都很清楚，他們已經沒有其他選擇了。
就算想要暫時回到地面上，上一個樓層也有死人大軍正在等著他們。

「炎災賢者」犧牲自己來吸引死人的注意，替迷宮討伐軍開拓道路；但面對整個國家的死人與消滅國家的魔物，就算是意識模糊、東拼西湊的低劣對手，一個人類也不可能將他們全數燒燬。

物資即將耗盡，而且死傷慘重。能夠再跨越一戰的希望非常渺茫。可是如果在這裡回頭，使得好不容易衰弱至此的迷宮有機會復活的話，迷宮都市一定會完全失去倖存的可能性。

在尼倫堡的指示之下，僅存的一點地脈碎片都集中到瑪莉艾拉的手上。這些都是在這個樓層打倒魔物所得的素材。月之魔力與「藥晶化」的材料也都所剩不多，瑪莉艾拉按照尼倫堡的要求，從重要的品項開始一一鍊成。

「瑪那魔藥只剩最後這兩瓶了……」

「這兩瓶就給你們喝吧。」

「咦……可是……」

瑪莉艾拉的大量魔力已經在無數次的魔藥鍊成之下幾乎耗盡，現在正處於快要昏厥的狀態。即使如此，瑪莉艾拉也很清楚自己做完魔藥之後就派不上用場了，所以一直到最後關頭都沒有喝瑪那魔藥。

吉克每次使用「精靈眼」也都會消耗魔力，只能再射幾支箭。可是剩下的箭矢也很少。因為還能用劍保護瑪莉艾拉，所以他同樣沒有喝瑪那魔藥。

「快喝吧，你們的職責還沒有結束。」

「……是。」

「是。」

在場的人之中只有萊恩哈特與尼倫堡，以及當事人知道讓這兩個人補充魔力的理由。他們是治好吉克的「精靈眼」那天待在「枝陽」的成員，理由只是聽芙蕾琪嘉說過「想拯救即將被吞噬的安妲爾吉亞就需要這兩個人的力量」。

尼倫堡一開始也以為是為了製作很快就會失效的瑪那魔藥，才有必要讓鍊金術師（瑪莉艾拉）同行，吉克則是瑪莉艾拉的護衛，也就是單純的戰力。可是現在到了迷宮的最深處，尼倫堡才察覺原因不只如此。

其中並沒有理論上的根據。可是這個地方與此刻的心境有點類似那天晚上在「枝陽」見到安妲爾吉亞時，待在地脈中的那種感覺。就像當時理解「安妲爾吉亞來日無多」的直覺一樣，他們知道需要這兩個人的力量才能拯救安妲爾吉亞。

萊恩哈特恐怕也抱著這種直覺般的念頭吧。

他與人數大減的士兵們一起凝視著通往樓下的樓層階梯——已經不能稱之為階梯的深邃洞穴。

將靠著現有的魔藥與治癒魔法也無法回歸戰線的重傷患留在岩石後方，迷宮討伐軍的人數便減少到五十人左右。

「走吧。」

萊恩哈特帶著少量的兵力，與瑪莉艾拉和吉克蒙德一起靜靜地走下樓層階梯。

02

那裡是個充滿光輝的地方，就好像先前的黑暗只是一場惡夢似的。

這裡的光芒就像能瞬間驅散漫漫長夜的朝陽，充滿了能療癒並淨化內心深處的莊嚴氣息，就連被黑暗凍僵的身體都被其中蘊含的希望徹底溫暖。

明明是在迷宮中，這個樓層卻無邊無際，除了自己現在所站的地方以外，就連地面都模糊不清。

感覺就像是來到了地脈——瑪莉艾拉這麼想。

迷宮不斷往地底下鑽洞，恐怕就是為了抵達這個地方吧。

將安妲爾吉亞王國與防衛都市的人們吞食殆盡，甚至與一同進攻的魔物自相殘殺，最後僅存的一隻以這裡為目標，貫穿了王國的大地。

牠汲取地脈的力量，不斷往地底下創造魔物。其路線化為迷宮，阻擋人類的攻勢。

現在人們終於能明白，這麼做的理由是為了爭取時間。

目的是讓迷宮主人來到這裡。

在途中捨棄右腳、左腳，留下腹部，甚至失去雙手，迷宮主人才終於來到這裡。

這個地方——迷宮第六十樓是觸及地脈的深處。

迷宮的規模突破五十樓，其魔力已經超越了物理上的距離與次元，化為連接地脈的場所。

抵達迷宮最深處的萊恩哈特等人見到的是與他們纏鬥兩百年之久的宿敵——迷宮主人，以及掌管這道地脈的精靈——安妲爾吉亞的身影。

傳說只要是攻略迷宮之人，就能在見到對手的當下立刻認出迷宮主人。

一見到迷宮主人，萊恩哈特便知道這番話所言不假。

因為眼前的這東西能讓他感覺到迷宮不斷抗拒萊恩哈特等人往深處進軍的意志。

可是，誰能想像到這種模樣呢？

迷宮主人沒有手也沒有腳，只剩下露出脊椎的頭部與軀幹，以悽慘的姿態咬著安妲爾吉亞不放。

散發溫暖光芒的安妲爾吉亞只剩下模糊的人形輪廓，並沒有物理上的深度，而是存在於人類無法認知到的深層，屬於龐大地脈之力的一部分——瑪莉艾拉透過自己的脈線理解到這一點。

即使看不見也摸不著，精靈、魔力與生命也確實存在於瑪莉艾拉等人所生活的物質世界。世界與地脈的關係乍看之下是互相隔絕的物質與能量，實際上卻會同時互換而存在，這才是這個世界真正的面貌。

與地脈合而為一的安妲爾吉亞是調整在地脈與世界中流動的能量——「生命甘露」並加以管理的存在。祂使用這股力量，至今一直守護著祂所愛的人類與其國家。

以安妲爾吉亞的眼瞳——「精靈眼」為媒介。

可是，如今的安妲爾吉亞已經衰弱得幾乎就要消失。雖然從肉眼看來，祂是被迷宮主人「咬住」的狀態，但瑪莉艾拉現在透過脈線感覺到、吉克透過「精靈眼」看到的樣子，並不是迷宮主人鬆開嘴巴就能解脫的狀態。

祂身為地脈管理者的力量以及祂的存在本身，都快要被迷宮主人吞噬了。

即使自己即將被吞噬而消失，選擇與心愛的人類共存的安妲爾吉亞恐怕也不會接納試圖毀滅人類，並將此地轉換為魔物領地的迷宮主人吧。

迷宮主人緊咬住安妲爾吉亞，甚至侵蝕地脈、漸漸與其合而為一，卻因為安妲爾吉亞否定且抗拒牠的意識而使其身體遭到灼燒與破壞。

迷宮主人的身體已經是失去四肢的淒慘模樣，剩下的軀幹卻只有沸騰的血液和碳化的殘破皮膚，或是被沸騰的體液撐得脹了起來。也許是體內的壓力變動得太過劇烈，牠的眼珠不是突出就是破裂，咬住安妲爾吉亞的嘴角還吹出陣陣血泡。

這個迷宮主人的模樣已經面目全非，就連原本是什麼樣的魔物都看不出來。

可是迷宮主人能透過與其合而為一的地脈吸收強大的力量。藉著收為己有的地脈之力，不論迷宮主人的傷勢有多麼嚴重都能立刻復原，然後又被相剋的能量立即破壞。形成永無止盡的破壞與再生。

承受這種地獄般的煎熬、不被接納的悲傷，迷宮主人究竟想得到什麼呢？

瑪莉艾拉覺得自己彷彿能透過連接著地脈的粗壯脈線，聽見迷宮主人的願望。

——一定要搶回來——

（就跟艾蜜莉他們讀過的那個故事——《安妲爾吉亞的故事》一樣……）

瑪莉艾拉想起了艾蜜莉等孩子們在「枝陽」讀過的《安妲爾吉亞的故事》。

魔物原本和精靈安妲爾吉亞與動物們過著寧靜的生活，卻因為獵人這個人類的到來而被逐出森林。

為了取回自己的容身之處，魔物們襲擊了獵人的村子。失去獵人的安妲爾吉亞非常悲傷，又因為保護孩子的強烈意念而將魔物驅趕至魔森林，讓牠們再也無法回到這片土地。

魔森林比人類統治的安妲爾吉亞王國還要遼闊許多，有充足的空間供魔物生活。就算不執著於這麼狹小的土地，牠們也能過著富足的日子。

聽到那個故事時，瑪莉艾拉是這麼想的。

可是，親眼見到迷宮主人的現在卻讓她改變了想法。

（魔物們想搶回來的不是這片土地，而是能跟安妲爾吉亞共同生活的一個位置吧……）

魔物之所以為魔物，據說是因為體內帶有魔石。

有人說魔石是由人世的汙穢與魔力凝聚而成，也有人說是汙穢的魔力凝聚起來才使魔物誕生，並在其體內形成魔石，而汙穢的來源就是人類。

汙穢來自於人類的惡意、憎恨、嫉妒、恐懼、憤怒、慾望。

又飢又渴、永遠不會滿足的「汙穢」所凝聚而成的魔物，無可救藥地痛恨人類。

要不是有人類，牠們就能變回較為溫馴的生物，和安妲爾吉亞與森林的動物們一起生活了。

魔物與人類無法共存。

魔物與人類一旦相遇，除非其中一方毀滅，否則就只能隔絕兩者。

安妲爾吉亞愛上獵人，選擇了人類。

既然如此就無法再與魔物共存。

可是，祂也不忍心消滅魔物，不忍心殺死昔日的同伴。

所以，祂選擇隔絕魔物，使魔物無法靠近獵人的村子與安妲爾吉亞王國。

這可以說是安妲爾吉亞的體貼。

可是，悲哀的魔物無法理解這份心意。牠們或許覺得自己是被拋棄、被剝奪的一方吧。

——一定要搶回來——

被趕出獵人的村子以後，牠們一直都在魔森林等待機會。牠們不分種族，共同繼承了過去那段模糊的快樂回憶。

——一定要搶回來，一定要搶回安妲爾吉亞——

現在也一樣，悲哀的魔物仍一心懷抱著襲擊村子當時的感情，緊咬安妲爾吉亞，試圖與地脈合而為一。

瑪莉艾拉等人完全沒有料到迷宮主人會是這副模樣，啞口無言地佇立在原地；此時安妲爾吉亞就像是突然從昏睡中甦醒似的，睜開了眼睛。

祂的眼瞳和吉克的「精靈眼」同樣是綠色，只有左眼睜開。可是那隻眼睛光是睜開就彷彿冬日的枯木長出嫩綠的新葉，充滿了溫柔的色彩。

——你們好不容易才抵達呢，我心愛的孩子們——

對活過悠久歲月的精靈安妲爾吉亞而言，不論是擁有「精靈眼」的吉克、透過脈線連結的瑪莉艾拉，或是萊恩哈特與迷宮討伐軍的每一名士兵，以及居住在這片土地的所有人類，全都同樣是自己的孩子。祂的臉上掛著充滿慈愛的表情，平等地對所有人微笑。

就像是為孩子的成長感到喜悅的安妲爾吉亞雖然對所有人微笑，隨後卻又露出非常悲傷的灰暗表情，望向緊咬自己的迷宮主人。

——這孩子已經……不，從兩百年前的那一天開始就已經沒有任何意識了——

也許是因為在魔森林氾濫（魔物暴動）的那個瘋狂日子吞食人類與魔物同伴，得到超越個體之力的代價，或是在長達兩百年的歲月中反覆承受再生與破壞的緣故；迷宮主人只剩下「想搶回安妲爾吉亞」的感情殘渣，並不明白往後的自己不會有與安妲爾吉亞共同生活的一天。

失去手腳與軀體，只能咬著安妲爾吉亞的這隻殘缺魔物——迷宮主人除非殺死安妲爾吉亞，取代祂成為地脈主人，否則沒有其他生存機會。假設牠能成為地脈主人，已經損傷到不留一絲意識的牠真的能承擔這個職責嗎？

——請你們讓這個可憐的孩子解脫吧——

安妲爾吉亞先是看著血統與祂所愛的獵人最接近的吉克蒙德，然後注視帶領眾人戰鬥至今的萊恩哈特，說出祂的願望。萊恩哈特強而有力地點頭，回應祂的願望，然後定睛注視著自己的宿敵——迷宮主人。

「真是悲哀啊……我們的宿敵竟然是這樣的東西……」

面對無力戰鬥、除了啃食安妲爾吉亞之外別無他法的迷宮主人，萊恩哈特如此低聲說道。

看到這隻悲哀的魔物即使化為這副模樣也要搶回安妲爾吉亞，令人不禁萌生類似憐憫的感情。

「吉克蒙德啊，讓牠從因果中解脫，拯救精靈安妲爾吉亞吧。」

「是。」

吉克蒙德回應萊恩哈特的呼喚。

自己就是為了這個職責，才會取回「精靈眼」並來到這裡吧。
身在這個地方的吉克蒙德如此確信。
「吉克，用這個吧。」
「謝謝妳，瑪莉艾拉。」
瑪莉艾拉把放在木盒裡的一支箭交給吉克。
這是師父交代「留到最後再使用」，綁在奔龍身上的東西。
使用的時機一定就是現在。
連金屬箭頭都沒有的這支木製箭矢是用「枝陽」的聖樹削製而成。
師父對聖樹精靈——伊露米娜莉亞說話，祂便掉下一根樹枝，由吉克親手把樹枝削成一支箭。
精靈安姐爾吉亞是森林精靈的女王，同時也是聖樹精靈的女王。
所以這支箭不會傷害安姐爾吉亞。
只要由擁有「精靈眼」的吉克來使用，應該就能單獨打倒漸漸與祂同化的迷宮主人。
吉克使勁拉弓。
在吉克的「精靈眼」引導之下，精靈們聚集而來。
為的就是拯救精靈女王——安姐爾吉亞。
（精靈安姐爾吉亞啊，是祢引導我到這裡的嗎……）

吉克在心中對安妲爾吉亞發問。

吉克想知道，瑪莉艾拉之所以在自己被移送到迷宮都市的那一天甦醒，究竟是不是由於祂的引導。

不只是邂逅瑪莉艾拉的事。以奴隸身分被身為主人的商人兒子帶到魔森林的時候，森林精靈的引導救了他一命；「精靈眼」被飛龍弄瞎的那個瞬間，箭矢偶然打倒了飛龍；這一切都讓吉克認為冥冥之中似乎有某種神祕的力量正在引導他。

如果真是如此。

如果與瑪莉艾拉相遇的事都是安妲爾吉亞或地脈的意志。

（我由衷感謝祢的引導，感謝命運讓我遇見瑪莉艾拉——）

吉克蒙德拉滿弓弦，在箭矢中灌注自己所有的魔力與深深的感謝。

見到這一幕的人都不約而同地心想，吉克的箭就像是被一道彩虹般的光芒包圍著。

精靈想要拯救安妲爾吉亞、拯救森林精靈女王的意念與力量在「精靈眼」的強化之下，凝聚於吉克搭起的箭矢。

人的肉體難以掌控這麼強大的力量，使得歷經多場戰鬥的虛弱身體超越了極限，關節、肌肉和骨骼都發出痛苦的哀號。

（唯獨這一箭，我必須撐住……）

吉克撐過了嚴酷的奴役，也撐過了在這座城市修練的日子。誠實面對自己的吉克所鍛鍊而成的肉體確實回應了他的願望，不愧於世代傳承的獵人血統，射出漂亮的一箭。

聖樹之箭就像一顆巨大的彩虹色彗星，帶著光芒向前飛去。以正確的姿勢射出的這一箭灌注了精靈們的力量，必定能命中目標。命中緊咬安妲爾吉亞的迷宮主人。

——一定要搶回來——

——已經沒關係了，回去吧。大家都在等你——

這或許是魔物與安妲爾吉亞的對話吧。

——大家……？——

——你一直很寂寞吧，已經沒事了。來，快回到大家身邊吧——

吉克射出的精靈之箭散發著強烈而溫柔的光芒，擁抱了迷宮主人；迷宮主人就像被溫暖陽光融化的積雪一般，在眩目的光芒之中輕輕消散。

——我……可以回到、大家的……身邊——

明亮又耀眼，但不會刺痛眼睛的光輝帶著滿滿的溫柔，與迷宮主人一起消失無蹤。剩下的寧靜光芒之中，只有精靈安妲爾吉亞在溫暖光輝的環繞之下露出柔和的微笑。

03

——謝謝你們，我心愛的孩子們……看看你們，每個人都成長得如此茁壯。明明經歷了那麼多痛苦的事，啊，多麼堅強又溫柔的心呀——

安妲爾吉亞慢慢地望著吉克、萊恩哈特、瑪莉艾拉、迪克、尼倫堡與抵達此處的每一個人。慈愛地注視每一張臉之後，安妲爾吉亞將視線移到吉克身上。

——那隻眼睛就跟那個人一模一樣，是美麗的藍色。你吃了特別多的苦頭呢，繼承了精靈之眼……繼承了吾眼的愛子。另外，親愛的孩子們，我要將這個託付給贏得未來的你們……——

安妲爾吉亞對吉克伸出手，一顆散發暗沉光芒的黑色珠子便浮現在吉克眼前。

「這是……？」

——這是「迷宮核心」，也是地脈管理者的力量結晶。雖然我也想繼續守護你們，但我已經失去了力量。所以，請把它交給擁有力量、能夠繼承吾位的聖樹精靈吧。它現在遭到魔物的瘴氣汙染，但總有一天會淨化，再次守護這片土地——

就像是凝視著珍愛的孩子，安妲爾吉亞的臉上浮現慈祥的微笑。祂的眼神彷彿要在生命的最後一刻將他們的容貌烙印在眼裡、刻劃在心裡。

迷宮核心是地脈管理者的力量結晶。長年被迷宮主人吞噬，存在愈來愈薄弱的安妲爾吉亞已經沒有多餘的力量維持精靈的身分。

自從迷宮誕生，這兩百年來的安妲爾吉亞一直忍受著迷宮主人的侵蝕，等待這一天的來臨。

早在遠比兩百年前更久遠的時代，安妲爾吉亞便一直守護著這片土地與人們。

連如此深重的慈悲與恩情都無法報答，居住於此地的人類就要失去安妲爾吉亞，失去如同母親的精靈了嗎？

吉克蒙德拿起迷宮核心，回頭望著萊恩哈特。

他們還有唯一一個方法能拯救安妲爾吉亞。這個方法伴隨著龐大的代價，只有在這片土地持續奮戰、守護人民至今的休森華德邊境伯爵家之子——萊恩哈特有資格作決定。

在吉克蒙德的注視之下，萊恩哈特靜靜點頭。

「瑪莉艾拉啊，跨越兩百年時光的鍊金術師啊……拯救精靈安妲爾吉亞吧。現在就以迷宮核心為材料，製作鍊金術的精髓——『聖靈藥』吧。」

聖靈藥——

傳說中的祕藥、至高無上的靈藥。

不論多麼嚴重的傷勢或疾病都能立刻治癒的頂級魔藥。

其難度是無人能及的境界。至於材料——

萊恩哈特、吉克與瑪莉艾拉在遠征的前一刻從「炎災賢者」芙蕾琪嘉口中聽說過。

「現在的瑪莉艾拉還做不出來。可是已經沒有時間了，所以還是要帶瑪莉艾拉一起去。不管情況如何，沒有她在就無法鍊成。別擔心，就差一點了。只要在路上多多鍊成魔藥，應該就來得及。」

亞格維納斯家花費上百年累積的地脈碎片，大部分都已經在遠征前做成特級魔藥或特級再生藥，但材料還有剩。瑪莉艾拉在這場遠征使用「藥晶化」的各種魔藥材料，不停地製作瑪那魔藥和其他不足的魔藥。

就算帶來的地脈碎片已經耗盡，她還是使用途中取得的地脈碎片製作了一瓶又一瓶的魔藥。瑪莉艾拉一個人就做出數以萬計的魔藥，幾乎是一座城市花費百年以上的產量。

經過長久以來的鑽研與磨鍊，鍊金術師（瑪莉艾拉）是否已經達到前無古人的巔峰了呢？

可是，即使鍊金術師（瑪莉艾拉）已經達到那個境界，沒有材料也無法鍊成傳說中的魔藥——聖靈藥。

迷宮核心是地脈管理者的力量結晶。

只要確實交給擁有力量的精靈，淨化其中的汙穢，這座迷宮都市就能像過去的安妲爾吉亞王國一樣，成為不受魔物侵擾的安居之地。

而這股力量如果落入人類手裡，究竟能發揮多麼強大的魔力呢？

聖靈藥的材料就是迷宮核心。用掉它就等於是放棄永久的和平，以及強大的力量。

可是萊恩哈特沒有一絲猶豫，命令瑪莉艾拉鍊成聖靈藥。

「長久的安逸會造成墮落，過強的力量會招來毀滅。不懂得精益求精，我們就無法存續。迷宮都市是屬於我們人類的城市，當然要由我們人類來守護。」

連同萊恩哈特的決心，吉克將聖靈藥的材料——迷宮核心交給瑪莉艾拉。

迷宮核心被瑪莉艾拉用雙手捧起，雖然被汙穢染成黑色，卻還是散發著不滅的光輝。它彷彿象徵了人們永不屈服於任何絕望的堅強。

「這就是迷宮核心……那、那個……我……」

瑪莉艾拉注視著雙手之間的迷宮核心，然後重新面向吉克與萊恩哈特。她就像是下定了某種決心，表情十分嚴肅。

「其實我……還沒辦法做出聖靈藥……！」

「咦？」

「咦咦！」

吉克與萊恩哈特不禁懷疑自己的耳朵。

瑪莉艾拉垂下脖子說道：「怎麼辦……」

對於如何處置迷宮核心的問題，萊恩哈特經歷好幾次自問自答，充分考量過各種因素，卻從來沒有料想到這個情況。

這下怎麼辦？

連平時總是冷靜沉著的萊恩哈特都用這種表情看著吉克蒙德。

雖然吉克過去老是被瑪莉艾拉的少根筋拖下水，卻也萬萬沒想到她會到了這個緊要關頭還做不出聖靈藥。

吉克以同樣不知所措的表情回望著萊恩哈特。

明明是無言以對的沉默狀況，彼此的想法卻完全寫在臉上，任誰都看得出來。

「抵達迷宮主人的樓層之後，瑪莉艾拉就能學會製作聖靈藥了啦，別擔心別擔心～輕輕鬆鬆啦～」

早知道就不該傻傻地相信爛醉賢者說的這番話了。因為她明明常在爛醉之下胡言亂語，又好像看穿了未來的一切，總是能掌握關鍵的重點，所以讓人忍不住相信她。

「嗚嗚……真不該相信師父說的話……師父果然只是個無賴……」

瑪莉艾拉在一臉疑惑的兩人旁邊沮喪地垂下頭，心想早知如此就不該聽信師父所說的話，而是在開始練習做特級魔藥的時候珍惜使用每一個地脈碎片。

「嗚嗚，不行了，完蛋了。這全部都是師父的錯……」

直到不久前，瑪莉艾拉內心的師父都還帶著壯烈犧牲的氛圍，以帥氣的英姿獨自留在迷宮五十八樓，現在卻漸漸替換成平常那種喝個爛醉的糜爛形象了。

因為師父在那個瞬間的形象太過正面，所以造成的反彈相當劇烈。

感覺就好像這個世上所有的不幸全都是師父的錯。因為事態嚴重，瑪莉艾拉幾乎快要哭出來了。

「師父這個無賴——！老是亂說話——！我要妳負責——！」

瑪莉艾拉對自己的疏忽避重就輕，開始咒罵師父。這種行為跟鞭屍一樣惡劣，簡直是有其師必有其徒。

這個時候——

「妳說誰是無賴啊，蠢徒弟！」

「唔咦？師父！」

為了拯救愛徒瑪莉艾拉與迷宮都市的大危機，「炎災賢者」芙蕾琪嘉趕來迷宮的最深處了。

「師、師父？師父——！妳、妳沒事嗎？」

瑪莉艾拉太過驚訝，又哭又叫地對師父的平安表達喜悅。芙蕾琪嘉的衣服到處都有燒焦的痕跡，但似乎沒有什麼嚴重的傷。

「這不是『炎災賢者』閣下嗎？面對那麼多敵人還能平安無事，真是太了不起了。」

她面對無數的死人竟然還能存活下來，甚至毫髮無傷地抵達這裡。就連萊恩哈特都對芙蕾琪嘉的造訪感到又驚又喜。

「啊～好啦好啦。瑪莉艾拉，妳冷靜一點。其實啊，大部分的死人都已經化為屍蠟了，所以我只放幾次火，他們就自己熊熊燃燒了起來。我覺得難以呼吸，就跑去稍微高一點的樓層避難，所以稍微來晚了。」

這段說明讓眾人的感謝之意一口氣少了一半。「炎災賢者」的火屬性精靈魔法確實很驚人。穿越樓層之後還能感覺到背後的衝擊波，使迷宮討伐軍感到不寒而慄。

可是數量依然不容小覷。特別是對付沒有痛覺的死人群，魔力一旦耗盡，他們就會像雪崩一般湧來，將對手吞沒。

（屍蠟……據說沒有腐敗的屍體會變成蠟狀。是因此而延燒的嗎……）

死人數量眾多，而且全都爭相擠向狹窄的樓層階梯，所以燒到一部分的火焰才會接二連三地擴散，形成火之祭典般的盛況。

「按照師父的個性，應該有從上面的樓層朝樓層階梯送風吧。」

「哦，瑪莉艾拉真聰明～」

師父很喜歡火魔法，所以使用水魔法的技術很差，煽動火焰的風魔法倒是用得很順手。魔法的選擇是以火力為主，很符合師父的個性；總之為了把熊熊燃燒的死人徹底燒個精光，她跑到比較安全的樓上，勤奮地供給氧氣給樓下。該說真不愧是賢者嗎？不，應該說「炎災」的稱號果然不是浪得虛名。不論如何，她實在是讓人提不起勁稱讚。

「雖然我很想祝賀妳的平安，但我們遇到了一個難題。」

周圍的氣氛一口氣變得鬆懈，萊恩哈特卻能將焦點拉回正題，真是不簡單。

「我知道，是瑪莉艾拉的經驗值不夠吧？」

「師父……妳早就知道了嗎？」

「呵呵，所以我才會過來啊。我來這裡就是為了把我所有的鍊金術經驗值轉讓給瑪莉艾拉。」

「轉讓……經驗值？」

「沒錯。和地脈牽起脈線的時候，我不是有轉讓經驗值給妳，把妳從地脈帶回來嗎？這也是同樣的應用。本來待在肉體裡的期間是不能轉讓的，可是這裡非常接近地脈。在這裡的話，就算不變成靈體，我也能把經驗值全部轉讓給瑪莉艾拉。」

師父輕輕一笑，這麼說道。

「可、可是，要是那麼做，師父就再也不能做……」

再也不能做魔藥了。瑪莉艾拉這輩子都在製作魔藥，甚至從鍊金術裡找到自己的存在意義，所以這對她來說是難以忍受的犧牲。

看到瑪莉艾拉感同身受地扭曲表情，師父這麼說：

「不，我本來就沒在做魔藥啊。因為很麻煩嘛。」

她非常乾脆地答道。

（對喔……所以師父只做得出中階……）

因為她平常總是高高在上地擺出師父的架子，教瑪莉艾拉學會許多知識，所以瑪莉艾拉以為她是鍊金術的師父；原來「炎災賢者」芙蕾琪嘉不只懂鍊金術，而是綜合各種領域的師父型人才。

「好吧，我明白了。拜託妳了，師父。」

因為師父的天外飛來一筆，氣氛稍微緩和了下來，但現在的時間非常緊迫。這段期間內，安妲爾吉亞的存在變得愈來愈淡薄，就快要消失了。

「嗯，妳就收下吧，瑪莉艾拉。」

師父用雙手握起瑪莉艾拉拿著迷宮核心的雙手，以額頭輕靠瑪莉艾拉的額頭。

「『吾智吾識，授予吾徒。傳承吧，依循師之引導』。」

瑪莉艾拉還以為過程會像過去經歷好幾次的「轉寫」一樣，伴隨著疼痛，但經驗值的轉讓是非常柔和又溫暖的感覺。就像是和師父牽著手一起回家的童年時光，瑪莉艾拉被一股寧靜的暖流包圍全身。

「結束了，這些就是我能給妳的所有經驗值。」

「師父……」

師父是個很溫柔的人。雖然她很愛喝酒又我行我素，是個老是胡鬧的麻煩製造者，卻對瑪莉艾拉這種除了鍊金術之外什麼都不會的孩子灌注了滿滿的愛，是個很棒的人。

她一個人在迷宮深處阻擋死人群，替大家指引方向；明明面臨非常可怕又危險的狀況，她卻輕而易舉地脫離險境。

而現在，她又在巧妙的時刻趕來解除瑪莉艾拉的危機。
明明什麼都知道，卻什麼家事都不會做，有時候甚至笨拙又冒失。
所以……所以就算發生這種事，瑪莉艾拉也一點都不意外。
瑪莉艾拉帶著莫名豁達的心境，對師父這麼叫道：
「師父！還差一點點經驗值才夠！」

04

「咦咦咦咦咦！」
被譽為「炎災賢者」的偉大師父——芙蕾琪嘉明明察覺徒弟的危機，在完美的時機帥氣登場，甚至集眾人的期望於一身，做出轉讓經驗值這種帥氣的事，瑪莉艾拉卻還差一點點經驗值才能學會聖靈藥。
「等等……為什麼？騙人的吧！」
「我才沒有騙人，師父！都是因為師父嫌麻煩，荒廢鍊金術的關係啦！嗚哇——！該怎麼辦！」
「咦咦～經驗值還差多少？」

「呃……大概一瓶特級魔藥吧？」

鍊金術師徒慌張得手足無措。

因為一連串意料之外的發展，萊恩哈特、吉克蒙德和化為觀眾的迷宮討伐軍士兵都啞口無言地看著這一切。

安妲爾吉亞甚至遙望著遠方，靜靜地變得愈來愈淡薄。

大事不妙。再這樣下去，安妲爾吉亞真的要消失了！

「還差一瓶？藥晶還有剩吧？那就只缺地脈碎片了！你們聽好了！我就是說你們，各位士兵！所有人！原地跳躍——！」

師父以非常凶狠的表情這麼叫道。也許是因為師父的威嚴，或是健壯的士兵們想起自己還是個小菜鳥的時候被流氓冒險者搶劫的昔日回憶，眾人立刻變得像是某種邊境部族，手舞足蹈地在原地跳躍。隨著跳躍的動作，零錢叮叮噹噹地在地上彈來彈去。

簡直是一片混亂。因為在場的人都是勉強還能戰鬥的士兵，所以士兵和零錢都很有精神地跳啊跳，實在令人無言以對。

他們可不是為了表演這齣鬧劇才特地治療士兵的。尼倫堡推了推眼鏡，同時翻起口袋，試圖尋找可能剩下的地脈碎片。沒有傻傻地跟著一起跳的人，只有不會撿拾素材的萊恩哈特，以及剛才打倒迷宮主人而耗盡體力與魔力，意識模糊地癱坐在瑪莉艾拉身邊的吉克而已。

就連瑪莉艾拉都在跳，試圖抖出僅剩的素材；以為這是什麼遊戲的奔龍和牠頭上的火蠑螈也發出「嘎嘎」、「嘎」的叫聲，一起跳個不停。

明明已經製造出這片混亂，最重要的地脈碎片卻連一顆也沒有掉。來到最深的這個樓層之前，為求準備完善，僅存的所有地脈碎片都已經製成魔藥，當然不可能有剩了。

他們正在浪費時間的時候，安妲爾吉亞的存在變得愈來愈淡薄。

明明就差一點，就差一點點了……

「啊～怎麼辦！」

真的快要哭出來的瑪莉艾拉急得大叫，癱坐在地的吉克也慌慌張張地摸索自己的口袋。

這個時候——

『妳真的很冒失耶。』

「……！林克斯？」

瑪莉艾拉覺得自己彷彿聽見了林克斯的聲音。

因為驚訝，瑪莉艾拉回過頭。轉身的動作牽動了林克斯以前送給瑪莉艾拉的項鍊，使鍊子應聲斷裂。

叩、叩叩。

水滴形的機關墜子在迷宮的地面上彈跳。

「啊！我的項鍊……！」

瑪莉艾拉趕緊跑過去撿起來，發現以前一直打不開的機關墜子已經開啟，一顆地脈碎片從中滾了出來。

這條項鍊是瑪莉艾拉剛來到迷宮都市不久的時候，從林克斯那裡收到的禮物。因為墜子是由複雜的工藝機關組成，瑪莉艾拉怎麼弄都打不開。

林克斯為了惡作劇而把地脈碎片鎖進裡頭，就連瑪莉艾拉和吉克都漸漸忘了墜子裡還裝著東西。

即使如此，瑪莉艾拉還是把它當成林克斯的遺物，總是隨身戴著。

「林克斯……」

剛才聽到的聲音是瑪莉艾拉的幻覺嗎？

還是因為這個地方很接近地脈，所以林克斯引發了奇蹟呢？

瑪莉艾拉手中的地脈碎片無法給出答案，但它所帶來的感覺比過去接觸過的任何地脈碎片都更令人懷念。

這個碎片就是最後的拼圖。

如此一來就能抵達那個境界——

「瑪莉艾拉，那條項鍊是……」

「嗯，吉克。一定是林克斯來幫我們了。」

由於出乎意料的發展，停止跳躍的迷宮討伐軍士兵、萊恩哈特以及吉克都對林克斯帶來的奇蹟驚訝得睜大眼睛。瑪莉艾拉在他們的注視之下把迷宮核心暫時交給吉克保管，然後對林克斯給予的地脈碎片灌注力量。

她已經反覆進行無數次特級魔藥的鍊成步驟。

這次的鍊成就等同於最後的里程碑。

「『鍊成空間』。」

（剛學會特級魔藥的時候，我還把「鍊成空間」做得太堅固，經常浪費魔力呢。）

瑪莉艾拉回想起師父剛來的那段時光，展開「鍊成空間」。

不知為何，師父在視野一角擺出「我早就知道了」的表情，但現在還是假裝沒看到好了。瑪莉艾拉把頭轉到別的方向，以稍微美化過的師父形象重新播放當時的記憶。

要讓地脈碎片溶入「生命甘露」就需要高溫高壓的環境，但並不是只要拚命加壓就行得通。

地脈碎片是在魔物的體內形成，可以說是生命力的結晶。所以，其中殘留著魔物的意識，特性也會被宿主主要的生態與習性所左右。

有些容易在高溫下溶化，有些偏好劇烈的壓力變化，有些需要加壓而不是加溫——只要對「生命甘露」灌注魔力，配合這些偏好來調整環境，溶解的過程就會順利得令人驚訝。

（這孩子以前是什麼樣子呢？）

林克斯曾說過，這個地脈碎片是他從帝都返回迷宮都市的路上打倒魔物才拿到的。

（林克斯是對付什麼魔物，又是怎麼戰鬥的呢……）

瑪莉艾拉懷念著林克斯，同時向地脈碎片發問，探索它的過去。

在那之後，瑪莉艾拉不知道鍊成了多少特級魔藥。

經歷無數次的鍊成，瑪莉艾拉愈來愈懂得探索地脈碎片的個性了。而且繼承了師父的經驗值以後，現在瑪莉艾拉的鍊金術技巧只差一點點就能達到至高無上的境界。

最近瑪莉艾拉總是努力製造大量的魔藥，幾乎是下意識地配合地脈碎片的個性，但只要試著集中精神就能對素材的狀態瞭如指掌。瑪莉艾拉本來就能得知藥草的狀態和經歷過的處理，現在甚至能透過地脈碎片得知宿主生前的記憶。

（啊……這是狼型的魔物。因為體內突然湧現地脈碎片的強大力量，所以壓抑不住奔跑的衝動。其他同伴也都大同小異，也有更凶暴的同伴……然後牠襲擊林克斯等人，就被打倒了。）

這個地脈碎片是來自黑死狼。雖然也有同伴進化成人狼，卻只有這個個體在體內形成地脈碎片。既然是狼，只要模仿在森林中奔馳的情境，急速提高溫度與壓力就行了。

（黑死狼雖然強，但並沒有強到會產生地脈碎片。真稀奇，牠到底吃了什麼？）

『好想奔跑，好想衝刺，再快一點，更快更快。』

瑪莉艾拉使「生命甘露」的溫度與壓力產生劇烈的變化，實現地脈碎片的這個願望，然後進一步挖掘它過去的經歷。

（……這些狼襲擊了商隊……好慘，每個人都瘦成這樣，連像樣的裝備都沒有……

咦……那個人是……）

瑪莉艾拉從手中的地脈碎片抬起頭，注視著吉克。

這個地脈碎片的宿主是林克斯打倒的黑死狼。而這隻黑死狼是黑狼襲擊了某一支商隊後進化而成的魔物。

從地脈碎片流出的記憶向瑪莉艾拉傳達了那場襲擊的情況。成群的黑狼襲擊了商隊，一個男人趁著牠們啃食可憐的犧牲者時跳上奔龍，逃離了現場。雖然他駕著奔龍拚命逃跑，卻因為救起一個身穿笨重鎧甲的男人，讓他騎在後方，所以在轉眼間就被緊追不捨的黑狼縮短了距離。

黑狼一口咬住男人的左腳，扯下一塊小腿的肉。

濃烈的血腥味撲鼻而來，整個口腔塞滿了受精靈所愛而富含力量的人肉。

（這隻狼吃掉的人肉是……吉克的……）

吉克還是債務奴隸的時候，曾被自己的主人——商人的兒子帶到魔森林，因此遭到黑狼襲擊，腿部受了嚴重的傷。

他受到精靈青睞，成為「精靈眼」的宿主，又有著天生過人的資質；吃下他的一小塊肉使黑狼得以進化為黑死狼，甚至在體內形成地脈碎片。

進化為人狼的是吃掉好幾個可憐債務奴隸的其他個體，但只有吃掉吉克的肉的這隻黑死狼吸收到許多「生命甘露」，充滿世界的能量便在牠的體內形成了地脈碎片。

然後過了約一個月，人狼與黑死狼被行經魔森林的黑鐵運輸隊打倒，地脈碎片因此回到吉克身邊，也就是瑪莉艾拉的手上。

為了在此刻成為通往未來的最後一片拼圖。

多麼奇妙的緣分啊。簡直像是打從一開始就註定了。

（不，不對。這絕對不只是命運。）

瑪莉艾拉一邊製作魔藥，一邊重新面對現在的自己。

我就是為了現在這一刻，才會從魔森林氾濫（魔物暴動）中倖存，然後在兩百年後甦醒的——瑪莉艾拉這麼想。

可是她會來到這裡，毫無疑問是根據自己的意志。

她明明可以畫出假死魔法陣，和師父與吉克三個人一起逃走。

即使知道有這個選擇，瑪莉艾拉還是來到了這裡，來到了迷宮最深處。

而且……瑪莉艾拉定睛看著吉克。

在鍊成的途中被瑪莉艾拉注視，雙手拿著迷宮核心的吉克疑惑地回望瑪莉艾拉。為了打倒迷宮主人，他超越自我的極限，遍體鱗傷的身體就連想要站起來都有困難。

「吉克，你總是傷痕累累呢。」

「嗯……？啊，抱歉。我再休息一下就可以繼續保護妳了。」
「不是的，我是說你很努力。一路以來，你真的很努力。」
瑪莉艾拉知道吉克究竟付出了多少努力。
不論有多麼煩惱、多麼悔恨，他都沒有停下腳步，和瑪莉艾拉一起來到這裡。
就算變得如此傷痕累累也在所不惜。
「因為吉克一直努力不懈，我也才能走到這裡。」
雖然師父的覺醒和引導都像是依循著既定的命運。可是——
（光靠命運，肯定是不夠的。）
吉克的努力，以及瑪莉艾拉與吉克一同走來的足跡，絕對不是既定的道路。
「『藥效固定』。」
瑪莉艾拉結束特級魔藥的最終鍊成步驟。
完成特級魔藥的同時，瑪莉艾拉知道自己終於走完自己所選擇的修練之路，達到鍊金術的巔峰。

現在，瑪莉艾拉能夠鍊成傳說中的魔藥——聖靈藥。

瑪莉艾拉知道，自己這次終於學會鍊成聖靈藥了。

順帶一提，剛才完成的特級魔藥已經由吉克喝下。

他將「精靈眼」使用到極限，已經累得站都站不起來，全身上下的肌肉恐怕都有撕裂傷，卻還客氣地說「我沒事的」，所以瑪莉艾拉「嘿」的一聲把魔藥灌進吉克的嘴裡，讓他咳著喝了下去。

（初次相遇的那天，我們好像也做過同樣的事……）

從林克斯送的項鍊開始，瑪莉艾拉一直在回想往事。

瑪莉艾拉懷念地憶起甦醒以來的日子，再次從吉克手中接過迷宮核心。

聖靈藥的做法並沒有記載在「書庫」。

可是其實不需要做法。

究竟該怎麼做，現在的瑪莉艾拉很清楚。手中的迷宮核心會告訴她。

「我要開始了。」

瑪莉艾拉如此宣告，緩緩展開「鍊成空間」。

迷宮核心是純粹且高密度的能量集合體。身為迷宮主人的魔物散發的瘴氣滲進裡頭，使它帶著黑色的汙穢。首先必須去除這些汙穢。

（去除汙穢……？不對，應該是要讓它回歸。）

如果形成魔物的汙穢是人類所產生的，那就是人類的一部分。既然如此，便可以讓它回歸原處。

「『生命甘露』。」

瑪莉艾拉在包圍迷宮核心的「鍊成空間」裡灌滿「生命甘露」，迷宮核心便像飢渴的野獸喝光泉水般地吸收「生命甘露」，以比不上吸收量的速度緩緩膨脹。

瑪莉艾拉汲取遠比迷宮核心所吸收的量還要多的「生命甘露」，同時慢慢降低壓力與溫度。

慢慢降低，慢慢降低。

彷彿描繪平滑曲線的操作過程非常精密，考驗鍊金術師處理迷宮核心的技術。溫度或壓力都不允許有一丁點的誤差。

可是對瑪莉艾拉來說，這根本不是問題。像這樣的操作，她從小就重複了幾千、幾萬次。

當壓力低於世界最高的山峰，溫度低於北方盡頭的空氣時，迷宮核心突然染上一片漆黑。而下一個瞬間，黑白頓時反轉，迷宮核心倏然化為純白色。

接著，瑪莉艾拉持續調整溫度、壓力與空氣，配合充分吸收「生命甘露」而膨脹的迷宮核心。

處理的程序就像天上的繁星那麼多，每一步都不能出差錯。

細膩且精密的鍊金術技巧應用了無限多的基礎知識。

只有一輩子致力於製作魔藥的人才能辦到，可謂鍊金術的巔峰。

灼熱無比的熔岩在火山口深處翻騰。

無人能及的海底裂痕，深入海溝的萬丈深淵。

位於遙遠的地心，高溫高壓的太古之地。

就像是巡迴世界的每一個角落，鍊金術師（瑪莉艾拉）漸漸改變「鍊成空間」，改變她的世界。

迷宮核心的顏色與大小隨之改變，在不知不覺間化為液體，飄浮在「鍊成空間」之中。

血液的鮮紅、落日的深紅、秋日樹林的一片火紅。

春日嫩葉的鮮綠、清透玉珠的碧綠、魔森林樹木的深綠。

即將入夜的天空之藍、無邊無際的海之藍、吉克那隻眼睛的蒼藍。

瑪莉艾拉手裡的迷宮核心像雲一樣變得稀薄又龐大，體積的膨脹力向卻又突然反轉，急速縮小到樹木果實般的尺寸。

原本能感覺到的質量與光芒一同消失無蹤，以為已經消失的質量卻又像新綠萌芽般逐漸增加。

月亮的白銀、火焰的黃金、螢火的冷光、暗夜的雷光。

淡雅、猛烈、溫柔、嚴酷。顏色與光芒不斷變化，沒有固定的型態。

過程彷彿以快轉的速度看著世界的變遷。

迷宮核心——已經足以稱之為地脈核心的它不斷變化的過程，或許就是這片土地的記憶。

「啊，這道地脈真是豐饒又美麗啊。」

在一旁看著愛徒的成長與聖靈藥的鍊成，身為師父的芙蕾琪嘉不禁對地脈核心的變遷發出讚嘆的低語。

這句話就像是結束鍊成的口號，傳說中的祕藥——聖靈藥此刻終於在鍊金術師瑪莉艾拉的手中完成。

「我……完成了。」

瑪莉艾拉吐出一大口氣，將「鍊成空間」中的發光液體遞給精靈安妲爾吉亞。

「這就是……聖靈藥。」

「簡直就像是地脈的光輝。」

在萊恩哈特和吉克的注視之下，精靈安妲爾吉亞看著聖靈藥，以及瑪莉艾拉、萊恩哈特、吉克等每一個人類。

——這樣真的好嗎？如果救了我，聖靈藥如此稀有的祕藥就會消失。即使藉著聖靈藥存活，這副衰弱的身體也無法再繼續管理地脈了。回歸精靈身分的我將無法再顯現於人世，只剩下默默守望、照耀著你們的微弱力量——

聽到安妲爾吉亞的問題，瑪莉艾拉回頭望著萊恩哈特、迪克、尼倫堡、迷宮討伐軍的士兵們、吉克和師父芙蕾琪嘉。

所有人都用平靜的表情對瑪莉艾拉與安妲爾吉亞點頭。

「雖然我們有時候會遲疑或犯錯，但只要有祢在這種時候稍微照亮前方的道路，那就足夠了。我們一定能靠自己的力量，繼續走下去的。」

瑪莉艾拉這麼說道，將聖靈藥連同「鍊成空間」一起遞給安妲爾吉亞。

——謝謝你們——

安妲爾吉亞觸碰聖靈藥的瞬間，瑪莉艾拉等人所在的迷宮第六十樓立刻充滿柔和又溫暖的光之奔流。

來自安妲爾吉亞的這道光芒正要淹沒瑪莉艾拉等人的視野時，瑪莉艾拉看見安妲爾吉亞帶著微笑注視著某個人。

——這群孩子們的引導者啊，謝謝——

安妲爾吉亞的這句話應該只有受到感謝的本人，以及最靠近安妲爾吉亞的瑪莉艾拉有聽見。

（祂在對誰說話……？吉克？不對……）

瑪莉艾拉還沒有追上安妲爾吉亞的視線，四周就被光芒包圍了。

耀眼的光芒消失後，迷宮第六十樓便化為空無一物的普通洞窟。

現在已經感覺不到原本很近的地脈，只看得到陰暗的洞穴底部。

在一片漆黑的洞窟內，只有守在奔龍頭上的火蠑螈就像一盞小小的燈火，照耀著瑪莉艾拉等人。

「結束……了嗎？」

萊恩哈特自言自語似的低聲說道。

四周突然暗下來，眾人的視線自然集中到唯一明亮的火蠑螈和奔龍身上；突然受到矚目的奔龍好像也不知道該怎麼辦，發出「嘎嗚～？」的叫聲。

聽到這個可愛的叫聲，牠頭上的火蠑螈這麼回應：

「嘎嗚嗚——回去吧！」

「火蠑螈……說話了！」

聽到火蠑螈突然說了人話，瑪莉艾拉非常驚訝。

「這樣啊……這裡已經成為人的領域，變回我們的土地了吧……」

得知兩百年來的夙願終於實現，萊恩哈特回頭望著與他一同來到此處的士兵們，這麼宣言：

「回去吧，各位！我們的夙願此刻終於實現！這片土地已經是我們的了！」

萊恩哈特暫時停頓，然後深吸一口氣。

「勝利，是屬於我們的！」

萊恩哈特如此吶喊，同時高高舉起拳頭。緊接著，在場所有人的歡呼響徹了這個樓層。

「哦哦哦！」

「回去吧！凱旋而歸！」

「我們贏啦！回去辦慶功宴吧！」

「喝酒～！我要喝光整座酒窖！」

「……師父，妳幹嘛跟著湊熱鬧啊。」

「嘎嗚！」

歷經兩百年的歲月，這場充滿苦難的戰役終於在今天宣告結束。

終章

倖存鍊金術師將會……

3pilogue

01

自從那天以來，慶祝勝利的宴會持續了三天三夜。

傳令兵帶著萊恩哈特贏得勝利的捷報，立刻奔上迷宮的階梯，將迷宮都市正式回歸人類領地的消息傳遞給整座城市的居民。

迷宮主人被打倒後，迷宮內就不會再產生新的魔物，或是供給魔力給魔物，但已經釋放的魔力要經過一段時間才會自然消散。隨著魔力的衰減，迷宮也會漸漸失去維持各樓層氣候的能力。

原本不約而同地朝地面上前進的魔物群也都紛紛回到原本的樓層。過去不需要進食就能存在的魔物會因為魔力的稀釋而無法繼續存在，而已經受肉的個體會像魔森林的魔物一樣，靠著捕食來維持生命，其他的個體則會自然消滅。

迷宮內部恐怕有許多個體都無法適應氣候的變遷，所以只要經過幾年，最多十幾年，大部分的魔物就會滅絕了──「炎災賢者」如此回答人們的疑問。

迷宮深處不只是氣候的維持，就連構造也大多都是藉由迷宮主人的魔力來支撐，所以五十樓以下的樓層都因為地下水的湧入和岩層的崩落而陷入危險的狀態。為了避免深層的崩塌影響到地面上，維斯哈特等魔法師恐怕會過上一段忙碌的日子。

雖然這段期間暫時無法鬆懈，但迷宮的崩塌和魔物的減少都會隨著殘留魔力的衰減而慢慢進行，所以只要耐心等待，迷宮都市遲早會變得跟鄰近魔森林的其他領地一樣，成為普通的城市。

回歸人類的領地以後，這座城市周圍不再像以前有那麼多魔物頻繁出沒，但也不像過去的安妲爾吉亞王國一樣是一片絕對不受魔物侵擾的安居之地。就像人類不會輕易踏入魔物的巢穴一樣，魔物也會和人類的城市保持距離。這裡只不過是被劃分為人類的領地，實際上跟動物間的地盤之分沒有什麼差別。

失去了迷宮這個帶來威脅的同時也提供珍貴素材的來源，迷宮都市的人們往後更需要開墾魔森林以獲得農地，或是從魔森林的魔物身上獲得生活所需的糧食。

迷宮的危機解除後，帝國就不會再給予特殊待遇，所以這座城市必須比過去更仰賴自身的力量生存。

「正合我意。」

看著迷宮都市的人們享用慶祝勝利的美酒，以及並肩作戰的夥伴們，萊恩哈特相信這座城市的未來是一片光明。

這座城市的人們一定能靠自己的力量繼續前進。

據說這次從老人到小孩，幾乎整座迷宮都市的居民都參加了攻略迷宮的過程。

多麼值得依靠啊。

多麼令人驕傲啊。

只要是與這些人民同在，不論多麼艱難的困境都能跨越。

看著充滿希望的人們，萊恩哈特能確實感覺到新時代的來臨。

慶功宴長達三天三夜，沉醉在喜悅中的人們彼此道賀。

當時幾乎所有居民都踏入了迷宮。雖然有不少人都受了傷，他們卻還是等不及療傷就參加酒宴，然後又接受尼倫堡或羅伯特的粗魯治療。

師父用真的要把休森華德邊境伯爵家的酒窖全部清空的速度大口灌酒，而且偏偏跑去騷擾萊恩哈特。

「我就說惹啊～『生命甘露』會在地脈和生命之間輪迴嘛～縮以啊，真～的有必要的時候吼，一～切都會準備就緒啦～我不是早就說惹嗎～」

只有負責服侍師父的米歇爾緊張得酒都醒了，萊恩哈特倒是完全不介意，偶爾適時地回話，帶著愉快的表情品酒。

沃伊德與愛爾梅拉夫妻倆一如往常地恩愛；連不喜歡在別人面前親熱的安珀都不掩飾自己為迪克的平安感到高興的心情；甚至連愛德坎也被他在迷宮救過的女性冒險者熱情地包圍著，露出一臉色瞇瞇的表情而被黑鐵運輸隊的成員冷眼相對。

平常總是對光蓋很冷淡的公會幹部都包圍著他，互相幫對方斟酒；凱羅琳和維斯哈特對彼此微笑；艾蜜莉、雪莉、艾里歐和帕洛華等孩子們今天就算熬夜也不會挨罵。

經常光顧「枝陽」的賈克爺爺和高登等矮人三人組、梅露露姊與藥師們也都開心得不得了，就像在作夢一樣。

「都是多虧了林克斯。」

吉克在瑪莉艾拉身邊輕聲說道。

「嗯，風頭都被他搶走了呢。」

瑪莉艾拉抬頭仰望的吉克就像以前一樣，依然戴著林克斯送的眼罩。

特級再生藥的影響因人而異，吉克所受到的影響似乎是以「精靈眼」為主，他已經失去以往那種強大的力量。因為安妲爾吉亞再也不是地脈管理者，所以當然無法再透過吉克的「精靈眼」保護這座城市；而「精靈眼」本身也已經衰弱，沒辦法再像以前那樣，光是睜開眼睛就能賦予精靈力量。

即使如此，他深受精靈喜愛的體質還是沒有改變，只要透過「精靈眼」提供魔力，精靈還是會現身幫忙，強化箭矢的力量。可是過去與地脈合而為一的安妲爾吉亞現在已經不會再供應用之不竭的「生命甘露」，所以只能在吉克的魔力範圍內使用。他現在還很難控制「精靈眼」，只要睜開「精靈眼」就會不斷消耗魔力，所以才會繼續戴著眼罩。

「不知道林克斯是不是已經回去了……」

瑪莉艾拉握住胸口的項鍊，低聲說道。唯有那一次，瑪莉艾拉覺得自己似乎聽見了林克斯的聲音。林克斯贈送的項鍊已經換上新的鍊子，重新回到瑪莉艾拉的脖子上；複雜的機關鎖卻因為當時落地的衝擊而損壞，現在已經變成按下一個按鈕就能開闔的普通墜子了。

瑪莉艾拉覺得這個事實彷彿代表林克斯已完全回歸地脈，不存在這世界的任何角落。

「瑪莉艾拉，我會一直待在妳身邊。我不會丟下妳一個人的。」

「嗯，吉克，我們要一直在一起喔。」

迷宮都市的人們懷抱對明日的期待，徹夜狂歡到天亮。

02

然後，夜晚終究會結束。早晨的空氣滲著狂歡後的寂靜，以及殘留的醉意。

這是個寧靜的黎明。就好像整座城市都玩累了，於是沉沉睡去。

瀰漫朝霧的小巷裡沒有人影，今天就連宣告破曉的報晨鳥都噤聲了。

在這幕有如繪畫的寧靜早晨之中，「枝陽」的後門悄然敞開，「炎災賢者」芙蕾琪嘉一個人從屋內走了出來。

在整座城市都陷入熟睡，好像誰也不會醒來的神祕早晨裡，從屋內走出的炎髮賢者穿著剛來到這座城市的那套輕裝，走到聖樹旁。

「伊露米娜莉亞，瑪莉艾拉他們就拜託祢了。」

輕觸樹幹的芙蕾琪嘉只說了這些話便穿越庭院，走向屋後的大門。

她究竟要去哪裡呢？

就在她正要打開後院的大門，離開「枝陽」之前，有人出聲叫住了她。

「……妳又要不告而別了嗎，師父？」

「瑪莉艾拉……妳醒了啊。」

我明明就唱了安眠曲給妳聽──芙蕾琪嘉帶著苦笑這麼說道。

「師父的行動模式都被我看穿了。我燒了不眠香。」

瑪莉艾拉生著悶氣，這麼回答。

芙蕾琪嘉回頭走向站在後門不動的瑪莉艾拉，笑著對她說：「妳學乖了嘛。」

「不要轉移話題，師父。我明明叫妳不要再突然消失了……」

「哈哈，抱歉啦，瑪莉艾拉。我不擅長應付離情依依的場面。」

消滅迷宮的不久前，師徒倆在水晶窟過夜的時候提起過這個話題。從那個時候開始，瑪莉艾拉就直覺認為即使能消滅迷宮，師父可能還是會前往別的地方。

「妳真的非走不可嗎？」

「是啊，我還有該做的事。」

瑪莉艾拉沒有挽留師父，也沒有問她要去哪裡。因為就算問了，她大概也不會回答。不過，瑪莉艾拉緊緊抱住像小時候一樣撫摸自己的頭的師父，不捨地向她道別。

「我……還能見到妳嗎，師父？」

「嗯，妳活著的期間，我還會再來見妳的。」

師父從來不會違背這種約定。因為她不會許下做不到的承諾，所以未來一定還能再見到師父。即使知道這一點，瑪莉艾拉還是緊抓著師父的衣角，捨不得放開。而且，瑪莉艾拉有一個無論如何都想問師父的問題。

這是瑪莉艾拉疑惑已久，卻又有些害怕，所以一直沒有問出口的事。可是如果錯過這次的機會，說不定一輩子也得不到答案了。

瑪莉艾拉下定決定抬起頭，向師父問出長久以來堵在自己心中的疑問。

「師父，請告訴我，妳當初為什麼會選擇我呢？除了我之外，明明還有其他擁有鍊金術技能的孩子。明明有其他孩子不只會鍊金術，還會用劍或魔法……」

那一天，為什麼師父選擇了年幼的瑪莉艾拉？為什麼要選擇一個除了鍊金術技能以外，什麼都不會的小孩？

瑪莉艾拉不管怎麼想都不懂自己為何會獲選，雖然想問又害怕聽到答案，自從來到師父身邊就一直把這個疑問藏在內心深處。

因為在迷宮都市遇見的吉克和許許多多的人們願意待在「枝陽」，待在瑪莉艾拉的身邊，所以她現在才終於問出口。大家一點一滴地給了瑪莉艾拉自信，她才能夠鼓起勇氣。

面對下定決心發問的瑪莉艾拉，師父溫柔地微笑，然後露出懷念往日的神情，摸著瑪莉艾拉的頭這麼說道：

「是啊，瑪莉艾拉，妳除了鍊金術以外，什麼也不會。即使如此，妳還是沒有自暴自棄，一直努力做好自己辦得到的事。當時妳明明還只是個很小的孩子。就是因為這樣啊，瑪莉艾拉。正因為妳只有鍊金術，一輩子努力鑽研自己僅有的能力，所以才能登上鍊金術的頂點，成功做出聖靈藥。」

師父一直注視著瑪莉艾拉，所以比誰都清楚瑪莉艾拉的優點就隱藏在技能之外。

「其他的任何人都辦不到。瑪莉艾拉，只有妳能達到那個境界。所以我『炎災賢者』芙蕾琪嘉才會收瑪莉艾拉，收妳為徒。千萬不要忘了這一點。妳要有自信，瑪莉艾拉。妳被我選上，而且靠著自己的努力，成為了首屈一指的鍊金術師。」

這或許是瑪莉艾拉最想聽到的一番話。

許多人天生就擁有鍊金術技能。可是這門學問難以精通，只有極少數的鍊金術師能修練到做得出特級魔藥的境界。不斷地努力——這件事乍看之下好像誰都辦得到，實際上卻十分不容易。

『除了鍊金術技能以外，什麼都不會的小孩』——

瑪莉艾拉並不是這種沒有價值的孩子。她懂得累積經驗、努力不懈、登峰造極，擁有達成困難志業的偉大資質。

正因為如此，芙蕾琪嘉才會選擇瑪莉艾拉，教導她、引導她至今。

瑪莉艾拉甚至跨越了兩百年的時光，漂亮地回應了師父的期望。

「妳是我引以為傲的徒弟。」

師父注視著瑪莉艾拉，這麼說道。那雙眼睛裡映照著瑪莉艾拉淚流滿面的臉龐。

「師父……師父！謝歇妳，非藏謝歇妳～！」

師父明明說過不喜歡離情依依的場面，為什麼還要說些會讓瑪莉艾拉痛哭流涕的話呢？好不容易出乎師父的意料，逮到當面道別的機會，瑪莉艾拉卻被師父的奇襲徹底擊垮，挨著師父放聲大哭。

師父輕輕拍著瑪莉艾拉的背部，安撫她的情緒。對師父來說，瑪莉艾拉或許永遠都是個年幼的孩子吧。

在師父的安撫之下，瑪莉艾拉想起其他不解的疑問。

兩百多年前，師父從眾多孩童之中選出瑪莉艾拉並收她為徒，然後在她也沒有自覺的情況下施以鍊金術的菁英教育。師父讓瑪莉艾拉習得鍊金術師本來不需要的假死魔法陣，留給她一個附有地下室的小屋，沒有通風口的地下室裡還裝著能容納大量燃料的油燈。

強迫推銷彩虹花給當代的亞格維納斯家當家——羅布羅伊，促成安妲爾吉亞的王子與美麗的公主成親，應該也是師父的安排。因為他國的公主不像安妲爾吉亞王國的人民對太平盛世如此深信不疑，所以才會相信精靈安妲爾吉亞的託夢，懷著繼承安妲爾吉亞之血的雙胞胎，平安逃過魔森林氾濫（魔物暴動）的災厄。

當瑪莉艾拉因為失去林克斯而一蹶不振的時候，師父甦醒在這個時代，再次出現在瑪莉艾拉面前。

為的是將瑪莉艾拉等人引導到迷宮的最深處，也就是安妲爾吉亞的身邊。

簡直就像是早就明白了一切。

師父擁有高階的鑑定技能。因為她能解讀世界的記憶（阿卡西紀錄），所以瑪莉艾拉對師父那彷彿看穿一切的言行本身並沒有抱持疑問。瑪莉艾拉和師父這個超乎常理的人已經相處了很久，遇到什麼怪事都只會說一句「因為她是師父嘛」而放棄思考。

可是，既然師父具有看透未來的能力，她究竟想要什麼？

對瑪莉艾拉來說，最重要的是師父對自己灌注了真心的愛，而她也對這個事實沒有任何一絲懷疑。芙蕾琪嘉是瑪莉艾拉的師父兼母親，是非常重要的人。瑪莉艾拉已經隱約察覺到，她的願望和真正的目的並不只是拯救兩百年後的這個世界。

對師父來說，不管是拯救精靈安妲爾吉亞、拯救迷宮都市的人們，甚至是為此在兩百年前收瑪莉艾拉為徒的事，都只不過是達成某個重要目的的手段——瑪莉艾拉是這麼想的。

「師……師父，這個給妳……」

總算停止哭泣的瑪莉艾拉把靠在後門邊的細長筒子交給師父。

「這是什麼？」

「假死魔法陣……我想妳可能會需要，所以事先畫了一張。」

瑪莉艾拉遞出裝著魔法陣的筒子，師父便收了下來。

「妳幫了大忙，瑪莉艾拉。要用『刻印炎授』重現假死魔法陣，其實挺累人的。」

看著師父笑著這麼說，瑪莉艾拉知道自己的猜想果然是對的。

師父不擅長手繪精細的魔法陣，但如果只需要自己的份，她還有重現假死魔法陣的其他手段。師父之所以讓瑪莉艾拉學會假死魔法陣，為的就是讓她從魔森林氾濫（魔物暴動）中倖存下來。

既然師父一個人也能進入假死睡眠……

瑪莉艾拉無法繼續說下去，師父也沒有主動開口。

「好了，妳要保重喔。」

師父再次擁抱瑪莉艾拉，然後以一副要去酒吧的悠閒神情輕輕揮手，離開瑪莉艾拉身邊。

「師父！師父也請保重！真的……真的很謝謝妳一直以來的指導——！」

想要目送師父的瑪莉艾拉跑到後院的大門時，師父的身影已經消失在小巷裡，只有被她緊緊擁抱的溫暖還殘留在瑪莉艾拉的身上。

（結果我還是沒有問出口……）

雖然已經問了最想問的問題，但關於師父本身的事，瑪莉艾拉還是沒能問出口。就算問了，她一定也只會露出傷腦筋的苦笑，不願透露吧。

「師父，妳究竟是從什麼時候開始活著……又要活到什麼時候呢？」

這就是瑪莉艾拉的第二個問題。

瑪莉艾拉聽說「炎災賢者」的名號在古老的傳說故事裡就曾出現。瑪莉艾拉剛開始還認為那是擁有相同稱號的另一個人。但如果那就是師父的話——

師父究竟是何時出生，又靠著假死魔法陣跨越了多麼漫長的時光呢？她的目的是什麼？而且師父的目的何時才能達成呢？

「『生命甘露』會在地脈和生命之間輪迴。所以真的有必要的時候，一切都會準備就緒。」

在消滅迷宮的慶功宴上，師父曾說過這樣的話。

如果真是如此，等到一切準備就緒以後，師父就能達成目的了吧。

（希望那一天早日到來。）

瑪莉艾拉對流動在地下深處的地脈衷心祈求。

＊

03

現在有一齣戲在全帝國掀起了熱潮。

名為《金獅子之牙長眠於迷宮》的這齣戲正如標題，內容是以萊恩哈特攻略迷宮的事蹟所改編而成。

萊歐將軍因石化詛咒而倒地不起，在死亡深淵遇見了精靈女王。

身為地脈管理者的精靈女王雖然被迷宮主人奪去力量，就快要遭到吞噬，依然為了救助萊歐將軍而引發奇蹟。

萊歐將軍的弟弟魏斯與其未婚妻凱西在他的病床邊向精靈女王獻上祈禱。精靈女王連結了凱西與地脈，使她成為鍊金術師。凱西誕生於歷史悠久的鍊金術家族，藉著代代相傳的知識與精靈的奇蹟，做出解除石化詛咒的魔藥，救回了萊歐將軍的性命。

萊歐將軍感念精靈女王的救命之恩，發誓拯救祂。

多虧凱西受到精靈女王的啟示所做出的魔藥，以及萊歐將軍率領軍隊浴血奮戰的努力，迷宮的攻略大有斬獲；然而迷宮也不是省油的燈，總是用盡各種招數阻撓軍隊的進攻。

萊歐將軍使出近距離攻擊，魏斯副將軍使出遠距離攻擊。

兄弟倆合力對抗迷宮，但終究還是瀕臨潰敗。被逼到絕路的萊歐將軍使用了禁忌魔藥。當然了，魏斯副將軍與他們的勇猛士兵也一樣。

禁忌魔藥帶來驚人的效果，獲得萬夫莫敵之力的他們好不容易才打倒迷宮主人，解放精靈女王。

多虧萊歐將軍率領士兵奮戰，精靈女王才能在生命消逝之前得救；但祂被迷宮主人傷得太深，已經有如風中殘燭。

為了拯救在懷中如薄雪般逐漸消逝的精靈女王，萊歐將軍使用了經歷重重磨難之後終於獲得的迷宮核心。

於是精靈女王活了下來，這片土地也成為萊歐將軍等人類的領地。

啊，可是——

由於使用了禁忌魔藥，萊歐將軍等人承受殘酷的副作用，失去了萬夫莫敵的力量。保住一命的精靈女王也因為長年遭受迷宮主人的侵蝕，已經再也無法顯現於人世。

賭上性命拯救精靈女王的萊歐將軍永遠都見不到，也觸不到祂了。

故事結束在單膝跪地的萊歐將軍拄著劍站起來的一幕。

士兵們仰望成為英雄的萊歐將軍，其眼神與背後浮現的魔物影子形成對比，向觀眾傳達充滿苦難的未來與不屈不撓的意志。

最後，故事是以這樣的旁白作結的：

——萊歐將軍與其士兵消滅迷宮的壯舉毫無疑問是值得傳頌的英雄事蹟。

可是英雄們由於禁忌魔藥的副作用，失去了往日的勇猛。

存活下來的他們只是繼承英雄記憶的空殼，不再擁有凌駕於迷宮之上的力量。

萊歐將軍與其士兵已淪為平庸的戰士。
他們只能成為見證英雄事蹟的說書人，向後代子孫訴說這座迷宮的故事。
斷裂的獅子之牙如今仍然長眠於迷宮——

04

「嗯，其實也相去不遠了。」
「應該算是虛實交雜的程度吧？」
萊恩哈特在迷宮討伐軍基地的辦公室讀著兒子寄來的信，描述《金獅子之牙長眠於迷宮》的劇情，維斯哈特也回應自己的感想。
他們倆當然早就知道這齣戲的內容了。
消滅迷宮之後的日子一直都很忙碌，所以他們沒有空去帝都觀賞戲劇；但因為這齣戲對攻略迷宮的相關人士來說具有重要的意義，所以維斯哈特在百忙之中抽空，親自擔任了劇本的監修。
「那麼哥哥，信上寫了什麼？」
聽到維斯哈特這麼問，萊恩哈特再次讀起兒子看過《金獅子之牙長眠於迷宮》之後寫來的信。

「他好像對結局不太滿意。上面寫著『消滅迷宮的父親現在仍然是帝國引以為傲的英雄』。」

對於兒子的直率稱讚，萊恩哈特露出有些靦腆的笑容。

「真是性格真誠的孩子。」

維斯哈特也對信的內容莞爾一笑。

從年少的男孩眼裡看來，這個結局恐怕令人難以接受。將軍身為主角，而且還是自己所尊敬的父親，經歷了重重苦難，好不容易才消滅迷宮。做兒子的他當然認為父親是個英雄，值得受到合乎其偉業的讚賞。

實際上，如果萊恩哈特的實力沒有因為特級再生藥的副作用而降低，就會被招聘為皇帝直屬軍隊的將軍，得到豐厚的禮遇。

只要萊恩哈特擁有A級的實力，就算他所率領的軍隊只有B級的程度，也能藉著「獅子咆哮」的效果轉變成A級的軍隊。在帝國，具備B級實力的人雖然多，A級的人數卻很少。

萊恩哈特率領的士兵想必能成為萬夫莫敵的軍隊，打倒許多威脅帝國的敵人吧。

而且是集帝國人民的讚頌與敵人的鮮血於一身。

正如字面所述，永遠奮戰到死。

「光靠真誠的性格可無法在往後的世道生存下去。我今後也該教教他，有些戰鬥是沒有刀光劍影的。」

萊恩哈特把兒子寄來的信摺起來放回信封，小心翼翼地收進抽屜裡。他的表情與嚴厲的語氣相反，嘴角甚至浮現柔和的微笑。

現在的萊恩哈特由於特級再生藥的副作用，實力只剩下B級的水準。換句話說，他所率領的軍隊也只能強化到B級的程度。因為具備B級實力的人很多，所以他所率領的軍隊雖然強，在帝國卻也已經算不上特別突出的軍力。

畢竟是消滅了兩百年來懸而未決的迷宮，萊恩哈特的功績獲得極高的評價，也得到適當的表揚與皇帝贈予的勳章。然而，萊恩哈特的榮耀正如戲劇的歌頌，已經成為過去式。

獅子之牙早已斷裂，沉睡在崩毀的迷宮深處。

因為帝都的貴族害怕過去被束縛在迷宮的優異戰力會在帝都崛起，所以這個事實給了他們一定程度的安全感。

雖然他們嘴巴上稱萊恩哈特等人為英雄，卻對其力量已經衰退，而且往後也必須在魔物橫行的魔森林邊境保衛帝都的事感到憐憫、愉悅與心安。

「我從那對師徒身上學到，成功人生的定義會因人而異。」

相對於帝都貴族的想法，萊恩哈特對自己得以繼續待在迷宮都市的現狀感到十分滿足。等到情勢再穩定一點，妻子與兒子也會搬來這裡。過去只懂得戰鬥的萊恩哈特即將迎來嶄新的生活。

如果是遇見瑪莉艾拉等人之前的萊恩哈特，恐怕會認為成功的人生就是在消滅迷宮後以皇帝直屬將軍的身分掃蕩帝國的敵人，走在充滿榮譽與鮮血的道路上吧。

「維斯啊，所謂的榮譽、人生的成功究竟是什麼呢？」

對於萊恩哈特的問題，維斯哈特並沒有回答。因為他知道這並不是問題，兄長早已得到答案。

「我們志在消滅迷宮，經過長達兩百年的挑戰後得償夙願。的確，這可以說是一種成功。可是，那些壯志未酬身先死的祖先，以及沒能消滅迷宮便殞命的同志又如何呢？他們是失敗者嗎？他們並沒有放棄，不斷挑戰迷宮，所以我們才能獲勝。既然如此，這份成功屬於我們所有人，包括逝去的他們在內。他們何嘗不是消滅迷宮的其中一名英雄呢？」

萊恩哈特望著在窗外專心訓練的士兵，對維斯哈特這麼說道。

基地裡有迪克和其他因為特級再生藥的副作用而變弱的士兵一起進行嚴格的訓練。迪克也對自己因為特級再生藥的副作用而變弱不少的事感到沮喪，正在拚命進行訓練。

據馬洛所說，迪克因為特級再生藥的副作用，總是在吵架的時候輸給妻子安珀。每次他想偷吃東西，伸出去的手都會被安珀捏住，根本躲不掉；明知道會被罵，他還是沒辦法違抗安珀大罵「你給我坐好！」的聲音。

「不只是敏捷，說不定連魔力抗性都下降了。」

聽說迪克以一臉嚴肅的表情向馬洛這麼訴苦，但他本來就總是被安珀吃得死死的，一次都沒有吵贏過她，所以馬洛認為用這種方式來評估弱化的程度似乎不太客觀。

雖然弱化的嚴重程度因人而異，士兵們還是每天都勤於訓練，想要早日找回失去的能力。維斯哈特也暫時望著他們，然後由衷贊同萊恩哈特的看法。

「您說得是，哥哥。這場勝利是迷宮都市這兩百年來的歷史所獲得的成功。」

既然這場勝利、這份成功是眾人共同獲得的，持續對抗迷宮兩百年的人們究竟為何而戰？絕對不是為了聽到素未謀面的帝都貴族說些口是心非的讚美。所以他們的讚美並沒有多大的價值，兄弟倆由衷認為克服艱困戰鬥之後得到的這段寧靜日子，對自己來說才是最高級的勳章。

話雖如此，在帝都上演的《金獅子之牙長眠於迷宮》卻沒有為萊歐將軍描寫幸福的結局。

身為故事主角的萊歐將軍一旦消滅迷宮，手裡便只剩下「過去的榮耀」，在劇中對萊歐將軍表現出曖昧情愫的精靈女王也沒有提供任何幫助。甚至連迷宮核心都被用掉了。雖然消滅迷宮之後，城市已經回歸人的領域，魔物的影子卻也暗示未來並沒有絕對的和平。明明沒有完全遠離危險，萊歐將軍與士兵們的戰力卻因為禁忌魔藥的副作用而降低。

這樣的落幕實在稱不上是快樂結局。

看過這齣戲以後，觀眾對身為主角的萊歐將軍投射愈多感情，恐怕就愈無法接受這樣的結局。

只不過，這種留下遺憾的結局正是這齣戲長期受歡迎的原因，而且也是萊恩哈特等人所期望的效果。

「這麼一來，帝都的惡劣貴族也會暫時安靜一陣子吧。」

「是啊。大概沒有人會全盤相信這齣戲的內容，但畢竟還有監察官的報告。」

『消滅迷宮的萊恩哈特等人與失去迷宮的迷宮都市都沒剩多少價值了』——

讓帝國的人們這麼認為，就是這齣戲的真正目的。

除去了迷宮這個威脅，迷宮都市還有許多課題堆積如山。

對於萊恩哈特的功名，有些人頻頻獻媚，試圖撈取好處；有先人基於嫉妒而出手妨礙，想讓他失去權勢。萊恩哈特可沒有閒暇應付這些烏合之眾。

迷宮雖然是個威脅，同時也是有魔物素材與藥草等許多資源的寶庫，所以隨著這些資源的枯竭，迷宮都市的產業型態也必須改變。

他們必須在迷宮都市周圍開拓農地，整頓通往帝都的幹道，出口魔森林的素材。

回歸人類領域的迷宮都市雖然不像安妲爾吉亞王國的時代一樣享有精靈的完善守護，但魔物的棲息區域已經往魔森林深處移動，使危險程度降低。如果說過去的狀態類似在魔森林中紮營，現在就跟面向魔森林的其他村落差不多。白天有魔物出現在農地的情形也會漸漸減少，可以在迷宮都市生產必要的糧食。

狩獵魔物的場地和藥草等素材的採集地會從迷宮轉移到魔森林。這也是安妲爾吉亞王國時代的冒險者一直在做的事，雖然沒有多大的賺頭，卻也不是特別困難的事業。現在魔森林周圍的村落也會做同樣的事。

畢竟是巨大的變化，所以此刻正考驗了休森華德邊境伯爵家的政治手腕。但萊恩哈特身邊還有以維斯哈特為首的許多可靠臣子。

只要和共同消滅迷宮的他們攜手合作，這點困難根本不成問題。

況且這座城市與以前不同，現在有**好幾名**鍊金術師。

「說到監察官，當初提起鍊金術師的時候，對方的反應還真有趣。」

「是啊，確實很有趣。」

監察官曾問起做出聖靈藥的鍊金術師的事，萊恩哈特與維斯哈特想起對方當時的表情，兩人都不禁笑了起來。

05

「對了，我聽過一點風聲，據說有鍊金術師參加了攻略迷宮的行動。請問那個人現在在哪裡？」

以不自然的方式開啟話題的這位監察官，是在帝都以嚴謹聞名的罕見貴族。皇帝應該是出於體貼，才會派這名厭惡賄賂的清廉男人擔任監察官。多虧有這名監察官率先來到剛消滅迷宮而遭到品頭論足的迷宮都市，才能牽制試圖對情勢不穩的迷宮都市伸出魔爪的不肖貴族。

「監察官閣下的消息可真靈通。如果沒有那名鍊金術師和魔藥帶來的奇蹟，我們恐怕也無法消滅迷宮並淨化地脈，這座迷宮都市也沒辦法這麼早就誕生新的鍊金術師吧。」

對於監察官的疑問，萊恩哈特在回應的同時補充提到「新鍊金術師的誕生」。這是必須傳達的情報。

「新的鍊金術師……嗎？」

「沒錯。該名鍊金術師在消滅迷宮後收了好幾個人為徒，讓新的鍊金術師誕生在這片土地。維斯，現在有幾個人了？」

「是，截至今日總共有七十八個人。」

七十八個人——聽到這個離譜的數字，監察官馬上變臉，這麼叫道：

「七十八個人！那麼多！您不知道嗎？鍊金術師要讓徒弟與地脈締結契約時，必須分享其經驗值。要是締結了那麼多人的契約，該名鍊金術師的力量就會大幅衰弱，再也無法做出聖靈藥啊！」

果然如此——萊恩哈特與維斯哈特聽到監察官的發言，總算確定他造訪迷宮都市的真正目的。他想要評估鍊金術師（瑪莉艾拉）的力量，揭開聖靈藥的祕密。

「是啊，那確實很可惜。但這是我們向這座城市的貴族爭取合作時提出的交換條件，而且該名鍊金術師也希望如此。若仰賴單一一名鍊金術師來提供這座城市所需的魔藥，在市政的運作上也會有問題。況且即使能做出聖靈藥，沒有材料也做不成。對迷宮都市而言，我們認為這是有益且妥當的選擇。」

聽完萊恩哈特的合理回答，監察官一瞬間語塞，然後用試探真意的眼神接著說道：

「……聖靈藥的材料究竟是？」

做得出聖靈藥的鍊金術師——連帝都也不存在的最高階鍊金術師因為收了眾多徒弟，能力已經大幅下降，再也做不出聖靈藥。

考量到人才的稀有度，這是意料之外的情況，但平常只有一名鍊金術師確實是相當大的風險。萊恩哈特的說法非常合理，也是一名為政者的正確判斷。

雖然一瞬間亂了分寸，監察官卻也不是簡單的人物，立刻轉而尋求次要的情報。鍊金術師本來就無法在地脈之外使用鍊金術，蒐集情報或許才是他真正的目的。只不過，前提是有辦法取得材料。

「聖靈藥的材料嗎？材料就是『迷宮核心』。」

迷宮核心——

這種東西可無法輕易弄到手。就算消滅樓層較淺的新興迷宮也得不到，成長到將近五十樓的迷宮卻又難以消滅。

再加上能夠鍊成聖靈藥的超高鍊金術造詣——

想滿足聖靈藥所需的條件，簡直是奇蹟般的機率。

那恐怕不是奇蹟或偶然，而是地脈與安妲爾吉亞所引導的必然吧。鍊金術師（瑪莉艾拉）逃過了魔森林氾濫（魔物暴動）的慘劇，在兩百年後的這片土地甦醒，又遇見並拯救了吉克蒙德這名繼承精靈安妲爾吉亞之血的後裔。這一切都讓人不禁認為，除非有某種特殊的安排，否則不可能成立。

如果以人的身體喝下聖靈藥，或許能超越人類，以地脈管理者的身分獲得前所未有的力量與永恆的生命。然而，清楚見過迷宮主人下場以後，萊恩哈特實在不認為人類這麼渺小的生物能夠承擔管理地脈的重責大任。

即使再也得不到至高無上的聖靈藥，曾達到最高境界的鍊金術師也不如以往，萊恩哈特等人仍坦然接受目前的現狀。監察官認為他們似乎已經把這一連串的奇蹟視為既定的命運。

「這樣啊……原來是那樣的東西……」

監察官後來在迷宮都市停留了幾天，結束一段保守的視察便返回帝都。

他應該會向皇帝這麼報告——這座迷宮都市把強大的軍力與頂尖的鍊金術師都耗費在消滅迷宮的志業上，早已化為一座平凡的城市。

此外，在帝都上演的戲劇巧妙隱瞞了瑪莉艾拉、「炎災賢者」與「隔虛」的存在，將迷宮都市的故事改寫為類似悲劇的史詩，留在人們的記憶與歷史之中。

萊恩哈特、瑪莉艾拉和迷宮討伐軍的士兵們對迷宮都市付出一切的犧牲都沒有絲毫惋惜，十分滿足於長達兩百年的奮鬥之後終於獲得的安穩日子。

06

「雖然花了一點時間才讓帝都那幫貴族轉移注意力，但你們這次為消滅迷宮貢獻了這麼大的心力，總不能不給予適當的表揚。」

因為是私下會談，瑪莉艾拉與吉克蒙德透過地下大水道，受邀到萊恩哈特的宅邸。

瑪莉艾拉原本還緊張地以為對方要討回師父大喝特喝所欠下的酒錢，聽到自己反而能拿到什麼獎賞，這才鬆了一口氣。她的表情就像是「放下了胸口的大石頭」。只可惜瑪莉艾拉的胸口本來就空無一物。

「瑪莉艾拉小姐，妳鍊成了聖靈藥，是迷宮都市……不，帝國最頂尖的鍊金術師。既然妳已經將許多貴族子女收為徒弟，那就需要相應的爵位。」

「咦……？」

瑪莉艾拉本來還很興奮地猜想能拿到什麼，萊恩哈特卻提出一個沒有形體、很麻煩又讓人一頭霧水的東西。

「你當然也是，吉克蒙德。雖然『精靈眼』的祕密只有我們知道，你依然是安妲爾吉亞王國的正統繼承者。即使國家已經滅亡，考量到你與瑪莉艾拉小姐的未來，你也需要適當的地位。」

維斯哈特也對吉克這麼說道。他拋出「與瑪莉艾拉的未來」這個吉克一定會上鉤的誘餌，城府頗深。

正如萊恩哈特所說，瑪莉艾拉已經讓數十名徒弟與地脈締結契約，使迷宮都市現在掀起了空前的鍊金術熱潮。

「只要願意幫忙，就可以讓持有鍊金術技能的小孩成為與地脈締結契約的鍊金術師」——這就是公開販售魔藥的時候，芙蕾琪嘉為了說服迷宮都市的貴族所準備的誘因。

許多人都具備鍊金術技能。即使親生子女沒有技能，收養也很容易。過去迷宮都市只有一名鍊金術師。只要能讓家族成員成為鍊金術師，就能獲得龐大的利益。許多貴族都抱著這個念頭，全都爭相協助迷宮討伐軍。於是十多名貴族子女和相關人士的孩子都聚集到「枝陽」的後院，在聖樹精靈伊露米娜莉亞的帶領之下潛入地脈，以鍊金術師的身分與地脈牽起脈線。

當然了，成為鍊金術師的人不只有貴族子女。為整座城市製作過大量魔藥的瑪莉艾拉不會因為這點程度就耗盡經驗值，而且考慮到締結契約時回不來的危險性，所有人都只在地脈的淺層牽起脈線，所以瑪莉艾拉在過程中消耗的經驗值並不多。

順帶一提，徒弟們的脈線粗細就跟帝都的鍊金術師差不多。只有瑪莉艾拉的脈線異常粗壯，一般人似乎只會在地脈的淺層牽起細細的脈線。「書庫」的資訊開放條件也是以帝都為標準，就算不完全記在腦海裡也能閱覽，更沒有禁止使用魔導具。

由於確保魔藥的穩定供給是第一要務，所以迷宮都市採用帝都的標準，大量培育鍊金術師。凱羅琳對芙蕾琪嘉師父的破天荒作風感到擔憂，於是向亞格維納斯家的帝都鍊金術師蒐集情報，這才得知帝都的標準，所以應該不會有錯。

順帶一提，瑪莉艾拉的頭號弟子正是凱羅琳。

在帝都看過《金獅子之牙長眠於迷宮》這齣戲的觀眾，以及消息不靈通的迷宮都市居民都被迷宮討伐軍的情報操作所影響，以為亞格維納斯家的凱羅琳才是「始祖鍊金術師」。因為她的氛圍和氣場都遠比瑪莉艾拉還要有模有樣，所以兩個人站在一起自稱「始祖鍊金術師與其頭號弟子」的話，十人之中有十人會認為凱羅琳是「始祖鍊金術師」，甚至有其中一個人看到瑪莉艾拉還會問：「請問頭號弟子在哪裡？」對瑪莉艾拉視而不見。

讓凱羅琳承擔外界的眼光是為了保護瑪莉艾拉這個沒有權力、連行為舉止都讓人捏一把冷汗的平民，而且也是凱羅琳自願接下的任務。

凱羅琳的年齡是十七歲，與地脈締結契約稍嫌太高，但終於能成為心心念念的鍊金術師讓她十分高興，一旁也有牽著她的維斯哈特持續呼喚，於是她很快便牽起脈線，回到人世。

瑪莉艾拉師父真是沒面子，頭銜後面的「暫稱」大概永遠拿不掉了吧。

（就算我不叫她，凱兒小姐說不定也能自己回來吧……）

就連瑪莉艾拉本人都這麼想。全世界第一個鍊金術師或許就是這麼誕生的吧。

因為凱羅琳本來就具備豐富的知識和良好的天分，再加上勤勉的態度，她當上鍊金術師後，轉眼間就學會製作中階了。雖然距離高階還有稍長的路要走，但凱羅琳應該很快就能學會吧。

跟她比起來，某個會做中階就滿足得老是偷懶的酒鬼師父差得遠了。

雖然比貴族子女晚了一點，迷宮都市的藥師孩子也陸續與地脈締結契約，成為鍊金術師。即使契約時期多少有點晚，他們也曾向父母學習藥草的知識、幫忙藥師的工作，所以稍微晚點起步也無傷大雅。

面對一口氣暴增的徒弟，瑪莉艾拉當然無法進行一對一指導，所以徒弟們會在迷宮都市的學校上課。教師不只有瑪莉艾拉，曾在亞格維納斯家參與新藥製造的帝都鍊金術師也會來講課。

他們負責課堂講解，瑪莉艾拉負責實際演練。

順帶一提，學生都說瑪莉艾拉的實習課程「總是輕而易舉地做些很難的事，說明又太抽象，聽不太懂」，評價似乎有點差。菜鳥師父遇上大危機了。

「都收了這麼多徒弟，乾脆以一百人為目標好了～」

瑪莉艾拉似乎對徒弟們的惡評渾然不知，在授課的閒暇時間製作客戶委託的特級魔藥，隨口這麼說道。

「人數再增加的話，妳就沒辦法顧及所有人了吧？」

雖然現在就顧不來了——為了護衛瑪莉艾拉而一起來到學校的吉克隱瞞這句心聲，對瑪莉艾拉說道。

「嗯～可是既然有『書庫』，他們應該能自學吧？」

不愧是被芙蕾琪嘉養大的孩子，教育方針完全是採放任主義。在指導徒弟之前，瑪莉艾拉說不定該先學學「如何當個師父」。

因為如此，身為頭號弟子的凱羅琳獲得的尊敬比身為師父的瑪莉艾拉還要多上許多。願意稱瑪莉艾拉為「師父」的人只有「枝陽」的小不點四人組之中唯一擁有鍊金術技能的艾蜜莉而已。可是艾蜜莉平常都叫她「瑪莉姊姊」，只有在有求於她的時候才會叫「瑪莉師父～」來討她歡心。

因為瑪莉艾拉連一絲威嚴都沒有，所以不太受徒弟尊敬。特別是貴族子女，有些人不去聽瑪莉艾拉講課，而是從帝都聘請鍊金術師來當家庭教師。

對於這種狀況，瑪莉艾拉一點危機感也沒有。

「搞不好有人能做出新的魔藥！我要多看看『書庫』！」

雖然瑪莉艾拉一派輕鬆，但迷宮都市正要迎向新的時代，如果鍊金術師之間產生奇怪的派系，那可不是什麼好事。

為了保護瑪莉艾拉的人身安全，除了吉克以外也應該配屬其他的長期護衛，所以需要金錢、名目和身分等許多麻煩的條件。

基於這些理由，萊恩哈特與維斯哈特考量到瑪莉艾拉與吉克的將來，打算以授予爵位的方式來提供後援。

（我聽不太懂……）

瑪莉艾拉完全無法理解這段談話的內容和意圖。

（伯爵？子爵？男爵？有什麼不同？全都當成貴族不行嗎……）

混為一談是不行的。

如果搞錯肉販和魚販，對方頂多只會說：「我這裡沒賣那個耶。要不要改買這個？很好吃喔。」但地位愈高的人就愈在乎身分和頭銜，要是搞錯爵位就麻煩大了。

看到瑪莉艾拉擺出明顯沒有搞懂的表情，直覺認為這個主意行不通的吉克開口說道：

「請容我說句話……」試圖請萊恩哈特與維斯哈特重新考慮。

「我只是一介獵人之子，實在承擔不起如此隆重的待遇。像我這樣才疏學淺的人，想必配不上爵位。」

「怎麼會呢？安妲爾吉亞王室也是獵人出身。你繼承的血統強得足以獲得『精靈眼』，當然配得上了。」

將吉克的發言解釋為謙虛的維斯哈特表示沒有問題。

「可是維斯哈特大人，我的父親與祖父都沒有繼承『精靈眼』。然而，據說這兩百年來都不斷有『精靈眼』的持有者出現。」

「你的意思是？」

「是，據我推測，除了我以外恐怕還有許多人都繼承了安妲爾吉亞之血。」

吉克的回答讓萊恩哈特忍不住仰天長嘆。

休森華德邊境伯爵家過去一直以為繼承安妲爾吉亞王室之血的人只有自己，證明此事的「精靈眼」卻是男系繼承，並沒有傳入這個家族的血脈。而且其男系血統竟然在這兩百年間廣為擴散。

母親是在安妲爾吉亞王國時代被譽為第一美女的公主，父親是繼承獵人技巧的國王——兩人生下的王子從魔森林氾濫（魔物暴動）中倖存，不為人知地逃往民間。而他與他的子孫似乎從來不缺伴侶。這個家族簡直子孫滿堂，到處都是不認識的親戚。安妲爾吉亞應該也對此深感欣慰吧。

「即使如此，以你的實力與瑪莉艾拉小姐的鍊金術技巧，應該也值得貴族的名號。」

維斯哈特仍然不放棄。在帝都，會做特級魔藥的鍊金術師確實能坐擁眾多徒弟和護衛，擺出高高在上的架子。

瑪莉艾拉只有在徒弟的人數方面不輸人，可是考量到她的能力，或許真的需要足以維護人身安全的適當體制。

（話雖如此……）

吉克看著坐在旁邊的瑪莉艾拉。把事情完全交給吉克處理的瑪莉艾拉正在享用人家招待的茶點。她的吃相十分津津有味，卻沒有一點貴族千金應有的優雅氣質。就算得到高貴的爵位，吉克也不認為瑪莉艾拉能融入貴族的生活。

萊恩哈特與維斯哈特或許到現在還誤以為瑪莉艾拉是個了不起的鍊金術師。早就料到會有這一天的吉克決定使用預藏的王牌，立刻遞出一個裝著某種文件的信封。

維斯哈特疑惑地接過吉克遞出的信封，一打開便露出錯愕的表情。

「什麼？這是……難道……」

「是的，維斯哈特大人，正如您所見。因為如此，我不認為我們能勝任貴族的義務……

……瑪莉艾拉的智慧指數，只有三。」

「唔咦！吉克？」

聽到吉克說出關鍵的一句話，萊恩哈特與維斯哈特陷入沉默。一旁的瑪莉艾拉差點噴出嘴裡的茶。

吉克遞出的信封裡裝的是兩人剛來到迷宮都市的時候，瑪莉艾拉拿給吉克看的鑑定紙。明明是個鍊金術師，卻在智慧方面輸給吉克的瑪莉艾拉把那張鑑定紙收進寢室的櫃子深處，後來又找機會偷偷丟掉了，可是……

「為、為什麼？我明明丟掉了……」

「……我碰巧看到它掉在地上，就撿起來了。我一直沒找到機會還妳，沒想到會在這種地方派上用場！」

吉克蒙德帶著微笑這麼說。說它掉在地上絕對是騙人的。吉克一定是在垃圾桶裡發現鑑定紙，才會特別撿起來保管。

「沒想到……知識淵博的鍊金術師只有指數三的智慧……」

維斯哈特反覆確認瑪莉艾拉的鑑定紙，低聲這麼說道。

雖然統稱為智慧，其中也包含許多能力。記憶力、思考能力是主要的因素，但像是計算能力、空間認知能力、寫作能力等各種能力，以及知識和經驗的累積都會列入計算，最後平均為鑑定紙的智慧指數。

瑪莉艾拉已經習得多種藥草的藥效與處理方法，以及魔藥的鍊成方法，其記憶力和知識量都超乎常人的領域。維斯哈特當然看得出瑪莉艾拉的言行舉止並不是為了隱藏真實身分的演技，但也認為她的奔放性格是在超人師父的養育之下造成的結果。瑪莉艾拉只是因為庶民般的性格而缺乏賢者氣息，智慧指數應該等同甚至超越維斯哈特，也就是不下於五——維斯哈特是這麼想的。

瑪莉艾拉明明具備罕見的知識量，智慧指數卻只有三，這就表示……

（難道……難道除了記憶力和知識量以外，她只有與外貌相符的智慧嗎……！）

維斯哈特啞口無言。既然記憶力與知識量異常優秀，就表示她缺乏思考能力，想必無法應付在言談與表情之下互相角力的貴族生活。貴族裡面當然也有資質魯鈍之人，但從小到大的教育可不容小覷。

偷偷保留瑪莉艾拉的鑑定紙，在這個時機向維斯哈特展示，而且還能微微一笑的吉克應該具備成為貴族的心機，但慌張得差點噴茶的瑪莉艾拉恐怕辦不到吧。

可能是茶水跑進氣管了，瑪莉艾拉嗆得眼泛淚光；吉克一邊輕撫她的背，一邊低頭對萊恩哈特與維斯哈特說道：「懇請兩位諒解。」

「維斯，幸福的基準會因人而異……」

萊恩哈特對拿著鑑定紙發愣的弟弟這麼說，並承諾會替瑪莉艾拉與吉克準備對他們來說幸福的環境。

07

迷宮都市的東北東方有一座小山丘，可以將迷宮都市一覽無遺。

這裡是離別之丘。迷宮都市的居民都會在這裡與亡者道別，將他們送回地脈。在迷宮都市去世的人會被送往這座山丘，藉著火焰從肉體中解放，回歸地脈。

晴朗的秋季天空清澈無比，吹來的風卻帶著寒冷的氣息。因為消滅迷宮的興奮而發熱的身體被秋風吹涼，給人一種大夢初醒的感覺。

「感覺就像是作了一場漫長的夢。」

看著放在火葬祭壇上的玻璃棺材，羅伯特‧亞格維納斯低聲說道。

『將玻璃棺材中的睡美人——愛絲塔莉亞帶往新世界』。

這本該是一場美夢。可是不知從何時起，這場美夢染上了血腥，以及詛咒的烏黑。

「我終於帶妳來了。」

羅伯特對沉睡在棺材中的愛絲塔莉亞輕聲細語。在羅伯特身後，他的父親羅伊斯與凱羅琳正靜靜地望著這一幕。

在能眺望迷宮都市的這座山丘替愛絲塔莉亞送行——這個願望終於在今天實現。

愛絲塔莉亞原本沉睡的地下室只有狹窄的階梯，難以將棺材橫著搬出，所以最後是靠拆除地板的大工程才把她連同棺材一起運出來。藉著不精確的假死魔法陣陷入沉睡的愛絲塔莉亞早已離開人世，身體的一半都已經鹽化而崩解。一點點的撞擊都有可能讓她的全身碎裂，所以運送她的過程是在萬分謹慎的狀態下進行。

以葬送一個人而言，花費的勞力過於龐大。然而，不論是對羅伯特還是出席葬禮的羅伊斯與凱羅琳來說，這都是必要的儀式。

『將愛絲塔莉亞帶往新世界』。

橫跨亞格維納斯家多個世代的夙願，如今終於成真。

在清澈的藍天之下，遠處的迷宮都市正閃耀著新時代的光輝。

亞格維納斯家的下一任當家——凱羅琳在聖樹精靈伊露米娜莉亞的引導之下潛入地脈，成為這座迷宮都市第一個誕生的鍊金術師。

過去，安妲爾吉亞王國的準鍊金術師都會在地脈與精靈安妲爾吉亞交換真名，和地脈牽起脈線，成為鍊金術師。可是，現在這道地脈並沒有管理者，所以凱羅琳是在地脈刻劃真名，才能牽起脈線。

「我凱羅琳・亞格維納斯在此宣誓，我將以鍊金術師的身分治癒他人，與此地的人民和地脈共存。地脈呀，請允許我借助一絲奧祕。」

凱羅琳和迷宮都市的新一代鍊金術師就是這麼與地脈締結契約的。凱羅琳等人都認為，這樣的契約形式很適合不靠精靈的庇佑，而是靠自己的力量繼續活下去的迷宮都市。

根據伊露米娜莉亞的說法，地脈主人從缺的狀態其實並不算少見。這樣的地脈似乎會由力量不足以成為主人的精靈分擔管理的責任。但因為沒有統一的秩序，「生命甘露」的管理不夠完善，所以有時候會引起天災，或是爆發流行病。不過，姑且不論人類文明尚未發達的時代，現在的人們連迷宮都能戰勝，一定能克服困難，與環境和平共處吧。

未來的某一天，如果有力量足以擔任地脈主人的精靈出現在此地，祂或許會成為主人，或者是由地脈產生新的主人。至於那會是幾年甚至幾百年後的事，似乎就連精靈也不知道。

不論如何，現在的迷宮都市是人類脫離情同母親的精靈，在庇佑之外獨立生活的地方。

迷宮已經毀滅，這片土地再也不是魔物統治的領域了。

羅伯特把手放到玻璃棺材的蓋子上。一個清脆的聲音響起，密封玻璃棺材的薄薄熔接膜便裂開，使玻璃蓋得以開啟。

空氣一流入密封上百年的棺材內，愛絲塔莉亞的完整上半身便迅速鹽化，鬆散地崩解。就像是在等待棺材的蓋子完全敞開，一陣風吹了過來。

原本盤踞在棺材中的鹽粒被秋風吹起，飛向高空。

羅伯特情不自禁地對隨風而去的愛絲塔莉亞伸出手，然後又握緊拳頭放了下來。

「永別了，愛絲塔莉亞。」

羅伯特向愛絲塔莉亞道別。自從小時候見到她的那一刻起，羅伯特就一直為這個美人著迷。住在我年幼夢境裡的人啊，永別了——羅伯特心想。

過去羅伯特總覺得她是個被永遠囚禁在玻璃棺材裡的可憐人。可是她早就已經回到地脈，重獲自由。真正被囚禁的人應該是羅伯特才對。

現在回想起來，羅伯特甚至連愛絲塔莉亞是什麼樣的人都不知道。

羅伯特已經察覺，自己只是把自己的理想投射在沉睡於冰冷棺材中的美麗幻影裡而已。

「永別了，愛絲塔莉亞。妳已經自由了。而且……我也自由了。」

送別愛絲塔莉亞的天空清澈得彷彿無邊無際，就連仰望天空的自己都好像能自由自在地翱翔在其中。

「哥哥大人，您真的要走了嗎？」

目送愛絲塔莉亞以後，凱羅琳對羅伯特這麼問道。

「是啊，亞格維納斯家有妳就能高枕無憂了。」

成為迷宮都市第一位鍊金術師的凱羅琳和維斯哈特會治理新的亞格維納斯家，被剝奪繼承權的長男只是礙事的人物。理解這一點的羅伯特決定自己離開迷宮都市。

「不過，你也用不著離開吧……」

雖然兒子犯了罪，但這也算是亞格維納斯家的共業。看著兒子一個人扛起罪責，父親羅伊斯難過得露出黯淡的表情。

「請別露出這種表情，父親。我獲得自由了。不，其實我打從一開始就是自由的，卻自願接受囚禁。是我把自己的心封閉在這個美麗的玻璃棺材裡。」

羅伯特想起「炎災賢者」在消滅迷宮後對自己說過的話。羅伯特在迷宮專心一意地治療冒險者，回過神來才發現迷宮已經被消滅了。

羅伯特被冒險者和護衛們扛著帶出迷宮，直達慶功宴會場；許多受他治療過的冒險者都不斷來替他斟酒，對他訴說各種感謝的話。

他明明曾以人為材料，做出許多駭人的魔法藥品。

慶功宴愈是熱鬧，冒險者們愈是感謝自己，羅伯特就愈是無地自容。沒有了需要治療的人，這裡就沒有他的容身之處。正當這麼想的羅伯特要離開現場的時候，「炎災賢者」突然晃了過來。

「羅布～你有在喝嗎～？啊～你根本就沒喝多少嘛～怎樣啦～你不會喝酒嗎～？臉色怎麼像隻青蛙一樣啊。青蛙呱呱，羅布不會喝酒蛙～」

她的醜態比平常還要嚴重。

明明就是個年輕貌美的女性，芙蕾琪嘉卻單手拿著酒瓶，用力攬住羅伯特的肩膀。羅伯特原以為女性身上都帶有花朵的香氣，從芙蕾琪嘉身上飄來的味道卻只有刺鼻的酒味。

可是如果說出這種多餘的話，肯定會被彈額頭和火焰攻擊伺候，所以總算學乖的羅伯特很明智地閉上了嘴巴。

而且經歷過治療冒險者的診所生活以後，現在羅伯特覺得芙蕾琪嘉的酒臭味和我行我素的舉止都還算好的。喝醉酒的冒險者會打架，甚至受傷而被抬進診所；有時候還會因為喝過頭，從口部將好不容易攝取的營養素排出；有人還會在爛醉如泥的狀態下發生這種情形，最後因此喪命。

羅伯特對一如往常的騷擾沒有反應，只回答：「我還得去看看有沒有醉漢被抬進診所。」芙蕾琪嘉定睛注視著羅伯特，然後用只有他聽得見的音量低聲說了一段話，又隨即以原本的調調悠然離去。

「你犯了罪，卻也有贖罪的意志。你擁有創造未來的雙手，以及向前邁進的雙腳。要活下去，具備這些不就夠了嗎？今後你可以決定自己的道路，自由地走下去。」

羅伯特細細咀嚼「炎災賢者」所說的話，心想：「啊，難怪這個人會被稱為『賢者』。」芙蕾琪嘉真的只在必要時刻現身，給予必要的協助。羅伯特已經不認為她是惡魔，但也忍不住猜想她是某種非人的東西。

她所留下的這番話有如烙印般長存於羅伯特的心中，同時又像一團淨化之火，將盤踞在羅伯特心中的陰鬱感情燃燒殆盡。

剛才認為自己失去了繼承權和必須完成的使命，甚至也失去容身之處的無助心境已經消失，羅伯特覺得自己彷彿掙脫了所有枷鎖，能夠前往任何地方。

站在遙望迷宮都市的山丘上，羅伯特想起芙蕾琪嘉說過的話。

自己恐怕要永遠背負沉重的罪惡吧。可是，這雙腳上並沒有腳鐐。自己已經自由，想去什麼地方都可以。

抱著這樣的想法放眼望去，就會發現這個世界有多麼遼闊。被高聳外牆包圍的迷宮都市是多麼地狹小啊。

「世界的寬廣簡直讓我頭暈目眩……」

聽到羅伯特脫口這麼說，在遠處等待他的黑鐵運輸隊的愛德坎走過來說道：

「跟寬廣的世界比起來，從這裡看出去的景色只不過是一小部分。而且說到帝都的漂亮小姐就更令人目眩神迷了。」

「愛德坎的眼睛乾脆爛掉算了唄。」

從愛德坎身後探出頭的尤利凱還是一樣嗆辣。

「就算眼睛爛掉，法蘭茲也會治好我吧？拜託你啦！」

愛德坎對尤利凱的毒舌不為所動，心情好得很。也許是桃花期讓他的心理強度上升了一個階級吧。

「眼睛爛掉就得找人替你做眼球特化型魔藥了。只不過，愛德坎需要的應該是腦部的治療吧。」

自從消滅迷宮以來，愛德坎就對女人來者不拒，連法蘭茲都對他很冷淡。

「呵呵，你們倆就別吵了吧。羅伯特閣下，再不出發，就來不及在明天的傍晚以前穿越魔森林了喔。」

「我們要飆車了。馬車可能會有點晃，但我已經改造成速度更快的構造。」

格蘭道爾與多尼諾紛紛說道，邀請羅伯特搭上裝甲馬車。

黑鐵運輸隊接下了護送羅伯特前往帝都的工作。

「好，我們走吧。父親，我要出發了。凱兒，我們家族就交給妳了。」

說完，羅伯特搭上黑鐵運輸隊的裝甲馬車，從迷宮都市出發。目送羅伯特的凱羅琳很慶幸兄長的道別之詞並不代表分離，同時向靈魂與肉體都徹底回歸世界的愛絲塔莉亞祈禱，希望她能照亮並引導兄長所前進的道路。

＊08

「不好意思～我不小心割傷手了。」

「既然這樣，就用低階魔藥吧。」

「嗚嗚嗚，肚子好痛……」

「那也可以用低階魔藥喔～」

「我的皮膚有點粗糙……」

「來，塗上低階魔藥就可以了。」

基於「低階魔藥萬用」的原則，瑪莉艾拉逢人便推薦低階魔藥。

「妳最近接待客人愈來愈敷衍了。」

看到瑪莉艾拉這個樣子，高登吐槽了一句。

「咦咦～？因為真的全都能用低階魔藥治好嘛……」

瑪莉艾拉覺得自己明明很認真待客，於是這麼抗議。

今天「枝陽」也有許多客人光顧。

日常生活中很普遍的傷病只要用低階魔藥就足以應付，而且一口氣增加的鍊金術師每天都會鍊成許多低階魔藥，現在到處都買得到。

雖然現在還是只有瑪莉艾拉會做高階以上的魔藥，但因為獨佔市場不是一件好事，所以這些魔藥都會繳納給商人公會，然後流通到市面上。特化型的特級魔藥也有商人公會的愛爾梅拉小姐居中仲介，訂購的人幾乎都不知道製作者是誰。

所以「枝陽」的販賣品項跟其他魔藥店沒有什麼不同，大眾也不知道瑪莉艾拉就是始祖鍊金術師。但因為客人覺得「這裡的魔藥好像比別家更有效」，所以光顧「枝陽」的客人總是源源不絕。

不過，大部分的熟客都還是會時常拜訪，就為了在陽光之下喝杯茶。

「瑪莉艾拉，我今天獵到地龍肉了！」

「歡迎回來，吉克。看來你跟迪克隊長他們一起狩獵得很順利呢！」

吉克扛著大塊地龍肉回來，瑪莉艾拉帶著笑容迎接他。今天還沒天亮的清晨，吉克就出發去狩獵地龍了。

「既然拿到這麼多肉，今天就跟大家一起烤肉吧。」

瑪莉艾拉這麼一說，高登等矮人三人組和梅露露姊這些常客都站了起來，說著「快去買酒來！」「我想吃香腸和蝦子！」「也要記得買蔬菜和麵包啊！」等等的話，準備出門買菜。現在明明才中午，然而地龍肉是高級品，今天從白天就開始喝酒也沒關係吧。

「那麼，高登先生就負責買這些吧。」

安珀迅速計算需要的材料，寫下費用平均的購物清單，交給買菜組。這樣的情境已經成為「枝陽」的日常景象了。

「雪莉，你們也要吃吧？我會聯絡尼倫堡醫生和愛爾梅拉小姐的。」

「要！我來幫瑪莉艾拉姊姊的忙！」

「我也要～！」

「艾蜜莉也要！」

「等一下，艾里歐和艾蜜莉先把功課寫完再說。」

瑪莉艾拉一邀請，艾里歐和艾蜜莉便想丟下功課來幫忙煮菜，帕洛華則出言勸阻他們倆。早就寫完功課的雪莉已經到廚房分切肉塊了。

「瑪莉艾拉小姐，我也可以參加嗎？」

「當然可以，凱兒小姐。可是沒關係嗎？」

「是，既然是瑪莉艾拉小姐舉辦的自助餐派對，當然沒問題。維斯大人是位心胸寬大的人。」

凱羅琳不經意地曬起恩愛，表明參加的意願。

她和維斯哈特的感情十分融洽，已經是進入結婚倒數的貴族千金；雖然有休森華德邊境伯爵家的後援，參加庶民家裡的烤肉派對真的沒關係嗎？只不過，她像以前一樣定期造訪「枝陽」的舉止就已經不是一個貴族千金該有的行為了。

維斯哈特對凱羅琳可說是百般寵愛，只要凱羅琳說是自助餐派對，就算是沒有邀請函的臨時烤肉派對也算是自助餐派對。

「好了，那邊的護衛，可以麻煩你們到後院幫忙布置場地嗎？」

「是！」

在安珀小姐的指揮之下，「枝陽」的護衛們開始行動。他們是迷宮討伐軍派來的士兵，以及僱用自奴隸商人雷蒙的奴隸兵。

隨著迷宮毀滅，迷宮都市不再像以前一樣缺乏人手，所以奴隸商人雷蒙提出了新的奴隸赦免方案，針對遭判冤罪或是人品較好的強者，派遣他們擔任護衛或是狩獵魔物以提升階級，使他們恢復自由之身。因為犯罪奴隸和終身奴隸獲得赦免後的十年內都要將所得的一半支付給原主人，所以似乎相當有賺頭。

被派遣至「枝陽」的人一聽說吉克以前就是奴隸，全都會拿出正經八百的態度，認真投入工作，所以雷蒙會以優惠價派遣士兵到「枝陽」。而且，他們的成長速度非常快。

雖說是人品較好的奴隸，吉克的評價卻是「好像看見了年輕時的自己」，有許多人都抱著天真的想法，但很快就會被導回正派的人。

這或許是因為吉克不只用口頭勸告，也會用尼倫堡和光蓋傳授的肢體語言跟他們「聊聊」，又用美味的魔物肉拉攏他們，採用軟硬兼施……應該說肉肉兼施的教育方針。真不愧是請客哥。

「瑪莉艾拉小姐，我今天比較早下班，所以跟老公和也爺一起來了。」

「我們家的孩子總是受妳照顧呢。」

「嗨，小妹和小哥，這些也拿去烤吧。」

愛爾梅拉與沃伊德夫妻和賈克爺爺都來了。賈克爺爺帶來的食材是用半獸人王肉加工而成的香腸，原本就很美味的半獸人王肉做成加工肉品之後簡直是魅力加倍。

「哇～這是現在大受歡迎，很難買到的伴手禮吧！」

看到賈克爺爺帶來的伴手禮，瑪莉艾拉露出閃閃發亮的眼神。果然還是半獸人王肉比較適合瑪莉艾拉。

「馬上就來烤吧！」

因為迷宮已經毀滅，迷宮都市成了人的領地，所以街上長不出什麼藥草。「枝陽」的後院也只長著稀疏的藥草，現在聖樹下擺著幾張桌椅。幾名藥師正在改良藥草的品種，嘗試培育能在城市裡栽種的藥草，所以這片後院應該還會有被藥草埋沒的一天，現在卻是可以容納許多人的派對會場。

「豪好吃喔，吉克！如果愛德坎先生他們也能一起來就好了。」

「是啊，真好吃！……經妳這麼一說，我已經有一陣子沒見到愛德坎了。」

瑪莉艾拉右手拿著地龍肉，左手拿著半獸人王肉的香腸，幸福地嚼著滿嘴的肉，吉克也滿足地望著她。

愛德坎率領的黑鐵運輸隊此刻應該身在帝都的天空下吧。愛德坎的春天似乎還沒有結束，吉克已經有一陣子沒見到他了。

因為愛德坎戰鬥時會對雙劍賦予各式各樣的屬性，所以似乎贏得了「屬性全能者」這個誇張的稱號。可是這個稱號是來自於他通吃所有女性的習性，吉克擔心這對瑪莉艾拉的教育會有不良影響，所以正在考慮與他保持距離。

目前吉克的煩惱只有愛德坎的操守，迷宮都市和「枝陽」都變得十分和平。現在聚集到此處的所有人都很享受這一刻，在品嚐酒肉的同時開心地聊天，宴會的氣氛相當熱絡。

咻的一聲，一陣風吹過眾人之間。

這陣風捲起炭火，吹動了聖樹的枝椏。

「伊露米娜莉亞……？」

精靈似乎非常隨興，聖樹精靈伊露米娜莉亞明明就在這裡，卻很少露臉。特別是最近，因為祂帶了很多準鍊金術師潛入地脈，說自己「和人類孩子講了一百年份的話」，於是完全進入了自我封閉模式。難得今天有許多客人來開派對，祂卻因為討厭肉的氣味和煙霧，所以同樣沒有露臉。

「祢真的很隨興耶。」

簡直跟師父一個樣——瑪莉艾拉差點這麼說，忍不住感到有些寂寞。

（不知道師父現在在哪裡做些什麼……）

道別時，師父曾說過還會再來見瑪莉艾拉，現在的她究竟在哪裡呢？究竟要等到哪一天，瑪莉艾拉才能再見到師父呢？

也許要等到自己壽終正寢、回歸地脈的時候才會再見到師父吧——瑪莉艾拉隱約萌生這種想法，這時有人向她搭話了。

「小姐啊，火焰姊好像不在，她到底去哪裡了？」

閃爍！亮晶晶～

破限之刃連嚴肅的氣氛都能一刀兩斷嗎？

迷宮毀滅以後，冒險者公會就跟休森華德邊境伯爵家一樣忙碌，大家最愛的公會會長——光蓋也很罕見地埋首工作，似乎不知道師父已經離去的事。

「師父她踏上旅途了。」

瑪莉艾拉沮喪地答道。

「什麼嘛，連個招呼都不打，真冷淡啊。妳被她丟下，心情很低落嗎？算了，按照她的個性，肯定是在某個地方喝個爛醉吧。當她正煩惱還不出酒錢的時候，妳可要記得去找她嘿！」

對於光蓋的輕鬆語調，瑪莉艾拉又支支吾吾地說：「可是師父沒說她要去哪裡……」

「這是什麼話？妳都抵達誰也沒去過的迷宮最深處了。對妳來說，要找到那麼顯眼的傢伙，輕而易舉啦！」

讚！

豎起大拇指的笑容看起來有點耀眼。

「是嗎……說得也是！我不用等著師父來見我。想見她的時候，由我主動去找她就行了！」

瑪莉艾拉從兩百年前的世界抵達了迷宮的底部。不管師父身在世界的哪個角落，瑪莉艾拉一定都能找到她。

「就算我一個人不行……」

瑪莉艾拉抬頭望著站在身旁的吉克。

「是啊，還有我在。我不是答應妳了嗎？我不會丟下妳一個人的。不管要去哪裡，我都會陪在妳身邊。」

吉克的藍眼和綠眼望著瑪莉艾拉。聚集在「枝陽」後院的親友眼裡都映照著瑪莉艾拉的身影。

兩百年前的魔森林氾濫（魔物暴動），瑪莉艾拉只能獨自逃走。但現在她已經有了可靠的同伴。吉克也陪在她身邊。

瑪莉艾拉牽起吉克伸出的手，兩人注視著彼此。

「妳要去找芙蕾大人嗎？」

只要是和吉克在一起，就算是不知去向的師父也一定找得到。

吉克帶著微笑發問，對他充滿信任的瑪莉艾拉已經徹底打起精神，用滿臉的笑容這麼回答：

「再說吧！反正一定隨時都能再見面。而且仔細想想，師父這個人實在太麻煩了！我現在想跟吉克去各式各樣的地方！」

「瑪莉艾拉……！」

聽到瑪莉艾拉這番出乎意料的積極發言，吉克不禁發出奇怪的聲音。看來他的修行還遠遠不夠。

告知追加的肉已經烤好的聲音把短暫的兩人世界變回一如往常的「枝陽」後院。

「我們走吧，吉克。」

循著瑪莉艾拉的呼喚，吉克和她一起往前邁出一步，走向兩人在迷宮都市建立，並且成功守住的容身之處。

「啊~會長，你又在這種地方偷懶！」

「等、等一下啦，我還沒有吃到肉咧！」

「要吃午餐的話，你不是還有夫人的便當嗎？小心我去告狀喔。」

「你這小子，我可不記得有把你培育成這種卑鄙的傢伙——！」

偷溜出來又遭逮的光蓋在吃肉的前一刻被冒險者公會的職員帶走。

這也是一如往常的熟悉景象。

瑪莉艾拉笑著對光蓋揮手，然後環顧「枝陽」的後院，望向製造樹蔭的大樹。吉克也沿著她的視線往上看。

上方的天空有聖樹的樹梢。

聖樹的枝葉點綴在萬里無雲的清澈藍天之中，隨著風輕輕搖曳。

這些日子平凡無奇，卻又如此美好。

突然間，聖樹的葉子翩翩飄落在瑪莉艾拉的頭上。

雖然現在看不見精靈們的身影，在穿透枝葉灑落的陽光之中，瑪莉艾拉覺得伊露米娜莉亞和安妲爾吉亞似乎正溫柔地微笑著。

※ 補遺 ※

Appendix

法蘭茲

♂ ??歲

黑鐵運輸隊的治癒魔法師。面具底下的臉龐帶著明顯的龍人特徵，所以過著避人耳目的生活。曾在帝都的貧民窟從事類似無照醫生的工作。他是尤利凱的養父，有一定的年齡，但或許是因為龍人的特性，外表看起來比實際上更年輕。會使用具攻擊性的治癒魔法，角色設定雖然很豐富，卻因為正經的性格和極少的台詞而缺乏存在感。

多尼諾

♂38歲

黑鐵運輸隊的馬車維修員。看起來好像很喜歡打造物品，但並沒有矮人的血統，從外表也看不出他才三十幾歲。可是性格正如外表，充滿了大叔氣息。臂力驚人，空手就能把雜兵魔物連同武器一起揍扁。他的力氣足以揮動巨大的鐵鎚，卻選擇了實用的尺寸，從中能感覺到他的講究。

艾里歐·席爾 ♂ 9歲　帕洛華·席爾 ♂ 13歲

沃伊德與愛爾梅拉的兩個兒子。哥哥帕洛華繼承了父親的堅固防禦，弟弟艾里歐繼承了母親的強勁電擊。兄弟倆都還沒辦法活用自己的能力，特別是弟弟艾里歐，是個擔心自己會害其他人觸電的內向少年。在「枝陽」跟雪莉和艾蜜莉一起接受過師父的菁英教育，於是成長為可靠的小不點殺戮戰隊隊員。

羅伯特・亞格維納斯　♂24歲

凱羅琳的哥哥。愛上玻璃棺材裡的睡美人「愛絲塔莉亞」，因而陷入瘋狂的天才。從這場惡夢中覺醒的他又是在冰雕狀態下觀看妹妹被求婚的過程，又是被師父任意使喚或火攻，過著相當歡樂的現實生活。掙脫束縛自我的枷鎖後，他走上了治療他人的道路。但非常遺憾的是，他並沒有鍊金術技能。

泰魯托

♂ 52歲

都市防衛隊的前上校。擁有「共鳴」這項有利於出人頭地的技能，形象正好是很典型的討人厭上司。非常喜歡冒險者，相關的知識量有博士級的水準。因巨大史萊姆事件而退居顧問一職，現在比以前更為活躍，本人卻沒有自覺。周圍對他的和善評語想必能讓聽過的人感受到人情的溫暖吧。

安妲爾吉亞 ♀ ??歲

與獵人墜入愛河，持續守護著擁有精靈眼的兒子與其子孫，是位愛子心切的森林精靈女王。幫助獵人時說的第一句話是「請把他交給我」，瑪莉艾拉幫助吉克時說的第一句話也是「請把他賣給我」，可見祂透過脈線進行了不少的干涉。脫離迷宮主人的束縛後，祂接受了吉克等人想靠自己的力量活下去的決定，終於放手讓孩子獨立。

瑪莉艾拉師父（已出師！）的

鍊金術配方

《特級篇》

Master Mariera's

Alchemy Recipes

Special-Grade Edition

Special-Grade Mana Potion

靠月之魔力增強火力

瑪那魔藥

它能恢復魔力，所以用最強火力盡情轟炸吧！
做好後馬上就會變質，必須現做現喝喔！

【材料】 地脈碎片……寄宿在魔物體內的「生命甘露」結晶，保留著魔物的特性。
月之魔力……持續沐浴月光的水晶裡蘊含的魔力。

【分量】（一瓶份） 地脈碎片……一個　月之魔力……大約是標準的魔力量
真球狀的水晶體……一個

Special-Grade Regenerate Potion

傳說中的禁忌秘藥。

特級再生藥

龍血能帶來持續治癒的效果，還能提昇各項能力值喔。
可是副作用也非常嚴重。請遵守用法和用量，名留青史吧。

【材料】 地屬性的龍血……棲息在魔森林深處的地龍之血。
火屬性的龍血……棲息在迷宮第五十六樓的赤龍之血。
水屬性的龍血……冰封在迷宮第三十三樓的冰露裸海妖之血。
風屬性的龍血……看似候鳥的小型翼龍——擺尾綾鳥之血。

【分量】（一瓶份） 地脈碎片……一個　地風火水等四種屬性的龍血……一個藥晶的量

Sub-Materials for Special-Grade Regenerate Potion

使龍血相融所需的副原料

特級再生藥的副原料

因為副原料會根據使用的龍血種類而不同，
所以要自己尋找，多多嘗試喔。

【材料】 纖維狀熔岩……棲息在赤龍所在樓層的熔岩裡，長得像海星的矽基生命體。
樹冰花……被風吹散的冰魔所形成的樹冰上開出的稀有花朵。
聖樹墳場的水晶花……在迷宮的魔力和聖樹的力量之中加上人的魔力所開出的夢幻花朵。

【分量】（一瓶份） 纖維狀熔岩……一撮　樹冰花……一撮
聖樹墳場的水晶花……一朵

特級魔藥的做法

《1. 瑪那魔藥》

1-1

蒐集月之魔力

將水晶累積多年的月之魔力蒐集到研磨成真球狀的水晶中。因為水晶球的材質會決定能儲存的魔力量，所以取自愈高階的魔物愈好。從迷宮深處的樓層主人身上能取得最頂級的水晶。

1-2

鍊成

將地脈碎片溶入「生命甘露」時，連同月之魔力一起混合。嚴禁添加任何雜質，包含自己的魔力。因為也不能進行「藥效固定」，所以一做好就必須馬上服用。

《2. 再生藥》

2-1

將地龍血的藥晶加進冷卻並磨成粉的纖維狀熔岩裡，使其融化後添加「生命甘露」。

2-2

添加赤龍血的藥晶就會產生爆發性的氣泡。溫度如果改變，「生命甘露」就會流失，所以要根據體積的變化來調整「鍊成空間」。

2-3

在浸泡著樹冰花的「生命甘露」裡添加冰露裸海妖的藥晶。因為材料會連同「生命甘露」一起結冰，所以要緩緩減壓並加溫，使其溶化。

2-4

添加擺尾綾鳥的藥晶，材料就會在藥晶溶化的期間變成氣體。這些氣體甚至能穿透「鍊成空間」，因此要增加「鍊成空間」的厚度，稍微加壓以免揮發。

2-6

使晶體結構移位，將水晶花的花瓣與莖葉融為一體後，反覆進行維持高溫和急速冷卻的步驟，讓材料漸漸融合。變成透明的球體之後，使用溶有地脈碎片的「生命甘露」浸泡三天三夜，使其溶解。

2-5

用水晶花的莖葉吸取水與風屬性的藍綠色藥液，然後淋上火與土屬性的紅黑色藥液。

!

一點建議

再生藥的副原料和做法都會隨著龍血的種類而改變。要仔細觀察材料的特性，找出最適當的方法喔！

等很久了嗎？
我的故事要開始啦！
光蓋的生活中隱藏著
未來的藍圖。
我的超讚活躍和
「破限的時間」
是永無止盡的啦！
破限的時間

彷彿一切都是既定的命運。

然而人們所知的故事，只不過是真理的一小部分。

「好了，小姐，我就暫時把這傢伙借走啦！」

讚！光蓋豎起大拇指，頭頂正在燃燒。不，正在燃燒的是攀在他頭上的**火蠑螈**。不知是幸還是不幸，光蓋的頭上只有一片缺乏可燃之物的**飢餓**大地。

光蓋身上穿著適合遠行的裝備，跟平常一樣隻身一人。他並不是跟老婆**吵架**，所以正要**離家出走**。為了得知魔物的分布和素材採集地，公會會進行定期調查，火蠑螈是以除魔兼照明要員的身分同行。瑪莉艾拉召喚的這隻小小**火精靈**總是自由自在，不會聽從人的指示，卻好像很喜歡光蓋的頭頂，正緊貼在他的頭上。不知道是懷抱著**想要幫助**人類的想法還是舉手之勞，火蠑螈會把魔物趕走，是個可靠的夥伴。

「這次就沿著幹道去中繼站看看吧。」

過去**黑鐵運輸隊**來往帝都的幹道經過整修，途中已經設立了幾處可以休息

Limit Breaker's Time!!

的地點。幹道以外的道路還沒有整修過，但或許是冒險者開拓了路線，有一條細細的路從中繼站延伸出去。只要從這條路往北前進，就能抵達**猴**型魔物——針猿現在的地盤。往南走會到什麼地方呢？光蓋開始回想**過去的記憶**。

「算了，去看看就知道啦。」

光蓋騎著奔龍往森林裡前進。明明是大白天，茂密的魔森林內卻很陰暗。樹木的濃濃陰影讓人聯想到**黑色魔物**，帶來適度的緊張感。光蓋往火蠑螈照亮的方向前進，找到一處流著清涼泉**水**的小型湧泉。周圍掉著與森林的綠意不太搭調的白色岩石，碎掉的岩石上沾著些許**汙穢**，仔細一看還能發現上面刻著**龍**的浮雕。

「這附近搞不好有遺跡呢。既然是龍，會是**水之神殿**嗎？」

光蓋這才想起，帝都流傳著關於神聖**湖泊**的傳說。雖然這裡只是魔森林的淺層，但或許就是跟那個傳說有關的遺跡。

「消滅迷宮之後，我正覺得無聊呢，看來有樂子啦。」

光是思考前方會有什麼，光蓋就感到興奮不已。就像是要歡迎他的到訪，幾隻魔物從樹叢裡跳了出來。這種鼬鼠型的魔物有著跟身體差不多長的尾巴，卻不像可愛的外表那麼柔弱，低階除魔魔藥對牠們無效。而且更棘手的是，牠們有時候

會跑到人類的聚落，散播「瘟疫」。

「『破限斬』。」

不過，這種小角色可不是光蓋的敵人。火蠑螈應該也能趕跑這種魔物才對。一擊打倒好幾隻魔物的光蓋疑惑地抬頭一看，發現火蠑螈早已進入夢鄉。

「我看還是暫時回中繼站或是城市休息吧。精靈這麼隨興，跟某人的師父還真是一個樣啊。」

光蓋正在專心調查遺跡的時候，太陽就快要下山了。最好在入夜之前回到城市。雖然迷宮已經毀滅，魔森林裡還是有許多冒險正在等著他。

光蓋很期待明日的冒險，掉頭返回迷宮都市。

※後記

加上網頁版在內，我開始撰寫《倖存鍊金術師的城市慢活記》已過了將近兩年，終於迎來結局。儘管這樣的形容很平庸，但能夠把這個故事寫完，以書籍的形式推出最後一集，我的內心真的充滿了感謝之意。

瑪莉艾拉得知了安妲爾吉亞王國與迷宮的真相，名字就代表「求得真理（MARIWOERU）」；吉克從一個空洞的男人成長到能夠正確活用精靈的力量，其名是從「色即是空」的「是空（ZEKUU）」所取的諧音。林克斯的名字本來沒有特別的意圖，卻也多虧這兩個人和他的「連結（LINK）」，迷宮主人與精靈安妲爾吉亞才獲得解放，使迷宮都市真正成為人的領域。

雖然兩人在人格的成長上還遠遠不及名字的意境，但這個故事仍然成功推出最後一集，所以應該也勉強算是及格了吧。

順帶一提，故事的其中一個關鍵——地脈碎片是能量的結晶，所以林克斯送給瑪莉艾拉的項鍊上面刻著以「E=mc2」的字樣設計而成紋路。從第二集的開頭漫畫與第四集的插畫都能確認到這一點，好奇的讀者可以回去找找看這個小彩蛋。能將這些細節和搞笑橋段都完整收錄，然後迎向結局，對我這個作者來說真的是非常圓滿的完結。

最後，我要感謝插畫家ox老師將瑪莉艾拉等人自在又悠閒的神情描繪得活靈活現；感謝設計師川名老師調和這部作品和插畫，將它統整成書籍的樣式；感謝校稿人仔細檢查錯字百出的原稿；感謝清水編輯將這些工作一一整合，而且讓第一次出書而興奮不已的我不會得意忘形或是妄自菲薄，也確保我會準時交稿；各位角川的同仁，真的很感謝你們的照顧。

最重要的是拿起這本書，以及從網頁版便開始支持我的各位讀者。許多人喜歡且願意購讀這個故事的事實，以及每週收到的感想都給了我無窮的勇氣。我能在幾乎全年無休的狀態下寫完這個故事，都要感謝參與這部作品的每一個人。真的非常謝謝你們。

如果閱讀《倖存鍊金術師的城市慢活記》的各位讀者都能得到正向的愉快心情，而且展露笑容的話，那就是我最大的快樂。

就像進入新時代的迷宮都市，我由衷祈求各位都能迎向充滿希望的未來。

のの原兎太

のの原兎太

兔子很喜歡洞穴，所以只要翻開暖桌的棉被，牠就會像踏入迷宮的冒險者一樣進進出出。直到春天來臨，兔子的冒險都不會結束。瑪莉艾拉等人的故事也還會再稍微持續一陣子。

ox

插畫家。喜歡少年少女與非人生物、幻想風格的景色。
第五集了，完結了！能夠描繪《倖存鍊金術師的城市慢活記》的世界和許多人物直到最後，我真的非常高興！我要再從第一集開始看起～！

國家圖書館出版品預行編目資料

倖存鍊金術師的城市慢活記/のの原兎太作 ; 王怡山譯. -- 初版. -- 臺北市 : 臺灣角川股份有限公司, 2021.02-
冊 ; 公分. -- (Kadokawa fantastic novels)
譯自 : 生き残り錬金術師は街で静かに暮らしたい
ISBN 978-986-524-231-2(第5冊 : 平裝)

861.57 109020385

Kadokawa Fantastic Novels

倖存鍊金術師的城市慢活記 5

（原著名：生き残り錬金術師は街で静かに暮らしたい 5）

2021年2月4日　初版第1刷發行

作　者：のの原兎太
插　畫：ox
譯　者：王怡山
發行人：岩崎剛人
總編輯：蔡佩芬
編　輯：邱瓈萱
美術設計：莊捷寧
印　務：李明修（主任）、張加恩（主任）、張凱棋
發行所：台灣角川股份有限公司
地　址：105台北市光復北路11巷44號5樓
電　話：（02）2747-2433
傳　真：（02）2747-2558
網　址：http://www.kadokawa.com.tw
劃撥帳戶：台灣角川股份有限公司
劃撥帳號：19487412
法律顧問：有澤法律事務所
製　版：尚騰印刷事業有限公司
ISBN：978-986-524-231-2